Unicorn
独角兽书系

当玄记 壹

拉拉 著

图书在版编目（CIP）数据

周天·出云记 / 拉拉著. -- 重庆：重庆出版社，2023.6
ISBN 978-7-229-16077-7

Ⅰ.①周… Ⅱ.①拉… Ⅲ.①长篇小说－中国－当代 Ⅳ.①I247.5

中国版本图书馆CIP数据核字(2021)第196118号

周天·出云记
ZHOU TIAN·CHU YUN JI

拉 拉 著

联合统筹：海星创造
责任编辑：邹 禾 肖化化 王靓婷
特约编辑：师 博
封绘原画：吴冬青
装帧设计：李笑冰 杨秀春
责任校对：郑 葱

重庆出版集团 出版
重庆出版社

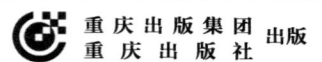

重庆市南岸区南滨路162号1幢 邮政编码：400061 http://www.cqph.com
重庆出版社艺术设计有限公司 制版
重庆市鹏程印务有限责任公司 印刷
重庆出版集团图书发行有限公司 发行
E-mail:fxchu@cqph.com 邮购电话：023-61520646
全国新华书店经销

开本：890mm×1230mm 1/32 印张：10.5 字数：246千
2023年6月第1版 2023年6月第1次印刷
ISBN：978-7-229-16077-7
定价：60.00元

如有印装问题，请向本集团图书发行有限公司调换：023-61520678

版权所有 侵权必究

谨以此书献给我最爱的母亲。

周天缘起（代序）

拉拉

《周天》最初发表时，有朋友问我，"周天"是什么？我反问他，周是什么？三代（夏商周）是什么？他立刻"哦"了一声，连连点头，意思是他已经明白了一大半。

在中国人的血液里，有一种元素叫作华；在中国人的灵魂里，有一种魂魄叫作夏；在中国文化里，有一块基石叫作三代。黄帝肇始，三代开创。夏商周三代，连绵一千余年，是中华文化正式开创、发展并达到顶峰的阶段。三代的文化大喷发是如此猛烈，以至于在其后两千余年，中国文化一直在吸收和沉淀中前进，或者说不能前进。古代文人斗嘴，斗到不可开交时，往往以书为证。这时候总有人把眼一瞪：书不看三代以下！于是对手望风而遁。可见三代在中国人心中的位置。

研究政治的人会说："三代，中国古代真正的'封''建'制度。"

研究军事的人会说："三代，中国古代高尚的骑士时代。"

研究玄学的人会说："三代，中国淳朴上古神话的黄金时代……"

神话，需要延续。

"周天"这个神话世界，便是构建在遥远而辉煌的三代那亦幻亦真的传说的基石上。这个世界充满国家、种族、战争、伟大、梦想，也有凡人、精怪、淳朴、卑微，日日上演着阴谋与诡计、忠诚与光荣。历史上三代的政治军事和文化——包括传说——在西周穆王时代达到顶峰。《周天》系列，即是开始于这个时代。

这个时代已经破乱了。一百年前，周人在昆仑山巫族、汨罗城妖族的协助之下，灭亡了强大到近乎逆天的殷商。周之立国，使得动乱近千年的神州大陆渐趋稳定。昆仑山继续维持其天下共主的地位，然而其神山的地位已经下降，逐渐成为一个世俗国家。妖族则因为蟠门的建成而逐渐成为左右天下局面的大族。占据中原的周人，吸取了周围各部族的力量，地域越来越宽广，也因此与西南夷和居住于北冥海附近的北戎渐成死敌。从周人建国之初起，周天之气进入一个长达百年的流转高峰期，位于高空的云中族城市北冥琨城渐渐下降，逼近地面。在云中族的直接支持下，北戎与周人的战争进行得如火如荼。另一方面，已经近千年没有现世的混沌被某个不知名组织突然带到凡间。

和平的年代结束了，凡界正在一步步滑向未知的深渊……

目　录

序　章	001	第六章	163
第一章	017	第七章	189
第二章	047	第八章	213
第三章	071	第九章	235
第四章	093	第十章	265
第五章	135	末　章	323

序　章

> **大周汉水风薄渡**
> 昭王十九年秋九月壬午

刚过正午，天色一下子阴沉了下来。明明片刻之前还亮得让人睁不开眼的天空，忽然间被四面八方涌上来的乌云填得满满当当。云层离地面很近，几乎就压在那不到三四十丈高的丘陵上空。丘陵之上如波浪起伏的林冠都被云层所吞没，只能看见那如枪林般矗立的树干和葱郁的灌木丛。

怪异的是，没有风。俗语云，云从风起。但即便是站在河岸边，也感觉不到一丝风。天气本就炎热，河滩被晌午强烈的阳光晒得滚烫，这下子云层压顶，温暖的湿气从河滩之下透出来，更加闷热难耐。

大周执政大臣、祭公姬奢抹了一把额上滚烫的汗珠，看看几丈之外的大帐，无声地叹了口气。

那座安放在河滩乱石上的大帐十分巨大，乃是二丈见方的木台，四角立着一丈高的柱子，顶着攒尖顶的帐顶。木台向四方延伸出三十六根杆头，用以连接木杠。光是这座大帐便足有一千二百斤重，需要六十四人同时发力才能稳稳地抬起。

放眼当今天下，只有一人有资格乘坐这玉辇，那便是君临天下十九年，统御东至大海、西接沙漠、南越南岭、北抵漠北的中原亿兆众生之主——大周天子昭王！

隔着厚厚的帐幔，看不清昭王的身影。玉辇之中安放有数十枚南海蛟珠。此乃天下至阴之宝，在任何烈日酷暑中，帐子里都是微凉如秋，天下至尊端坐其中，根本不知道外面是什么状况，好似天下的情势，如今也是令人摸不着头脑。

三个月以前，这片河谷地的真正主人——楚国国君子爵熊艾，死了。

楚子死曰"薨"。这个"薨"字还是好不容易才得来的。当年小邦周在牧野之战中击败强大的商国，一举定鼎中原雄霸天下，荆楚亦是孟津不期而会的八百诸侯之一，初代楚君鬻熊还曾在武王麾下担任火师的高位，进入武王军队的统领核心。

可是不知为何，牧野之战后，鬻熊就莫名其妙地死了，而刚刚获得大胜的武王似乎没有把这位长者的死放在心上。随之而来的开国第一次大封爵中，楚君竟然未获得任何爵位，在封疆建国的大业上可说是一无所获，连鬻熊之死也只能称"卒"。庶人死曰"卒"，堂堂荆楚千里之国的国君，在大周朝便如庶人一般无声无息地故去。

直到十四年后的成王年间，楚国第四代国君熊绎才获封为子爵，按封爵赐书，地方不过百里，在开国十六诸侯中地位最卑——彼时楚国已雄踞江汉，属国数十，带甲十万，地方何止千里，国大势强，几有与大周一较高下之力。

成王之世，前有周公旦，后有召公奭辅佐朝政，大周处于急剧膨胀之时，连昆仑巫族、汨罗妖族也承认其人间正统地位。楚国虽烈，也还知道蛰伏的道理，这一蛰伏就是数十年。康王年间，楚国经历了三公子"甲辰之乱"，国家分裂成大小三块，相互争斗，血染云梦泽，就此彻底失去了与周争霸的实力。

三公子中的老三熊艾花了整整三十年——差不多就是他的半辈子——才将分裂的楚国勉强弥合起来。到昭王十六年时，再度强大起来的楚国终于引起了镐京的注意。

昭王十六年春二月，成周洛邑地震。本来是一次不大的地震，震杀十余人而已。当日正在洛邑阳隅宫中饮宴的昭王，手中端着金爵，只到外面露台上瞧了一眼，便回头令公卿大臣们继续饮宴，至半夜方休。

然而从第三日起，一个传言便在洛邑城中不胫而走：前日地震之时，距离洛邑一百三十多里的河水大峪渡，有人亲眼见到一只神龟背负图卷出水！

河图洛书！这是黄帝时代的神话，居然今世再现？！洛邑城中顿时沸腾，民众争赴河水，竟然将三条出城的道路都堵塞了。

遇到此种传言，无论信与不信，朝廷都是不能置之不理的。昭王立刻派出由召公、窦公领衔的十四名公卿，前往大峪渡查验。众公卿回奏：渡口处无神龟踪影。于是又征调洛邑十余万军民，沿河两岸、上下游同时大索，历时十二日而罢，还是一无所获。

然而情势的演变，早已远远超出了昭王的预计。自神龟现世第二日起，天下便有十六国诸侯派出的使者抵达洛邑，代表诸侯问天子安。这是一种不同寻常的政治举动，通常只有在天子危殆时才会如此行事，但是计算时日——最远的燕国，应该是在二十天前就已经派出使者。那时候洛邑还未地震，这些偏远之地的诸侯怎会莫名其妙觉得天子危殆了？

众使者见到震怒的天子，莫不吓得魂飞魄散，只有燕国的中大夫伯珩毫不慌乱，面奏天子。原来，从正月十日起，这十六个边远之国中，便陆续有人见到一个穿红衣的小儿，一面拍手一面歌舞，日出时出现在城中，日落时便不见踪影。各国的孩童都跟着歌唱，如疯如邪。

燕侯觉得情势不对，下令国中搜捕红衣小儿，一时间抓获百余名之多。其他诸侯们也觉得诡异，便将红衣小儿统统送到燕都关押。但一夜之间，狱中的红衣小儿们竟然消失得无影无踪！

燕侯这才觉得兹事体大，恐非诸侯国所能解决，便命人记下了红衣小儿所唱歌谣，命伯珩连夜赶赴天子行在。其余诸侯国也不敢怠慢，纷纷遣人赶赴行在，才有了这桩奇事。

昭王听闻，沉默不语。自末代夏君桀以来，红衣小儿之说便历代不绝。所歌唱之处，必有亡国灭种之忧。难道大周才立国不足百年，就要亡了？至于河图洛书，那更是黄帝时代的传说，数千年未曾再有。洛水开，河图出，黄帝登天而国亡。怎么好好的，红衣小儿歌唱，河图就又出了？

此二事非同小可。遇到桀纣那样的亡国之君，偌大的国家说亡就亡，就算如今天下全盛，那也不过是个凡界之国，再强大，也比不上当日大京武丁治下的商国——天道轮回，这种事实在不是凡人能解，绝不可掉以轻心。

可是，说到底，此事是真是假？是真，该如何应对？是假，又该如何向天下解释？此事已然震动天下，诸侯万民都在仰望着洛邑，等待答案，一言不慎，则国家危殆。

昭王十六年三月一日，地震过去二十四日后，太史宫上疏昭王，以为地震、河图、民变之灾，应在东南。昭王优诏之。明眼人都看得出来，这是昭王决意将河图之灾降到荆楚头上的征兆。

此时，持续了十七年的三城同盟与云中族的空中争霸战结束已有三年。云中族逼近中原的䍑青、既苍两城不再派出舰队与大周和昆仑八隅城交战，双方陷入冷和平之中。经过数十年起起落落的战事，昭王十六年的大周实力之巨，已远远超出楚国人在江汉一隅所能想见的范畴。

昭王决意用兵东南，楚国立刻便感受到前所未有的压力。作为大周名义上的属国，楚国此刻岂敢与大周正面冲突？听到昭王优诏答复太史宫的消息，楚子熊艾立刻便遣使北上，试图将事件解决在庙堂之上。

昭王看来是心意已决。他并未接见楚国使者，将与楚使的往来限制在列卿一级。熊艾原指望他的使者能直接觐见昭王，却连朝廷九卿的面都没见到。

熊艾梦想中统一荆楚、北上争霸的愿望，在双方使者来回数十次后终于打消得干干净净。被横加上河图之灾的罪名，这是荆楚无论如何也承受不起的。熊艾被迫上疏朝廷，请求将汉水流域的诸侯国划拨楚国属下——名为要挟，其实不过是间接向朝廷表达归属之意。

昭王没有立刻答复熊艾的请求。从十六年到十八年，朝廷开始在汉水流域加紧布局，分封一大批新诸侯，将汉水流域原先的前商方国提升为内附诸侯，修建从镐京越过终南山的驰道，在汉水流域驻扎直属朝廷的成周第八师。

这是很严重的威慑。自周攻陷商都，在洛邑建立成周东八师，以及在与云中族的对抗中移防成周第七师以来，整建制全师换防乃破天荒第一次，其对楚国君臣的震慑甚至远超过在汉水直接部署十万大军。

熊艾业已耋老，过去三十年的统一荆楚之战已经将他的生命消耗殆尽，他等不起，可是昭王却正当盛年，自然可以期之以十年之功。一旦周室的战略部署全部完成，彼时便已不再是战败战胜的问题，甚至也不再有媾和或投降的余地，等待楚国的必然是灭亡。

对这一点，垂老的熊艾看得十分清楚。昭王十九年正月，自知大限已在眼前的熊艾正式上疏大周朝廷，抄录了自荆山以东、汉水以南的山川堪舆图，以及将近七十个楚国附庸方国、部族、聚落的名号，名义上是请天子御览楚国方物，实为一封扎扎实实的归顺降表。

大周朝廷部署尚未完成一半，桀骜不驯的荆楚便伏地请降，既在朝廷诸公的意料之中，亦在意料之外。熊艾的降表上更是乞求将其女送入宫中为奴。当年开国诸侯中，多有宗室女子在宫中担任女官的传统，但此古礼早已不存。熊艾此举，不过是想进献其女，换取大周不强要他的儿子为质。

熊艾哀哀乞怜，力图在全然颓势之下挽回颜面。然而五月初五，从镐京来到丹阳的天子使节带来了令他目瞪口呆的消息——天子欣然收下了他的礼物，又嘉纳了他的女儿；为表对楚国君臣臣服顺意的恩赏，天子将亲自巡幸荆楚。四月十六日，在首席执政大臣祭公的前导之下，天子御驾已经离开镐京，随同有三十六诸侯，公卿大臣无数；六月十九日便要渡过汉水。"天子将将，诸侯煌煌。尔荆楚地，剔尽来朝。"荆楚千里之内，所有诸侯必须在六月十九日之前抵达汉水风薄渡口，朝见天子大驾。

熊艾费尽一切心思，最终还是难逃昭王南巡的命运。一旦昭王抵达汉水，荆楚以南的诸侯当面接受了天子的"品圭明命"之礼，那便表示从此直接臣服于天子，不再是荆楚的附庸，这无异于是一场政治上的南征。楚国君臣日卜龟夜卜蓍，机关算尽，究竟敌不过昭王雄踞天下，一个阳谋便轻轻巧巧地破了全局。

六月一日，昭王的御驾抵达唐国。唐是天子近亲、成王幼弟丹的封地，在汉水本就是最大的封国。天子在唐国停留二日，将唐侯姬庶封为汉水方伯，统领二十七国，地方两千里。唐国遂一跃成为统领江汉的大国。

这项任命无疑将楚国逼到了走投无路之境，然而熊艾已经没有精神再想它所掀起的惊涛骇浪了——六月十日，熊艾在丹阳楚宫中溘然长逝，将陷入漩涡中心的国家丢给了刚满十四岁的嫡子熊䵣。

十四岁的熊䵣尚未行冠礼，还留着幼童的额发，匆匆忙忙地剃光头发，按楚人风俗在双臂上刺青，然后方在枢前即位。主少国疑，又适逢如此危急的局面，楚人便按旧制，请已经成年的熊艾长女天海临殿监政。此女正是熊艾想要奉送给昭王的侍妾，于情于理，此刻都是拯救楚国的唯一希望。

六月十九日，昭王如期渡江，随行六千士卒、三十六国诸侯，几乎倾汉阳诸姬之势而来。楚国君臣、荆楚附庸六百多人，不敢带卫士戍卒，在渡口匍匐接驾，带头之人便是楚国贵女天海。

彼时正是正午时分，昭王选择此时渡江，便是要楚国君臣饱尝烈日的煎熬，再仰面朝拜他这天之骄子，威压之势，无须言表。

史官如此记录当时的盛况："初，执政祭公渡江，荆南诸侯舞拜毕，窦公帅王师渡江。六千甲士依序列毕，王渡。天子渡河毕，诸侯贺。贺毕，天子起。诸侯匍匐，莫敢仰视。"

当日昭王站在两丈多高的朝觐台上，冷冷地俯视匍匐满地的荆南诸侯，胸中自有沟壑万千，或许是陶醉于其兵不血刃威服海内第一大邦国的雄略，又或许是盘算着如何收拾熊艾骤然薨逝之后的烂摊子。

此时，史官又载："天海，楚贵女，从诸侯中起，自投于王前。王乃令诸侯散归国。"

天海身着白衣，长发披肩，在耀眼的阳光中赤着双脚踏上晒得滚烫的石阶，步入了昭王的帷幕。一个时辰之后，汉水以南的诸侯得以获准离开，而昭王从此也迷上了这个侍妾。

事情到此有了奇怪的转折。六月二十七日，昭王临幸楚都丹阳，随后以避暑为名移居丹阳附近的熙山，从六月底一直待到八月中旬。自有大周以来，从来没有一位天子在异姓诸侯国停留超过一个月。祭公等扈从大臣在山下等候，与昭王的音信隔绝竟然达七日之久。直到八月下旬，祭公等人带六百虎贲愤然登山，才得以面见昭王。好说歹说，昭王终于下令于秋九月回銮。

八月底，昭王携天海驾返丹阳，随后颁下诏书，令汉水以南的诸侯于明年正月取齐，依旧在丹阳宫中祭祀，参拜丹阳宫内新建的文、武二王庙。这实质上是承认了楚国在汉水以南的宗主国地位，只是明文规定，楚子也必须与众诸侯一起，面北朝拜二庙。

这等乱命，执政祭公、窦公等人在场，理应当场予以封驳。但不知为何，这道诏令上用了昭王之玺，祭公等随驾大臣也一一用印，且是绕过了镐京，直接便从楚国向全国派出了使者，申明此事。史官所载，亦语焉不详，可见当日丹阳城中的混乱局面。

好容易楚国之事已了，祭公等人再三央求，昭王终于决定在九月初八渡江回銮镐京。九月初五，御驾离开丹阳，一路走走停停，初九日才抵达风薄渡口。休整了一日，九月十一日一早，由八百名精锐虎贲护卫的昭王玉辇来到了渡口边。

三天之前，楚子已经下令征集附近所有船只前来风薄渡口集结，两千多人的先导营昨天已经全部渡过江去。按道理，昭王的御驾应该在今早就渡江，不知为何，已经到了河滩上，昭王却下令驻扎，除此之外，再无后令。

作为从驾南巡的首席执政大臣，祭公对这位至尊心里想的什么一清二楚。昭王在等待天海。昭王有寡人之疾，身为太子时已颇有故事，登极十九年来，除去后宫的后、妃，其他女子数不胜数，各诸侯国中几乎都留下他的风流韵事。但楚国这位贵女对他而言，似乎远超过去所有女子。昭王想在北渡前再见这女子一面，这心思昭然若揭。可是祭公知道，自昭王离开丹阳，天海贵女也同时离开丹阳，去向不明。昭王还在与这女子保持着联系？他究竟打算在此地等到何时？

"陛下怕是在等待天海的音信吧？"

祭公皱了皱眉头。说话的人是他的心腹车右，鹿伯姬图。他叹了口气，道："这荒郊野外，陛下在想什么，咱们为臣下的不可胡乱猜测。"

"如今这事已经闹到天下皆知，还用得着猜吗？"姬图年轻气盛，没有祭公那么多顾忌，只稍微压低了声音道，"大人不记得红衣小儿歌中所唱，'葛罼荓苂，几侧天下'？葛藤表面柔顺，内里坚韧狠毒，一旦弥漫开来，万物皆不可生长，何况'天下'二字……"

"你住口！"祭公低声怒吼道，"放肆！"

"小臣有罪……"

"你……你哪里听来的红衣小儿之歌？陛下当日不是下令将燕侯呈上的歌诀烧毁了吗？"

"如今哪有守得住的秘密？"姬图偷笑道，"再说，红衣小儿之歌传唱北方十六国，天下早已尽知。虽然只有短短的十句话，却说尽天下……"

"别说了,别说了,"祭公摇摇头,"此乃妖言。我等备位大臣,不能轻信妖言,否则国家不宁,我等罪莫大焉。"

"是。小臣孟浪了。"

祭公心头突突乱跳,疲惫地按着胸口。忽见远处山坳处尘头大起,似有车队正在快速逼近。难道那女子真的被接来了?祭公的眉头顿时皱成一团——若是如此,今天怕是过不了江了。他和姬图一起站起来,翘首以待。好一会儿工夫,终于见一辆车从山后转了出来。

那是一乘驰车,只能乘坐一甲、一射和一御三人。此刻车上的战旗放倒,御者拼命驱赶两匹白马。甲士和射手都蹲在车中。这是紧急奔驰报信而来的,并非处于战斗状态。已经全体握紧了武器的虎贲卫队松了一口气,几名队率在队伍中来回奔驰,指挥队伍退回到原先的防御位置。

祭公和姬图伸长了脖子,也没见到第二辆车出现,不由得同时松了口气。转眼间那乘戎车已经来到近前,两匹白马都跑得浑身大汗,气喘吁吁。几名仆役上前拉住缰绳,将颤巍巍的马匹稳住。车上的甲士一跃而下,快步向昭王玉辇跑来。

"站住!"一名虎贲卫大声呵斥,"此乃天子御驾,何人胆敢擅闯!"

那甲士立刻跪伏于地,叩首道:"小臣……小邦楚,中大夫臣熊旦,奉楚子之命,面见天子。"

"免胄!"

甲士毫不犹豫地再叩一首,跪直起来,解开脖子上的赤金链,将胸前的整块厚重身甲卸下,露出一身黝黑结实的肌肉。周制,身甲是分为胸、肋、腹三块,内穿粗麻长袍。楚国却仍是采用了前商时代的古甲样式,身甲只有胸前一块,里面竟然光溜溜的什么也没穿,甲胄一脱,便露出黝黑精壮的身体。

那甲士从容不迫地将甲胄、护腿一一脱卸下来,将粗而短的佩剑放到甲旁,只穿着一条兜裆布,跪坐于地。那虎贲卫看他一眼,喝道:"进去吧!"

那甲士光着身体,从全副披挂、怒目而视的虎贲卫组成的通道中间走过。人群中不时传来笑声,那甲士浑若不闻,脸色平淡地走到昭王大帐前三丈处,在六名身着重甲的御骑中尉面前跪下,大声道:"小臣,小邦楚,中大夫臣熊旦,奉楚子、楚贵女之命,叩见陛下!"

帐中并无动静。一名寺人悄无声息地从大帐后面转过来,走到甲士面前。那甲士从容不迫地叩了个头,将一封帛书双手递上。寺人接过帛书,又转回大帐后面,从那里将帛书递交给大帐中当值的寺人。

四下里,死一般沉寂,只有偶尔从虎贲队列中传来一两声焦躁不安的马鸣。祭公与姬图等得实在焦灼,然而昭王无诏令宣召,祭公即便身为首席执政大臣也无法轻易靠近大帐。等了将近一刻钟时间,远远地便见又有寺人从大帐后出来,走到那甲士身边,说了几句话。

隔着老远,根本听不见他们说了什么。祭公不安地看看姬图,又瞧瞧大帐。只见那名甲士从容地在地上叩首,站起来,倒退着走了十余步,退到一名虎贲卫的身边,忽然一转身,从虎贲卫身上抽出佩剑。祭公心口咯噔一下,还没叫出声来,却见那甲士躲开那虎贲卫的一抓,闪电般地抽出长剑,倒转剑身便刺进了自己光溜溜的腹部。

祭公"啊"的一声总算叫了出来,却更加恐惧与慌乱。那甲士挣开试图扶住他胳膊的虎贲卫,踉踉跄跄走了两步,跪倒在地,手拽着插在腹部的剑用力一拖,将伤口从腹部直拖到胸口,鲜血和着内脏一起喷涌而出,那人倒在地下,眼见是已经没救了。

昭王御驾周围已然大乱。祭公跳下车,顾不上礼节,一面向御驾狂奔一面高举双手，大声喝止。乱成一团的虎贲卫素来敬畏这位执政首卿，场面立时便控制下来。

祭公气喘吁吁地跑近御驾，顾不上看一眼那还躺在地下抽搐的甲士，径直来到大帐前。两名寺人忙不迭地从旁边搬来步梯。跟在祭公身后的姬图骂道："混账，什么时候了！"那两名寺人忙丢了步梯，扑过来趴伏在地。

祭公踩着他们的背和头爬上大帐边的露台，便听帐中一人冷冷地道："奢！何事？"正是昭王。

祭公就势跪在露台边，道："罪臣奢失礼，万死！陛下，楚国使臣突发狂性，已经自尽身亡。此地情势恐有大变，卫戍之士太少，请陛下速速渡河，与先导营会合！"

昭王轻声叹息，一声又一声，道："奢！天海……唉！她不来了。这怎生是好？"

祭公满头满脸都是汗，颤声道："陛下，陛下！陛下的万金之躯要紧！咱们现在在河谷中，万一有个闪失……"

"什么闪失？"

"陛下居于嫌疑之地，荆地蛮楚，若有人……"

"大胆！"昭王一声怒喝，祭公"砰"的一声头磕在木板上。只听昭王低哑的声音道："大胆，大胆！天海乃朕之良人，她现在统御楚国，嗯……是朕，朕让她统御的，是朕给她的权威！她对朕忠心不贰，朕在楚国，便犹如在镐京一般，哪来的闪失？便如……便如在镐京大街上散步一般，有何危险？嗯？！"

"罪臣万死！"祭公连连叩首道，"罪臣绝非怀疑天海贵女……但是，此时乃是雨季，上游已经多日未雨，陛下，咱们停留的河谷从前乃是河道，地势太低，今日天象奇异，万一……"

"唉……"昭王似乎浑然没有听进祭公急切之语，自顾自地叹息着，"天海……不来了吗……朕等得好苦，唉……"

似乎随着昭王的一声声叹息，风，就那样莫名其妙地刮了起来。

大帐前的流苏被风刮断，一根一根地飘向高处，飘过大帐上方高高的王旗，飘过林立的虎贲卫队，飘出河谷，飘上陡峭的河岸边那一丛丛密林。

在高空，风更大了，流苏且飞且颤。在它的下方，一处深藏在密林里的山谷中，升起了一股看不见的热流，流苏被热流裹住，在空中疯狂地打起转来。

那股看不见的热流来自一团大火。这团腾起三丈多高的火焰十分奇特，其下是一块白色的岩石，根本没有可以燃烧的薪柴，而火焰在正午强烈的日光下几乎看不出轮廓，只有一层幽幽的蓝光勾勒出大火那可怕的高度和体积。

大火近乎无声地燃烧着，无形无质地扩散着可怕的灼热。周围数十丈内林木的叶子全都燎得精光，树干都已烤得干裂，却有一人站在离火不到三丈远处，披头散发，赤身裸体，手舞足蹈，喃喃自语。

这人年龄老迈，肌肤已如枯槁树皮一般，浑身肌肉也虬结如老松，但他跳动起来却灵动无比。无声无息的火焰随着他的手势舞动。当他吟唱之声渐高，火焰便一浪一浪地向着天空喷涌；他低声呢喃，火焰便坍塌下来，向四周扩散。

远处还有一些人，躲藏在树林中。当先一人秀发漆黑如夜，披散在雪白的衣裙上，却是一名身材高挑的女子。火焰越来越大，热浪向着周围滚滚扩散，好几处烤焦的灌木上已经冒起了青烟和明火，躲藏在林子里的人们被热浪烤得连连后退，那女子却坚持站在原地不动。

跳神之人几近癫狂，舞动得好似一股轻烟。那火头轰轰轰不停地向上腾起，又落下，又腾起……越来越高，却始终无法突破某个高度，反而向着四周不住坍塌，扩散得越来越广。跳神之人嗷嗷大叫，从身上唯一系着的粗藤腰带上拔出一把玉刀，反手割开了自己的左臂，将血洒入火焰。那火猛烈地上冲，火头超出林冠，在空中猎猎作响，可惜没多久还是降了下来。

一道闪电击打在附近的山林中，传来隐隐雷鸣。

跳神之人踉跄几下，大声吆喝。火势愈大，他反而更向着火去，热浪滚过，他满头的灰发顿时被燎去大半，身上也被烤得发红。那人凄厉地喊叫着，跳得更加狂野，身体如弓如矢，大开大合，像要把全身的力量和着血肉一起掷进大火。

远处的人都看得心胆俱裂，谁也没有留意，那一直站在最前面的女子忽然用力撕开胸口的衣襟，迎着大火走过去。火焰猎猎地喷涌，她一头秀发向后飞起，罩在身上的薄纱飞扬起来，一团团地被火舌舔舐，化作飞灰……场中已然大乱，失去控制的烈焰奔腾卷涌，灌木砰然火起，整个山谷都陷入一片金黄的火烟之中。

那女子走到那跳神之人身后几丈处，全身的衣裙都已被热浪撩飞，她大声地嘶吼，学着那人的模样，拔出一把玉石小刀，左手将自己满头秀发拢住，唰地一拉，将大半秀发割下。

跳神之人被她吓了一大跳，顿时停下了脚步，呆呆地望着她。却见她高举秀发，迎着扑面而来的猎猎罡风，一点一点地松开手指。秀发一缕一缕地飞进火烟之中，不久到处都是她的秀发飞舞，被风带着满场打转。

火焰忽然下沉，一瞬间失去了金色的外廓，好似熄灭了一般。林中陷入一片可怕的静寂中……

一团浓密的白色烟尘从白石上升起，像一根不断升高的凝固烟柱，慢慢上升，越过了灌木，越过林冠，越过了适才火焰所能达到的最高处，继续上升，一直升到三百多丈的高空，停住了，好像凝固在了空气中。

那跳神之人发出一声凄厉的长吟，匍匐在地。几乎与此同时，数道闪电同时从空中击下，树林周围数处同时腾起了火苗。闪电不停地击落，一束又一束，树林中传来一阵阵惊呼惨叫，女子和跳神之人却一立一伏，纹丝不动。

终于，一道闪电从空劈落，正中烟尘柱的顶端，好似钻入了烟尘柱一般。数不清的闪电像细小的须根，同时从烟尘柱中爆发出来，强烈的白光吞没了周围数百丈内的一切。

等到那可怕的白光散去，在场的幸存者脑中嗡嗡作响，只见那烟尘柱已经彻底崩塌，消散成一地白汽，笼罩在场中那两个一动不动的人身上。

雨，从低矮的云层中滴落下来，一滴，两滴，数百滴。雨滴大得可怕，嗖嗖嗖地穿过烟尘，在满地焦土上溅落起大团大团的痕迹。数百滴，数千滴，接着是数万滴，一阵隆隆的轰鸣由远及近，压迫着林冠而来，那是无数颗巨大的雨滴砸在树叶上的声音，是一种横扫一切的可怕力量。上一瞬间，人们还能看见周围的树林和头顶灰苍苍的天；下一瞬间，一切都被倾盆泼下的水所笼罩。人们被大雨打得抱头乱窜，抬不起头，直不起身。转眼间，树林中已变得泥泞不堪，一股股黄水从地面淌过，汇聚成小溪、河流，冲向树林之外的汉水。

只不过是短短的片刻时间，天地之间已被疯狂的雨、迷乱的风所笼罩。森林远方，汉水上游，传来奔雷般的轰鸣，若有人站在云端，便能看见一条黄色的巨龙在数百里暗绿色的森林中蜿蜒奔驰。

若此人转过身来,便能见到另一幅图景。

在森林的下游,宽阔的河谷地带,一大片黑压压的人正在慌乱地上船。一艘先导船已经到了河中央,船队中最大的那艘三层六帆的龙船刚刚收起跳板,正在数艘小船的拖拽下离开河岸。暴雨肆虐河谷,将布满河谷的大小营帐统统扫倒。河谷边上的森林中,大股大股的水流喷涌而出,将原本完整的河谷分裂成无数小块。

"咚咚"的鼓声在河谷上空回荡,和着天际连绵不绝的雷声,显得凄凉慌乱。河谷中的人还看不到上游,不知道即将到来的命运。

只有一个人看到了。在她的心底。

那女子赤裸着身体,仰面站在雨中,闭着眼,表情难以捉摸,似哭似笑。从林子里跑出来的侍从们跪在她身后,一个个强行屏息,谁也不敢打扰天海贵女的沉思。

第一章

大 周 镐 京
穆王二年夏四月二日

已经进入四月了。周制,以夏代所传颛顼历纪年,与殷历的闰十三月纪年不同,因此每年的闰月有偏差,节气便年年不同。四月有逐渐向暮春靠拢之势,往年的四月已经很热了,今年却大不相同。

自二月起,从东到西下起了绵绵细雨。从远在泰山以东的鲁、纪、齐,到河水南岸的成周洛邑,再到关中的宗周镐京,连续五六十天都笼罩在厚重的云层之下。雨也不大,来来回回地只是洒,洒得山间林地、田野阡陌处处都涌出了溪水,河水也提前迎来了汛期。

俗语说春雨贵如油,可是大周及各诸侯国施行的井田耕作,却要求在每年开春之前的旱季里,组织大规模的人手开垦生田,深翻熟田并栽种,还要对一部分已播种超过三年的瘠田增肥,烧林开荒……这一切大规模的国家活动,都与天气息息相关。一直不到头的雨季,令大部分国家的开垦政务都停了下来。

周与前商不同。商人半耕半猎、耕猎相继、田野里的收成并不完全决定一年之计。但周人自三百年前弃猎复耕之后，耕种便成为近乎唯一的收获来源，耕种不利，国必大乱。

清晨辰时，天已大亮了。整个天空依旧笼罩在一片半明半暗的云层之中。东面的云层薄而亮，能够看见下方一片片被照亮了的田野；西面的云层则又厚又重，一动不动地压在镐京城东门高大的城楼上。此种天象，必然又是半日晴、半日雨。

周制，只有拥有爵位、品秩以及军功在身者，或者奉天子诏令出使东方的使者，才能从东门而入。从东方来的行旅、商客，只能绕一个大弯从北门入京。因此东门又称荣京门，名字虽然好听，却落得冷清寥落，与镐京其他各门繁华不啻天壤之别。

荣京门门楼高达十二丈，门洞分为左右两道，各有三丈宽、十一丈深。当年初建时，大周还在与东方的大国商进行战略决战，因此荣京门的防御和守卫极其森严，除去瓮城，周围还有大大小小数十座坞堡拱卫。如今大周国力强盛，天下间已无对手，镐京的城市规模也早已远远超出城墙的范围，过去的坞堡或拆或改建为浮空舟系泊平台，不复当日振振军容。偌大的荣京门如今只有门前象征性地派值十六名虎贲卫，负责查验进出人马而已。

一辆小车从东边驰道上快速驶来，离城门还有数十丈便停下。这是辆只能供二人并列而站的所谓"传车"，速度极快，但车厢狭小，只是寻常短程的快捷车驾。车上两人身着正式的朝服，慢慢走到门前，向站在最前面的虎贲卫行礼。从朝服上看，两人的品秩都是朝廷中士，长袖上绣着葵叶的图案，当是某诸侯国派来镐京的大夫。守门的虎贲卫不敢怠慢,接过二人递上的关防文信,看了一眼便放二人进去了。

那二人也不甚急,上了车,持缰驭马,嘚嘚地慢慢过去,马蹄声在宽大的门洞中响了半天,才终于慢慢消失。

几乎就在这二人穿过门洞的同时,又有一辆传车来到荣京门下。一模一样的小车,车上人也是一模一样的朝服,只是袖口上的图样略有差别,与那二人不是同一国的。虎贲卫照例放行,这二人又过去了。

不到一个时辰,五辆这样的传车从容穿过荣京门,进了镐京城。等到了午时,看看再也没有人来,站在最前面的虎贲卫忍不住打了一个哈欠。

几乎与此同时,离他十余丈远、门楼旁边城墙底下,也有一个人大大地打了个哈欠。相对于那虎贲卫浅尝辄止的哈欠而言,这个就有点儿荡气回肠的意思了。打哈欠的人躺在一辆从清晨起就停在城墙之下的乘车中,在软软的垫子上伸了个大大的懒腰,睡眼惺忪地看着天空,道:"柒,几时了?"

一个小小的身影站在车前,回过身来道:"午时。"

打哈欠的人问:"唔……怎么样了?"

"从辰时到此刻,已经过了五辆车。"

乘车里安静了一会儿,似乎打哈欠的人又倒头睡去了。车前站着的少年约莫十一二岁年纪,身上穿着一身葛布袍子,外面披着粗麻的小罩衣,长得眉清目秀,一双黑黑的眼睛深不见底,一言不发地注视着荣京门的方向。

过了一会儿,车子一阵摇晃,打哈欠那人打着几乎不断头的哈欠走下车来。原来也是一位少年,约莫十三四岁模样。这少年穿着锦袍,外披素麻罩衣——与那少年的罩衣一样,都绣着一片柿叶。

那打哈欠的少年下得车来,很随意地坐在车辕上。年少的叫作柒的少年跪在地下，为他穿上鞋，他才站起来走了几步，道："唉，睡得我腰疼。早知道一早上就过去五辆车，我何必这么早就起来等在这里？老爷子有时候真不讲道理，要知道有多少诸侯国来报信，直接问通衢司或者行人署就行了啊，大不了派个人来——"他顺腿踢了跪在地下的柒一脚，"派你来，问问门口值岗的虎贲，不就行了吗？何苦巴巴儿地叫我在这里守着？讨厌！"

柒跪在地下，脸随着他走来走去地改变方向，道："主君是要考验公子，想要……"

"我知道他想做什么！"那少年烦躁地一挥手道，"讨厌！我问你了吗？"

柒跪在地下不动，脸上依旧是那副不动声色的表情。

那少年又转了几个圈子："柒！"

"在。"

"你说说看，一个上午，五辆传车入城，何解？"

这问题问得似乎有些莫名其妙，但柒眼睛转了转，便道："不是一个上午，是一个时辰。"

"嗯。"

"一个时辰之内，有五个诸侯国的使臣从东方来。"

"嗯。"

"现在不是朝觐的时间。"

"嗯。"

"国家也无将要举行的大典。"

"废话！"

"可是使臣都拥有朝廷的品秩……而且统统都是中士。"

"朝廷之中士，诸侯国之下大夫。"那少年神气活现地道。

"不是国家朝觐时间，诸侯使臣纷纷入京，但这些使臣品秩又很微妙，既非诸侯卿士，亦不是信使……朝廷中士、诸侯国下大夫的品秩刚好足以代表诸侯参与朝会，却又不像中大夫那样能代表诸侯奏事……"柒微微偏着头，皱着小眉头仔细思索，"可是这些使臣一个个又很从容，不像是因为战争爆发或者震、洪、疫一类的重大紧急事件而来。"

"那么……"

"是雨季，"柒已经得出了结论，笃定道，"雨季蔓延全国，耽误春种的时间，各国诸侯向朝廷派出使者——呃，不对，或许是朝廷向诸侯国召问春耕的情况，所以才会有这些使者——呃，也不对，这些不是什么使臣，乃是各国负责农事的官员……嗯……他们是来直接接受朝廷关于春耕的朝命，不仅仅是传递消息的使者。"

那少年听得眉头舒展，拍掌道："对了！这定是朝廷召他们前来汇报。哈，错不了！只消如此回复爹爹，一定能行！"

"……"

那少年在地下来回蹦了几蹦，回头才发现柒仍跪在那里，表情凝重，不由奇怪道："怎么了？"

柒沉吟了一会儿，才道："主君现任大行人，总管天下朝觐、会典和诸侯入京的大事，更不用说窦公殿下现在执掌朝政，统领天下诸侯——他可是最信任主君，每旬都要来府中宴游的，怎么从来没有听他们说起过？"

那少年一怔，随即哈哈大笑："柒，你这个笨奴，爹和窦伯伯乃是天下的执宰，这些事自然是他们所为。爹不过想试试我的能力，看我是不是够格将来继承那六百里山川——起来吧，时候不早了，咱们也该回去了。"

"是。"柒答应着起来,走到一旁,牵过一头两三岁的小青牛。那少年已经重新爬回车上端坐。柒吃力地给青牛套上辕头,拉着嘚嘚地转过半圈,离开城墙根,向着荣京门走去。

荣京门的虎贲卫向来只见各国使臣进进出出,或是有大批扈从的诸侯仪驾,还从来没见过如此小的一牛一车,居然也大摇大摆地冲着门走来,而且走的还是靠右的诸侯进出通道。

当先的虎贲步出专供守卫值岗的甬道,横戟而立,大声道:"何人!此乃荣京正门,奉先王之命,擅闯者斩!"

那当先的少年面沉如水,牵着牛车缓步上前,直到胸口离那虎贲手中长戟只有一尺才停下,傲然道:"大胆。此乃大行人、京师御史、岑伯之公子,朝廷上士岑诺的车驾。"

那名虎贲大吃一惊。岑伯暨乃本朝骤然得宠幸进的大臣,身为主管天下诸侯朝觐、往来的大行人,秩在朝廷少卿;又被任命为京师御史,负责拱卫京师的虎贲卫正在其纠察范围之内,是不折不扣的朝廷重臣。再一瞧牵牛车的小孩年纪虽小,却一丝不苟地穿着诸侯家下臣的罩衣,袖口上也果然绣着代表岑国的柿叶标志。

那名虎贲哪里还敢再多言半句,忙退开两步,持戟而立。柒牵着牛车,目不斜视地从长长的虎贲队列前走过,进了荣京门。

自镐京建城近百年来,外地诸侯进京一律走荣京门。先成王时,周公姬旦为了方便各国诸侯,便将接待诸侯的番士寮设在荣京门内。番士寮占地两百七十亩,几乎占了镐京内城的八分之一,以供来京诸侯们落脚暂住。但开国这么多年,哪个诸侯还愿意在上京时住在寒酸的番士寮中?都依着番士寮的院墙边缘修起了自家府邸,且是相互攀比,越修越豪华。先昭王时,还曾下诏切责过诸侯们居住奢侈,下令对在京修建府邸的诸侯征以重税,才稍稍遏制了诸侯们的攀比之风。

昭王驾崩不过两年半,如今的荣京门内又是一片大兴土木之景象,整条大道两旁全是一眼望不到头的脚手架。周制,位至公爵的诸侯才能在京中有三十亩的宅邸,大批的子、男爵位诸侯只能有五亩的小小地皮。不过这也拦不住小诸侯们建宅的热情,他们以建"观阙"为名,修建高达三五丈的高台,其实修建的乃是高至四五层的阁殿。这样的建筑工艺与大周传统的平面展开的营造法度迥异,据说乃是前商的工匠家族传下来的建筑工艺。

小诸侯们因为地皮狭窄,观阙楼宇修得高。那些富得流油的大诸侯国岂能容许他们高高在上,在自己的头顶过日子?自然是投入更多人力,务必要在自家的一亩三分地上建出更加豪华高耸的观阙。站在荣京门下向西望,一处处高耸的阁殿正如雨后春笋般快速生长,昭王若是死而复生,定认不出这座他才离开了不到三年的城池。

大道上熙熙攘攘,运送建筑材料和各国贵重器物的车辆往来不绝。柒牵着牛车往西走了两箭之地,忽听岑国公子岑诺在车上道:"咦?那不是爹的车驾吗?停车,柒!停车!"

柒个头小,踮起脚往前看,果见前面两里开外驶来两乘轻车,后面是一乘轩车,再后面又是两乘戎车。车队隆隆地驶过大道,路上行人车辆无不避让,站在路边的吏民也赶紧弯腰行礼。

柒没有立刻停下,而是牵着小青牛转到路旁,在路边一处没有脚手架的高墙下停了下来,又从车上拿下一块薄草垫子,摆在砾石满地的路边。

岑诺一跃而下,匆匆忙忙地撩起长袍跪在草垫上,口中道:"快,快!

爹这时候来此地做什么?别是……来瞧我有没有按他的吩咐在门外学习吧?都怪你!现在时辰还早,你这小东西非吵着要回来!"

柒跪在他身后,无奈地咽了口口水:"公子……主君坐着上朝的车驾,定是公事经过此处,绝不会是专门来找咱们的。"

转眼间车队已到面前,两人不敢怠慢,一齐深深地伏下身子。前面两乘轻车丝毫没有停下的意思,隆隆地席卷而过,中间的轩车也跟着飞驰而过。两人都松了口气,待后面两乘戎车过去,岑诺已经不耐烦地站了起来。

不料车队后面却还跟着一辆乘车,那车在老早以前便放慢了速度,到了他二人面前缓缓停下。

两人抬头一瞧,车幔掀起处,现出一个老者,淡淡地道:"公子,原来你在这里,倒教老夫好找。"

岑诺蹦跳起来,笑道:"陆叔,原来是你!你也跟着爹出来了?"

"窦公发来了紧急诏令,要主君立刻赶去西六师的驻扎之地。"那老者道,"现在府上的家仆正全城到处寻找公子呢。既然公子在此,便请上车一同前往吧?"

"可是我的车……"

站在岑诺身后的柒一声不吭,走到路边,见一名穿着草鞋的低级下士经过,便挡在他面前,稚声稚气地道:"你是谁?是何品秩?"

那下士正低头走路,被他吓了一跳,见这个还没他胸口高的小童一脸严肃地站在面前,不由一怔。"啊?你……"他眼光瞥到小童胸口的诸侯罩衣,顿时语气便软了,"在下是司空属下的巡街下士白石修。"

"大行人、京师御史、岑伯的府上,知道在哪里吗?"

"是,知道,知道!"

"这乃是大行人、京师御史府上的牛车,"柒严厉地道,"现在交给你,限你在今日之内送回府邸。听明白了吗?"

下士白石修胆怯地看了眼停在近旁的车,挠头道:"是……是,明白了。今日一定送到府上。"

柒将手中的缰绳扔给他,头也不回地走到老者的车旁,跳上车。那老者见他上来,拉开车前面的隔窗,道:"走,跟上车队。"驾车人甩开缰绳,两匹马嗒嗒嗒地赶起路来。

岑诺端坐车中,无聊地东看看西看看,道:"咦?奇怪,窦公不是六日前才到府里,和爹谈得挺开心吗?说是奉旨出巡西六师。呵呵,这太平年景的,巡视军营做什么?爹爹这匆匆忙忙地去,又是什么事?"说着打了个大大的哈欠。

那陆叔看上去约莫六十岁出头,在周人中算得高寿的了,须发皆白,神情却比岑诺还要精神,在摇摇晃晃的车中端坐不倒,沉声道:"昨日夜里,窦公做梦了。"

岑诺又打了个大大的哈欠,仿佛没有听到。那小孩儿柒却坐直了身子,诧异地道:"哦?又做梦了?"

"是的,而且是不祥之梦。"陆叔严厉地看着岑诺,"请公子留意,这一段时间以来,窦公的梦都很准。传说窦公家族中有梦貘的血统,所以……"

"知道了,知道了。"岑诺不耐烦道,"他老人家又梦见什么了?上一次他梦见登临应门景阳殿,不是已经成了吗?现在天下的大权抓在他手里,他还能有什么不祥的梦?"

陆叔脸色变得十分难看。柒有些为难地看了看他,偷偷拉拉岑诺的袖口。"公子,这些……都是禁中的话,咱们现在在外头,不该说这个。"

岑诺笑道:"在咱们的车上,左右都是从岑国带来的人,和在自己府里有什么区别?"

"君不秘失其国,臣不秘失其身。"柒从容地道,"咱们现在在镐京,不是岑国故乡。再说,窦公是咱们的宗主,为人臣子,也不能言语轻慢。"

岑诺沉默不语,两只浓重的眉毛渐渐立了起来,眼看就要大发作。陆叔咳嗽一声:"公子不想知道窦公梦见了什么?"

"梦见了啥?"岑诺没好气地说。

陆叔两眼望天,听着车轮隆隆地碾过砾石大道,好一会儿才道:"梦见你的父亲,咱们的国君,腑脏尽出,血流遍地,死在了应门的门口。"

拉车的马儿嘶声长鸣,车子剧烈地颠簸了几下,车队已然离开了平坦宽阔的大道,驶上了田野。柒扶着车壁坐正了身体,才见岑诺脸色惨白地靠在车壁上,颤声道:"爹……阿爹……他梦见阿爹……"

陆叔点点头,道:"报信的使者半个时辰前才赶到府上。主君一刻也没有耽误,立刻便下令赶去窦公的大营。这件事……唉……"

岑诺脸上惨白,竟是半天也回不过血来。"那……窦公的梦,真有这么准吗?"

"难说,"陆叔道,"窦公一天到晚做那么多梦,哪有件件皆准的?若真如此,岂不是成仙了么?但是公子你也知道,窦公家梦貘的血统传说非虚。三年前先昭王意外驾崩,彼时窦公身为先导,在汉水隔绝、音信渺然的情况之下梦见二龙升腾,因此顾不上礼法,飞驰回京,保得二位王子的平安。当今天子才得以于群臣什么都还不知道的情况下顺利入主镐京,占据了形势。窦公的梦不管是真是假,都断然不可小觑。"

"那么,阿爹他……"岑诺脸上又是一片煞白,情不自禁地握紧了身旁车壁上的扶几。

"公子无须过于紧张，"陆叔叹了口气道，"窦公现在当权柄国，主君亦是国之柱石，这梦说到底只是梦而已。主君自己就是'易卜'的大家，吉凶如何，还是能够算得出来的。主君常说，君子趋福避祸，难道连窦公都梦得见的事，主君会不知道？老奴陪同主君出来，刚才主君还有说有笑的嘛！"

车子摇摇晃晃地又走了几里路，岑诺脸上总算回过了颜色，讪笑道："是……陆叔说得是，阿爹……哈哈，阿爹怎么会死？这回是窦大人做了妖梦了……啊，是了，阿爹是窦公的主心骨。阿爹这么急着赶去，并不是被窦公的梦吓到了，恰恰相反，他是要去让窦公安心。"

陆叔拊掌而笑："正是如此！公子不愧是主君之子，一下便看中了此事的核心。窦公现在将兵在外，虽然离镐京不远，但毕竟算是在任统帅，按制是不能随意回京的，所以主君才要匆匆忙忙赶去，得让窦公安心。公子，你想想看，窦公临出京师时，安排主君居守于内；现在主君能够好整以暇地以天子的名义前去劳军，那不是一切皆在掌握的意思？窦公见到主君前来，必定会大为镇定。一切都会好起来的。"

岑诺越听越高兴，忍不住一击车壁，喝道："停，停下来！"

马车隆隆地停了下来。岑诺对陆叔笑道："你这么一说，我全然懂了。坐你这马车太慢，我得换一辆车，赶紧追上阿爹去。我……我要亲眼瞧瞧窦公见到阿爹的样子，哈哈哈。"说着拉开车门，跳了下去。

只听他一迭声的催促，随行的兵车立刻靠了一乘过来。岑诺跳上兵车，放眼望去，原来不多会儿的工夫，他们已经身在镐京城东的一片光秃秃的山坡上。这处山坡乃镐京东面连绵起伏的丘陵的起点，再往东走，需要翻过十余座小山丘，才能抵达驻扎着西六师的周埠。

时已过正午，太阳已经完全消失在云层之后。没有风，远处山丘的另一边，升起了几道笔直的烟，那里正是当今天下首席执政、北狩大臣、窦公的一万八千北狩大军的本阵。

岑诺从御者手中接过缰绳，"哈"的一声用力扬起，四匹烈马齐声嘶鸣，争先恐后地奔驰起来。

一众跟随在后的岑国车骑不敢怠慢，纷纷扬缰，呼啦啦地跟着他向小丘的另一边飞驰下去。

那辆乘车被众人抛下，孤零零地停在小丘上。车厢里，陆叔与柒相对枯坐，陆叔听着外面的动静，一张枯瘦的老脸已然拉了下来。

柒大气儿都不敢出，慢慢爬起来，从靠窗的小几下摸出一只小酒壶，给陆叔面前的赤金箍皮盏中倒了点儿酒，又慢慢缩回自己的角落。

陆叔端起皮盏，喝了口已经冰冷的酒，叹道："真是空生了一副好看的皮囊！"

"爷爷……"

陆叔又大大地喝了一口酒水，好像要把什么东西从喉咙里压下去一般。待放下皮盏，胡子上已满是水渍，滴滴答答地落在胸口。柒忙站起，用自己的衣袖给他擦干。

陆叔又叹了口气，拍拍车厢壁，马车晃了一下，重新不紧不慢地奔驰起来。柒小心地道："爷爷，那梦……真有这么可怕？"

"梦是征兆，"陆叔雪白的眉头皱得紧紧的，"世上哪有无缘无故的征兆？既有了征兆，若无破解之法，最终就会变成现实。你要记住，微风起于青萍之末，若是放任不管，待到成为席卷天下的狂风，想管也管不了了。"

"这征兆来得真奇怪，"柒道，"孩儿……孩儿觉得……"

"你觉得如何?"

柒有些害怕地看了陆叔一眼,低声道:"孩儿觉得……来得太早。"

"唔?你觉得迟早会有此征兆?"

柒害怕地缩成一团。"爷爷,孩儿……孩儿不敢胡说……"

"这里只有我们爷孙俩,又无外人。你年纪虽小,识见比公子可强多了。你说说看,你何以觉得迟早有此征兆?"

柒躲在角落里,大脑袋随着车身摇摇晃晃,不停地撞在车厢上,低声道:"周公乃国家宰辅,此乃传统。窦公虽然有拥立天子和周公的功劳,可是……和国家宰辅作对……"

"周公还小!"

"五年后呢?"

"那不是还有五年吗?"

"爷爷,五年之后,周公一定会柄权当国吗?"

陆叔微一沉吟,道:"也不一定。但他与天子乃一胎所出,天子爱重他。只要没有大的变故,他成年以后的权势是无人可以撼动的。"

"五年之后,他就会取得天下的权柄,"柒细声细气道,"连爷爷你也这么认为。那些不依附窦公与主君的诸侯、大臣们自然也明白这个道理。既然迟早他会宰辅天下,顺应这个形势的人就会越来越多,那么……或许根本要不了五年,依附于他的人就会将天下的权柄送到他的手中。爷爷,您教我下棋用势。周公的势,难道还不够清楚吗?"

"唔……唔……!"

车子接连抖动几下,远远地传来群马奔腾的声音。陆叔从心神动摇中猛然回过神来,低声呵斥道:"噤声!这样道理,是谁教你的?!"

柒忙匍匐在地板上:"没有人教孩儿!是孩儿自己胡思乱想……孩

儿以后不敢了！"

一只手抚摸到他的头上，柒一惊，已被陆叔扶了起来。陆叔上上下下打量他好一会儿，眼中神情变化莫测，似乎又是忧伤，又是感动。柒吓得不敢动弹。过了好一会儿，陆叔才道："刚才你所说的话，是对的。但是你只对我说这一次。从今以后，绝不能再对第二个人说起此事，你懂吗？"

"是！"

"对公子更不能说。"陆叔加重口气道，"并不是不该告诉他真相，而是……唉……他年纪虽然比你大，却没有什么担当。你若告诉他这些，会吓到他的。有任何事，你来对我说，我自会告诉主君。"

柒惊道："爷爷！孩儿的这些胡话，不敢惊动主君！"

"不要紧，我自有主张。你起来，我再问你，今日早上，主君让公子去城门口守着，你明白其中的意思吗？"

"明白。"柒道，"主君是想让公子学着自己观察形势。"

"那你可曾观察到什么形势？"

"来自诸侯国的水监、农正正在向京师集结。"

"那又如何？"

"诸侯国的水监、农正来京师，是受卿士寮的调遣，"柒顿了一下，道，"不受主君的行人署管辖，也不受窦公主治下的夏官管辖。"

"唔……那又如何？"

"各国的水监、农正，虽不是中大夫以上的高官，却能影响国君耕作的政策，然后……"

"然后？"

"天下大事，在戎与祀，"柒小心地看着陆叔道，"但……对诸侯国来说，一年的收成，才是最重要的大事。"

"所以呢？"

"所以……呃……"柒搔了搔脑袋，"孩儿……孩儿不明白。"

"你不明白？你不是已经非常非常明白了吗？诸侯的大事在耕作。各国的耕作，由水监、农正统筹，这些位卑而任重的人齐集京师，周公殿下便可越过窦公、主君，向天下的诸侯发出诏令，将他的旨意传递到天下。"陆叔苦笑道，"你说得很对，这个势，天下的诸侯看得清楚，周公殿下似乎看得更清楚。窦公一直以为周公是眼屎都没擦干净的孩子。唉！孩子的见解可比他强多了！"

柒睁大了眼睛，盯着陆叔。

陆叔用力地抚摩着膝盖，强行压抑着激动，说道："想想看，你不过才十二岁，便有此见解。周公殿下，那是先王、师亚夫、祭公这样运筹帷幄的大匠亲自调教出来的弟子，识见岂能以寻常十六岁孩童来看待？窦公看轻此人，唉……这梦可真不是无妄而发！"

"爷爷，您是说……"

"窦公，还有主君，现在已经感觉到来自周公的压力了。"陆叔道，"主君早已知道，却一直无法说服窦公和曾侯、随侯那些人，所以这次窦公的梦是个机会，能够让主君说服窦公看清眼前的形势。"

"看清形势？然后呢？"

陆叔见柒始终一脸好奇的神色，终于忍不住一笑，道："你知道势是什么吗？势，既是形势，又是趋势。形势是已成之势，趋势则是将成之势。若能看清形势，就能把将成之势导引向另一个方向。所谓因势利导，就是这个意思。所以，窦公的梦，周公的势，都是一个可能的趋势，咱们主君若能因势利导，这一切都会发生根本的改变。"

柒长长地舒了口气，靠在车厢壁上沉思，过了一会儿，忽又想起来什么。"可是，万一窦公殿下不听主君的，不愿意因势利导，又怎么办？"

　　"那就占据形势，形成威压。"陆叔毫不迟疑地道，"一个月前，主君力劝窦公离开京师，将兵在外，就是要占据这个形势。兵权，就是势，周公要破这个势，就得拿兵权来硬顶。他小小年纪，何来的兵权？这个势他借不来，窦公就可以一力降十会，硬压。"

　　柒又似懂非懂地点了点头，继续靠在车厢壁上沉思。"周公虽然年轻，却是不折不扣的王若，代天子监国。窦公以武力相向，是要造反吗？"

　　陆叔呵呵大笑，拍着他的肩头："很是，很是！你想得很对！所以，这个也只能是势，而不能成为实，就好比先昭王降服荆楚。荆楚一开始就摆出百般迎战的姿态，先昭王从头至尾，都没有真正发兵征伐荆楚。可是，他的一举一动，代表的却是百万大军之重，最后荆楚看懂了昭王的势不可挡，这才心服口服地败下阵来。此便是将势转化为实的例证。国家政治，不到万不得已，绝不会真的动刀兵。真正的较量，在动刀动枪之前就结束了。"

　　这一回，柒总算是心服口服地点了点头。

　　陆叔见他点头，宽慰地笑了笑，可是没过多久脸色又沉了下来。

　　柒小心地看着他的脸色。这小子年纪虽小，当主君、公子的贴身侍从却近十年，还没学会跑，便已经学会了察言观色。陆叔心头所想肯定没有他说的那么简单，可是有些话，陆叔就是对自己这个唯一的亲人也不会说起。

　　柒默默等待着。

　　马车一路向东，颠簸着翻过一座座小小的山丘。窗外渐渐下起了雨，或者说，他们已经离开了平原上空沉闷的云带，驰入雨中。除去淅淅沥沥的雨声，还有另一种声音渐渐响起。

鼓声。大鼓的声音压着地皮从东面传来，震得人心头发沉。柒看了眼微闭双目、似乎已睡着的陆叔，偷偷地掀起窗帘的一角望去，只见前方山坳下，一眼望不到边际的田野中，数百亩的田野已被踩成泥泞，整整齐齐地排列着上千顶牛皮军帐。驶得近了，便能瞧见一排排铺上伪装的鹿砦、拒马，还有安装在阵地中央的火龙砲①。

这不是普通的营地，乃是一座严格按照周礼军制建立起来的野战营地。大营中处处旌旗招展，位于中央大帐之前的则是一根高达六丈的大纛，纛顶绑以白布，饰以黑色兽毛，显示出其代表着至高王权的无上权威。

已过正午，营地上处处烟雾弥漫。有营便有烟，这是古已有之的秘法，足令敌人无法探清大营的布置和实力。不过，现在这座大营的主人可一点儿也没有隐藏实力的意思。隆隆的鼓声不停响起，数十队车骑如同黑色的洪流一般，不停地进进出出，围绕着大营奔驰盘旋。还有一小队一小队的斥候，离开大营，向四面八方驰去，而与此同时，同样数量的小队又从四面八方会聚到大营中……

乘车一路向着大营驶去。不停地有车骑从道旁冲出，但是一瞧小车上的家徽图案，又立刻勒马，让乘车通过。柒是第一次如此近距离地看到真正的军队、大营，不由得兴奋地睁大了眼睛，看来看去，生怕看漏了什么。

陆叔端坐在车中，闭目养神，直到车子从大营门口数丈高的阙楼下驰过，嘚嘚作响地进入营中砾石铺就的驰道，他才长叹一口气，低声道："好吧……那就威压！"

乘车直入大营，顺着驰道一直行到位于大营最核心的大帐前才停下。

---

①此处"砲"为特别使用，指投石机，周代无火炮。

大帐前，纵横数十丈由砾石铺就的广场中，三百名黑衣甲士列成六排，树林一般地挺立着。乘车在骑士前面停下，一个小小的脑袋冒出来，旋即又缩了回去。过了一会儿，那个小小的脑袋又冒出来，整个人轻轻灵灵地跳下车，熟练地从车身底下拉出垫脚的踏板，又爬上车，将一个眉毛头发都白如初雪、下巴却光溜溜的老者恭恭敬敬地扶下了车。

压在头顶黑沉沉的云层似乎闪动了那么几下，好一阵才听见一声沉闷的雷声。小孩儿柒扶着老者陆，慢慢地穿过甲士枪林，走到大帐前。

这座大营是依照战时野战营地的法度建造的，大营的中军大帐却修建得极其考究。地下铺着一层砾石，数十根粗大的木梁将整个大帐抬高到四尺悬空，再以漆木铺就光滑的地板，上面再覆盖着公侯才能使用的四层草垫——仅就这地板而言，已不是一般诸侯的府邸中享用得起的豪华。大帐高达三丈，中间是三根粗大的楠木立柱，将巨大的牛皮帐幕高高撑起，给大帐留下两丈多高的空间——这也不是普通诸侯家的大厅能有的规模。至于帐中摆设，自是极尽奢靡之能事，只不过与大帐自身的建筑精美比起来，反倒显得不那么突兀了。

陆与柒一起坐在大帐边，用放在帐边盆中的清水洗脚，然后才踏上大帐软软的草席。

大帐中有一人朗声道："老陆，你总算来了，正等着你呢！"

陆叔迎着那人走上两步，站住，然后插葱似的拜了下去。柒赶紧一个跟斗扑在地下，大气儿也不敢出。

那人呵呵笑道："瞧瞧，你这个老陆，礼数还是这么周到。孤正跟你主子说，要把你延请到孤的幕府里来呢。你礼数这么大，可是见外得很。"

陆叔匍匐在地，稳稳当当地叩了一个头，才抬起头来，笑道："老奴这个身子，这个命，哪里敢当得起天下宰辅一个'你'字？殿下真是折杀老奴了。再说，老奴的主君便是殿下的股肱，老奴这不也就是殿下的……一根毛吗？"

那人呵呵大笑："嘿！你这一句话里头，把你想说的，你主子想说的，都说了。明着夸了孤，暗地里夸了你主子。嘿！嘿嘿，有趣，有趣！暨，你这个宝贝，孤可真的想要了啊。"后半句却是冲着帐中另一人所说。

柒听那人声音，便是常常驾临岑伯府上的窦公。他听这声音已有多次，却从未谋面，忍不住偷偷抬头瞧了眼。却见大帐中间又是一座矮矮的木榻，木榻上面一人身穿白色朝服，四十几岁的年纪，头戴玉冠，面如满月，美髯过胸，正是窦公。只是他人在榻上，却并非跪坐，而是在榻上又摆了一张野战用的折叠小凳，他便这么端端正正地坐在凳上，看上去既庄重，又略微怪异。

岑伯和岑诺二人并排坐在榻前的案几后。岑诺其实非常像他的父亲，一样高高瘦瘦的个子，略显苍白的脸。只是岑伯坐着比他儿子还高出一个头，身穿浅灰色的朝服，眉头深皱地坐在那里。见陆叔对答得体，他明显松了口气，厉声道："陆，窦公殿下乃朝廷宰辅，说话不得放肆。"

"是！"陆叔就坡下驴，"老奴是个残废之身，乡野村夫，实在不知礼法，还望殿下恕罪！"

"唉……唉，"窦公顿时收起笑脸，讪讪地扬手道，"暨，你也真是的，时时刻刻都板着个脸。孤也被你教训了。起来吧。"

陆叔又叩了一个头，才颤巍巍地爬起来。后面的柒赶紧上前，将他扶起。窦公道："哟，这儿还有个小东西啊？"

"这是陆抚养的孙子。"岑伯淡淡地道，"过来吧，你年纪大了，殿下又看重你，就到这里来坐吧。"

陆叔连声称谢，扶着柒的肩头走到岑伯下首，在一张低矮的案几后坐下。窦公早已忍不住站起来，在榻上转来转去，好容易等陆叔坐稳了，才道："暨、老陆，你们都是孤的股肱心腹。一大早把你们召来，可得给孤好好计策计策。"

"老奴自当效力，"陆叔在小凳上弯腰道，"殿下忧心的，可是昨夜的梦？"

"那梦着实奇怪，孤当时吓得满身冷汗，起来绕室彷徨……"窦公叹口气道，"你主子可是孤的股肱大臣，这种梦实在令孤寝食难安啊。"

"梦始终都是梦，"陆叔淡淡地道，"先文王那么勇武神圣之人，也曾做梦，梦见被纣王所杀——梦不过是个可能的趋势而已。"

柒跪在陆的身后，听他将在车上所说的"势"的言论，又慢条斯理地说了一遍。帐中三人——窦公走来走去，似乎在专心听，但一定要到陆叔说至关键结论处，才会骤然眼前一亮，连连点头；岑伯微闭着眼睛，神情却十分严肃，每个字都不放过；岑诺则心不在焉地打着哈欠，时不时地对柒丢个无可奈何的眼神。

陆叔一说完，窦公就双掌一合，叫道："善！陆所言极是，真令人茅塞顿开！陆，你真可谓智囊！"

"老奴不胜惶恐。"

"既然你说得势，可是孤现在有点儿骑虎难下……你们让孤将兵在外，这一步棋是得了势，可是这个势又如何转化为实呢？难道要孤真的……对那小子下手？这岂是孤的本意！"

帐中顿时一片沉默。

窦公说的那小子，自然便是当今天子姬满的孪生弟弟，有执政王若之称的周公，姬瞒。

第一章

三年前夏末，先昭王姬瑕以三十六国诸侯之力威压东南的荆楚，逼死了老楚子熊艾，逼得楚国新君率荆南近百诸侯俯首称臣。这是朝廷六十多年来在南方第一次通过政治手段获得全胜，消息传来，举国相贺。

不料，过了不到两个月，惊天噩耗传来——昭王在楚都丹阳盘桓月余，于九月十一日渡汉水北还，当日汉水上游忽降暴雨，昭王御营音信断绝。

先一日渡江的窦公寿等人好容易躲过暴涨的洪水，在北岸等了两日一夜，也未等到从南岸传来的半点儿消息。留在南岸戍从昭王的有八百多名公卿官吏，竟无一人渡江而来。

彼时暴雨如泼，连下了四日不见丝毫停歇，汉水暴涨，河面宽至十里。窦公寿等人无法从对岸获知昭王的信息，急得满头乌发尽转为霜。第四日晚上，连续数日不曾合眼的窦公终于忍不住小睡片刻，孰料竟得一梦，梦中窦公手托双龙，踏云而起。

当时在窦公幕中的，便有精通易卜的岑伯岑暨。窦公醒来，立刻问岑暨梦之凶吉，岑暨便以幕前被暴雨打倒的树枝为签筹卜算，得了个"九五，飞龙在天，利见大人"的绝卦。

窦公与岑伯得此卦象，都惊得目瞪口呆。天子就在江对岸，生死不明，这边连梦带卜，都预示着新王登基之兆，难道昭王已然……遇难？

但是昭王的凶信一直没有传来。有可能整个御营已被洪水扫荡干净；也有可能昭王遇难，而随行的人一直无法渡过汹涌的汉水；还有一种可能……凶信根本就没有往汉水北岸送，送信的人直接溯江西上，在尚未涨水的上游渡过汉水，直接送去了镐京。

昭王是先康王的第三子，前面两个兄长未能活到康王驾崩传位的那一刻，所以王位传给了昭王。可是那两个兄长却都传下了后人，且都已长大成人，宗族强大。反观昭王一生风流，却仅仅留下嫡出两子一女，都还未成年。昭王离京之时，两个儿子都还在远离镐京的辟雍馆中学习。因为是一胎双生的儿子，昭王甚至来不及为他们定立太子、王子的名分。

若昭王真的驾崩，那将是国朝开国以来第一个死于"恶地"的天子。国朝天子历来爱惜声名德行。天子的德行，乃是上天赐予其统治天下的明证，若德行有亏，便有失国之兆。天子死于恶地，乃是洗不掉的不德之名，若此事传入镐京，那些早就觊觎王权的堂兄，岂能让昭王的儿子再登上王位？

窦公、岑伯略一合计，当夜便抛下先导营，只带数名亲信连夜北还。此事冒着极大的风险，若是昭王未死，渡过了汉水，这二人便当以叛国问斩，而且必将殃及国族。

九月十九日，两人赶到距离镐京六十里的辟雍馆，当日夜里便从辟雍馆中接出昭王的两个儿子姬满与姬瞒，用一艘伪装的民船将两位王子送进了镐京。九月二十日日出之前，留守汉水北岸的先导营终于将昭王驾崩的凶信报至镐京。然而日出之时，窦公已联络京中留守的召公以及齐侯、晋侯、虢公、邢侯等执政大臣，敲响宗庙内的大吕钟，召集在京的公卿大臣，拥立姬满为天子，号为"穆"。满朝公卿大臣无不惊骇，然而转眼之间君臣名分已定，事已至此，还能做何打算？

昭王朝中，执政大臣照例以周公、召公为首，以下次第为祭公、窦公、齐侯、晋侯、燕侯等人。周公已在昭王十六年病逝，并未留下子息，按理该从鲁国的子弟中选一人来接任。然而天子姬满爱重弟弟姬瞒，登基伊始便要将他立为王太弟，位列继承顺序第一——兄终弟及，此乃前商的政治传统，岂能在国朝重演？大臣们争执不下，便以姬瞒过继了周公之位，算是一种变通。其下，召公已近耄耋之年，祭公随驾昭王死在了狂涛之中；窦公以拥立穆王之功，骤然进位，成为朝中仅次于召公的执政大臣。随同窦公进京的淮北诸侯在朝中的职位也随之超越。淮北系在穆王元年崛起,到穆王二年时已在朝中站稳了脚跟。

匆忙即位的穆王,还来不及着手处理国事,就要背负着主少国疑的重压,前往南方。穆王元年八月,天子已立接近一年,楚国派出的使团终于抵达了镐京。除了诸侯朝贺天子登极的常礼,楚国的使臣令尹昭通,立在应门大殿之上向天子舞拜,再献一枚盈尺的宝玉。

此玉色泽古朴,碧绿透明,便好似朝堂公卿当时的脸色一般。因为楚国令尹献上此玉,乃是朝贺天子又多了一个亲弟弟——天海贵女已于月前诞下一子,号称昭王之遗腹子,楚国已为此子命名为"显"。

开什么玩笑?昭王南巡不返,身死恶地,十九年功业毁于一旦,天下皆知乃天海妖女所为,如今竟然诞下一子,且公开朝贺,报名于朝堂,这是来讨封爵吗?!

年少天子尚不知如何是好,召公、窦公等已出声呵斥:"楚国使臣无礼之甚,可退!"

来自朝堂上的呵斥,没有让楚国使臣住嘴。令尹昭通舞拜陛前,大声质问天子——此情已属咆哮陛前,大周法令,除死无他;昭通深知此来有死无回,离开楚国前已为自己发丧——殿前虎贲立即将其擒下。

楚国令尹,在楚国已是上卿。虽然楚国君臣已逾三十年未在朝中任职,但一年前昭王南巡时赐予楚国君臣爵位,令尹已获封朝廷上大夫品秩,按例须得下狱问罪,方可行刑。但当日昭通言行骇人听闻,殿上诸大臣乱作一团,擒拿昭通的虎贲还未将其拖出应门前的广场,昭通便已一命呜呼,遍地狼藉。应门之内,即便御诸侯如奴仆的康王时代,都未曾见过如此狼狈之事。

昭通究竟如何死的,朝堂上已无人有意深究,此荆蛮之人行事疯狂鲁莽，自与开化之民大相径庭。摆在天子和朝堂诸公面前的，乃是另一个天大的问题：

天海所诞之子显，究竟该如何处置？

当日下午，穆王便颁布登极以来第一份诏书，昭告天下，要南巡荆楚，"远服蛮荒，狄戎猷囚"——这是先武王伐商时用过的言辞，其警告之严厉可见一斑。诏书最后将楚国那个所谓的昭王遗腹子称为"天海孽子"，正式与之划清界限。

即便是昭王离奇驾崩后的半年，朝廷与荆楚也维持着明面上的和平，不意一夜之间，天地翻覆。当日昭王南征荆楚，朝廷公论乃是因为荆楚有不臣之心。可是天下都传说乃是因为河图之灾，天子嫁祸于荆楚，想要凭蛮力压服荆楚，以消弭河图之灾带来的亡国隐患。甚至坊间传言，昭王之死也与河图之灾中的红衣小儿歌谣有关。

不知从何时开始，天下人都将河图与红衣小儿并称"河图之灾"，认为这二者密不可分。流言越传越神，天下的占星、卜算、推演之士争欲求当日之河图而不可得，所能凭借的便只有红衣小儿流传出来的那几句让人似懂非懂的歌谣。

"月恒升，日恒坠。西乌起，东海灭。维叶萋萋，北疆于戏。葛覃苇芃，几侧天下。"

此歌也是晦涩难懂。到目前为止，天下一致的看法是昭王被天海贵女害死，正是应了其最后一句。不管那场罕见的洪水是不是楚国人所为，只凭天海使昭王淹留楚国丹阳一个月之久，就难逃"淫惑魅上"的罪名。

传说楚国的继任者熊黮年纪幼小，掌控楚国的仍是天海贵女。这女子之智深得其父熊艾之传，不过短短两年，曾一度匍匐在昭王脚下的荆南诸侯、方国又偷偷地重新聚集在楚国的麾下。

大周建国以来最基本的国策，便是对封建的诸侯国全力掌控，绝不允许诸侯国拥有自己的势力。所谓"诸侯无邦交"，外藩诸侯之间只能以正常的礼节来往，其他任何外交权力统统收归镐京。而对于千里王畿之内的邦国，则连彼此之间的礼节性来往都有严格限制。两个相距不过数十里的畿内诸侯见面，得分别赶往镐京或者洛邑，在番士寮中正式行礼见面才行。像楚国这样私下拥有千里江山、数十仆从国的，那真是不反也算是反了——双方局势已到一触即发的边缘，在此时刻，楚国抛出昭王遗腹子这一招，可谓往火堆中投下一罐热油。

大周绝不容忍。

周楚之间风云再起。为了威压荆楚，穆王于元年九月离开镐京前往汉水，在汉水以北召集诸侯，进行连续半年的战争准备。作为太保的召公自然得随行。穆王离京时留下周公姬瞒与窦公监国。

姬瞒时年十六。

周制，周公与召公在国家政治中拥有独特的地位。通常情况下，历代周公兼任太宰一职，是天然的首席宰辅，负责辅佐天子处理国政；而召公则历代都兼任太保之职，负责全国军队的调动。天子以戎事出征，则由召公随行，而周公立刻成为"王若"，在朝中担任监国的角色。此次天子南巡意义重大，召公自然是要紧随辅佐，刚刚继承周公之位一年的姬瞒便留守镐京。

然而在朝中诸大臣看来，年少的周公至少还需要五年以上的时间，才能在大周的政治版图中占有一席之地，现在的他不过是一个代表王权的傀儡而已。大周天下的万里疆土、兆亿众生是不可能就此交到一个刚满十六岁，用窦公的话来说，连眼屎都没擦干净的小孩儿手上的。

然而，小小的姬瞒可没有把自己当成傀儡。天子离京不过三月，姬瞒忽然以观政的名义第一次参加了公卿朝议大会。彼时，窦公、齐侯等在京的执政大臣已经在内阁"省尔"中就座，姬瞒忽然驾到——以他的王若身份，自然不能在下席陪坐——在场的公卿大臣们只好重新起来，尊他上座。从此以后便每隔七日，定时参加朝议。

十二月三十日朝会，姬瞒第一次在朝会上提出发布统筹全国农田的诰令，即所谓的《天下井田考诰》，要求重新丈量王畿、封国土地，震惊四座。

按这个诰令的本意，丈量王畿、封国土地，并非要重新分配，动摇国本，只不过是"以明天下田地，计量所出入，核准周平"。"周平"是先文王立国时便建立的一种仓储制度，为的是将丰年的粮食由国家囤积，以备灾年，但是这个"平"的物价是要以天下产出的平均值来核算的。这件事说重，确实关系国本，但昭王十五年才刚刚丈量过，现在又非荒年，何须劳动天下？执政大臣当时便以为此乃乱命。

然而，周制，天子之令称"旨"，执政大臣的建议，只能称为"疏"。"疏奏上，天子准"才能成为"制"。就连窦公如今权倾朝野，也只能在朝会中上疏，然后批准成为颁布天下的制令。周公却是大周朝廷中的异数，一旦天子离朝便代王监国，尊称"王若"，所下之令与别家不同，称为"诰"，是可以直接颁布全国的制令。

原以为周公姬瞒会老老实实观政学习，却不料他跳过满屋子德高望重的执政大臣，直接下了这个不明不白却又不得不执行的"诰"！

在场的人都心知肚明，周公姬瞒观政是名，公开抢夺监国大权是实。这个眼屎都没擦干净的小孩儿，明目张胆地向窦公要权来了。

"将兵在外，乃是取势，"陆叔淡淡地道，"殿下要威压周公，这只是第一步。殿下觉得太过了？老奴可不这么认为。周公代天子君临朝会，他要取势，比您容易得多，起点也高得多。像现在这般发展下去，轻而易举就会被他取走天下权柄。殿下认为这也可以接受吗？"

窦公在榻上来回走了几圈，回过身来恨恨地道："岂有此理！孤冒着性命之忧，才为他兄弟二人夺来这江山，他姬瞒不知'感恩'二字是如何写的？年纪轻轻，就要管理偌大的江山，这又岂是他扛得起的责任？"

岑伯道："殿下的意思，小臣明白了。既然不能任由周公胡来，咱们身为臣子的就得另想办法。"

"可是，你刚刚说，周公五年之后就要真正得势。"窦公忽然道，"以孤现在的实力，要压服这小子不难。可是五年之后——那当如何？"

岑伯与陆叔对视一眼，又若无其事地转回头。陆叔微一沉吟，道："殿下，这就是您梦的真正由来。其实您心里一直在担心五年之后周公掌权。俗话说，斗米恩升米仇，您给天子和周公的乃是不赏之恩，到时候周公报恩……怕是要报得您国破家亡。"

窦公脸色刹那间变得惨白，一下子回过身去，背对众人低声道："噤声！这大逆不道的话，你竟敢……居然……说得出来！"

"老奴病残刑余之人，活在世上全靠殿下、主君的恩泽，又有什么说不出口的？"陆叔咳嗽两声道，"殿下、主君乃堂堂大臣，当心无杂念，我这做奴婢的，就得好好想想这些个上不得台面的事情。"

"想……想什么？"窦公声音微颤道。

"想一想怎么能威压周公……至少是让殿下获得与他平起平坐之位。"

"我国的政治，周公、召公并重，"岑伯道，"哪里还有可以与周公平起平坐之位？"

陆叔揉着酸痛的膝盖,慢慢道:"既然是周召并立,答案自然也不言而喻。"

"你疯了!"窦公叫道,"孤岂能取代召公!"

"先周公无后,姬蹒这小子便捡了便宜。现在的召公也垂垂老矣,这次陪同天子出巡,老奴实在是怀疑他还能支撑多久。"

"召公可是有后的!"

"召公长子、二子、三子都先于他病故,现在留下的这个四子,乃是他六十一岁上头才得,至今不过七岁。"陆叔幽幽地道,"这样的岁数,继承召公之位是没什么问题……可是能继承统管全国军队的太保之位吗?"

"啪"的一声,窦公双掌相击,激动得在屋子里来回打转,大声道:"哈哈,哈哈哈!真是茅塞顿开,茅塞顿开!老陆你这一席话,抵得上六百户了。哈哈,哈哈哈!"

"老奴拜谢殿下恩赏,"陆叔不动声色地弯腰,"但是光有此言是不够的。奴婢要为殿下挣来这一个太保之职。"

窦公坐回木榻中央的小凳上,庄严道:"讲来!"

"是的。殿下现在以整顿王畿的名义将兵在外,离镐京不到三十里。这是对周公的威压,也是提前将王畿的军队调入麾下、不给周公机会的权宜之计。可这计策只能管一时,管不了一世。"陆叔道,"今天早晨,这两个孩子也亲眼见到,各国的水监、农正正在向京中汇集。这便是周公对咱们这一计的反制,很有效果。"

"哦?"

"今年以来,天象变化,阴雨连绵,全国的春耕都受影响。周公此时下令水监、农正进京,这是卿士寮的职分,不会惊动天下。可是他的下一步，定然是令天下开始井田整治，大规模调动国人进行水利建设。到时候，您所将军队中的国人必然会离营返乡。您再要调集军队，集中兵权，就难了。"

窦公怒形于色："正是，正是！好一招釜底抽薪！"

"我们都小看了这小子。说不定，他的背后一直有人指点。"

"师亚夫，那老贼！"窦公一拍大腿，眉目皆张道，"必定是那老贼！他是先周公的智囊，孤还以为他会讨厌这个强加给他的新主子，想不到他……"

"或许是师亚夫，"陆叔道，"不过，不管是背后之人还是周公自己，这一招很是巧妙。殿下，咱们以硬碰硬，碰不歪他这个正理。"

"那依你，当如何？"

陆叔再看岑伯一眼，二人眼光一碰，又若无其事地转开。陆叔抚摩着自己的膝盖，好像要把什么东西从那里揉出来一般，沉吟了许久才道："兵，已经动了，想要收回去，就难了。您要谋求的是太保之位，也必须在兵势上想办法。这一次咱们与周公斗，其实并非真意，真正要碰的是召公，是他将要遗留下来的太保权柄，所以……要继续加大兵势，将兵权从王畿扩展到全国！"

饶是窦公位高权重，也不由得倒吸一口冷气。"什么？！你……你想要征集全国的军队？那不是真的要造反吗？！那些诸侯国谁会听此乱命？！"

"天子不在朝中，执政大臣议政下制，谁敢不从？"

"理由呢？天子不在朝中，孤调集军队，总得有理由吧？"

陆叔坦然地一笑："理由，当然是有的。"

"啊……"窦公虽不明敏，却还是回过味来，"老陆……还有暨！

你们俩……是不是早就想好了？"

岑伯微微一笑，却不答话。陆叔咳嗽两声，从怀中掏出一张薄薄的帛书。站在他身后的柒忙抢上一步，双手接过，弯腰走到榻前，跪在地下捧给窦公。

窦公接过，不放心地看了陆叔和岑伯一眼，再看手中的帛书，却是一张勾画得十分清晰的地图。他久在军中，稍一凝目便记起。"唔？这不是北方陇山的地图吗？"

"殿下真是好眼力。"

"北陇山……千沟万壑……"窦公把这幅地图颠来倒去地看着，"又有什么动静吗？"

"殿下真是厉害，"陆叔忍不住笑道，"北陇山正是有动静了。"

窦公放下地图，疑惑道："孤每日都收到北军传来的消息，北陇山到草原一带，最近哪有什么动静？"

"殿下，请仔细瞧瞧，地图上有什么？"

窦公哼了一声，抖抖帛书再瞧。"唔，北陇山，孤熟悉得很。两千里山脉重重叠叠，千沟万壑中也就三五个隘口可以直达周原。唔，这里是平八，这里是三山，还有平六——平六隘口过去，好像是孤发国吧？"

陆叔呵呵笑道："正是孤发国！"

"老陆，为何发笑？"

"殿下，"陆叔收起笑容，慎重地道，"我们的大计正是着落在孤发国之中。"

窦公没有言语，放下帛书，沉默地看着陆叔。

"您在这种时候才真正地像大周的执政。"陆叔由衷地叹道。他从小几子后站起来，艰难地挪到木榻边，一屁股坐了下来。"目前，我们……"

第二章

大周镐京明堂宫
穆王二年夏四月七日

　　黎明时分，天色格外鲜艳。紫红色的云彩从天边一直铺展到头顶，云彩很低，其上的云层却很厚重。太阳还在地平线以下，所以云彩被从下方射来的阳光照得通亮。

　　这样的天色，估计今日太阳也露不了头了。空气又闷又湿，天地间好似被盖上了一层厚厚的云气，田间地头、宫阙楼宇、案几器物，全都湿漉漉的，那站立在应门前的两百六十名虎贲卫的皮甲上也滋滋地冒着水珠。

　　一个十五六岁的少年站在高高的应门城楼上，望着门前笔直的承天大道，望着它穿过皋门，穿过由高高低低的观、阙、楼、殿组成的镐京王城，一直延伸到二十里之外的启天门下。

　　此时还不到辰时，宽阔的承天大道上只有数百名洒扫的仆役，以及负责镐京地面的下级官吏们的身影。他们的任务是在辰时上朝的车驾出现在这条大道之前清理干净路面，均匀地洒上一层水，以免奔驰的车辆激起尘土。

少年背着手在城楼上走来走去，眼睛仍然似睁似闭，仿佛还没有睡醒，但两条拧得紧紧的眉毛却暴露出他内心的焦躁不安。他身穿白衣，腰间挂着的一圈玉璜叮当作响，他不时用手抚一下，然后又烦躁地丢开。

"殿下，老臣若是没有记错，这对玉璜可是先王赐予您的遗物，名作'诚惶'。老臣诚惶诚恐，生怕您把它们撞碎了，那可是不得了的事。"

一名一直跪坐在一旁的老者终于忍不住出声提醒。

这老者须发皆白，身穿淡青色的袍服，委貌冠上也缠着淡青色的纹结，长剑并未像普通大臣那般坐下即解下放在一旁，而是剑柄朝上缚在腰间，表明这是一名高级武官。

那少年骤然停住，沉默了半响，又踱起步来，只不过这一次就舒缓得多了。玉璜珰珰相击，声音颇为稳定沉着。

"这便是了，"那老者道，"'诚惶'者，思定而诚，见幽而惶。既然殿下已经见幽，那么惶恐一下也是应该的。只不过惶恐之于人，乃是令人警醒，不是要人害怕。"

那少年点点头："害怕？呵……呵呵，害怕……孤是有点儿害怕。孤不能不怕啊。王兄离京，将这万里江山托付给孤……唉……万里江山……先王在的时候，说起治理天下好似轻而易举，真正拿到手里，却犹如千钧之重。"

"殿下知道一个'重'字，天子就算没有托付错人。"那老者叹道，"天步维艰，老天爷的步子尚且艰难如斯，何况咱们凡人治理国家。不过嘛，有时候治理江山就和打仗差不多。老臣打了一辈子的仗，倒愿意在这上面给殿下分说分说。"

那少年微微点头,继续踱步:"老师但讲无妨。"

"打仗嘛,有小仗,有大仗。小的战役姑且不论,咱们说说大战役。千军万马,枪戟交错,箭如飞蝗,人流如梭,看上去乱成一团。十里、二十里甚至三五十里地,但见旌旗飞驰,队列星移,一会儿排山倒海地进,一会儿山崩地裂地退……但是这一切,皆是假象。对于统帅而言,只有一个目标。"

"敌方的统帅。"那少年接口道。

"不错。打仗是一场棋局。这场局,布子的时候,局势是在你心中的,可是真正开局之后,却由不得你始终掌控一切。坐在你对面的棋手也会布子,棋手越强,他能布的子就越多,形势便越强。棋局若是很快陷入混乱,甚至明显露出有利于对手的一面,请问殿下,这下棋的人该当如何?"

那少年歪着脑袋踱来踱去,忽然用力一拍腰上的玉璜,大声道:"杀!孤要杀了坐在对面的棋手!"

那老者讶然失笑:"殿下,这样也行吗?"

"当然可以!既然打仗的目标只有敌方的统帅,那么下棋也一样!谁跟孤下孤不愿意输的棋……孤就杀了他!"

"您破局了,"那老者忍不住道,"对方的统帅和己方的统帅,都在一盘棋上,可是殿下您杀了对方棋手……这可怎么算?"

"孤,"那少年转过身来,恶狠狠地盯着他道,"是周公,天子在是宰辅,天子不在,是王若!谁会和那些棋子一样,蹲坐在棋盘上?孤是下棋的,更是决定下棋者生死的人!"

那老者长叹一声,站起身来。他年纪虽老,个头却仍是高大,周公姬瞒才刚刚到他胸口那么高。但是姬瞒小小的个头，站在他庞大的身躯前丝毫没有半点儿畏惧，大声道："师亚夫！老师！难道不是吗？孤已经陪那些蹩脚的棋手玩了五个月，孤已经玩够了！这场棋局，现在要由孤说了算！下与不下，如何下，得听孤的！"

"殿下……刚刚说自己害怕？"师亚夫忽然问道。

"唔，那又怎样？"姬瞒厉声道，"害怕只能让孤愤怒！"

"害怕也能让人平静，"师亚夫淡淡地道，"您最好是已经平静下来。您要杀的那个棋手，已经来了。"

姬瞒瞧着他的目光，见他看着自己身后，忽然一惊，忙转身——身上的玉璜"叮"的一声脆响，他一下子停住，用手按着玉璜，慢慢地、慢慢地转过身去。

天上的云层更厚了，天光变得极其暗淡，好似一场大雨随时都会泼洒下来。远远的皋门下，一条长龙般的车队正快速奔驰而来。沿街的下级官吏、仆役纷纷望尘而拜，好似天子驾临一般。

姬瞒握着玉璜，一动不动地看着那车队轧过长街，车队前方高高的旌旗上漆黑斗大的"窦"字在风中招展。

"唔……"

师亚夫以为姬瞒会害怕，偷眼瞧去，却见他眼中满是兴奋的光。

大周的朝会，历史由来已久。二百多年前的古公亶父时代，周人从北陇山背后被狄人撵到岐山脚下时，氏族被打得七零八落，故老相传的政治传统也告崩溃。古公亶父乃召集诸部落，为建都周原举行会议，此乃朝会的开端。大周定都镐京后，朝会制度便成为公卿大臣们定期参与国事的重要制度。周制，天子可以监临朝会，也可以不参加；天子不在，则周公王若可以监临朝会。周公在大周朝堂特殊的政治地位,处处得以体现。

朝会的地点,历来并无定数。说得难听点儿,当年古公亶父时代,是在避风蚊子多的草窝窝里进行的。立国以来,历代天子或周公即位时都在壮年,朝会都在宽敞明亮的应门举行,以向天下展示天子治国之姿。昭王猝然离世,天子姬满与周公姬瞒都还没有满十六岁,大臣们不愿让天下见到主少国疑之状,朝会便改在应门东配殿的小厅中进行。而朝会的规模也大大缩减,由原来在京各寮、监、寺的长官共同参与的一百多人,缩减为拥有"执政"名义的少数公卿参与。这种小朝会在前朝历史上也多次出现,但存在的时间都不长,自本朝开国以来,只有康王年幼时曾出现过。

这间叫作"省尔"的厅室很小,不过三丈宽、四丈长,原是康王、昭王在应门理政时小憩的地方,如今已撤去大部分器物,以供天子、周公、执政公卿以及随时应召而来的朝臣们列席。

天子的座位,坐西朝东,为厅中最大的一张榻。天子不在,周公王若姬瞒便坐在他的榻上。他与天子一胞双生,坐在那里几乎一模一样,只是身上白衣白带,不似天子的白衣黄带。

说实话,坐在这没有扶几的榻上,十分不舒服。但是姬瞒此刻不仅要硬撑着端坐在此,还要面无表情地看着榻下一屋子争吵。他手中拿着一支管笔,面前摆着一封帛书,上面依次列有出席的公卿大臣姓名——

窦公姬寿、齐侯姜嗣、宋公子侈、兕公姬酉、晋侯姬松、虢公姬遣、宗伯姬祈、曾侯妣漾。

"老臣的拙见,此刻似乎应该镇之以静。"此刻,宋公子侈正在用他带着浓重商代官话的口音说道,"天下时而旱、时而雨,此乃天道。

老臣说句不该说的话,先商代大京盘庚以前,都是逐水草而迁都,就是被这时而旱、时而涝的天气所迫。所以,下雨这种事嘛……似乎也不是人力所能改变的。"

周公姬瞒面无表情,用蘸着朱砂的笔在宋公的名字上画了一个大而鲜明的叉。

"微臣有不同的看法。"齐侯跪着向姬瞒行了个礼,声音清朗地说道。姜嗣才刚刚年满二十,先代齐侯去世不久,他身上还穿着黑色的重孝。"前商盘庚之世,商人耕作乃刀耕火种,烧荒一片,耕种三年则成瘠土,不得已迁都以寻新的沃土,这与天变有何关系?微臣查阅典籍,乃知先文王时,也曾有如此天变。自那以后,有记录的淫雨天气有六次,每一次都是靠着先文王一锹一铲地挖河造堑,填湖造地,才得以繁衍生息——环绕京城的桃花坞,诸位大人们每日赏花饮酒,却不知道此乃文王十一年,天雨三十三昼夜,大水涨到了咱们眼下坐的楼前,先文王亲自指挥挖掘修建的吧?"

宋公脸上变色,闷哼一声,扭头不语。宋国是前商太子的后裔,被武王分封在商丘,爵在上公,地位却十分尴尬。以前朝余脉的名义存在了六十多年,一直到二十年前昭王即位,宋公才有资格进位执政大臣。他用自己的先祖盘庚说事,有点儿炫耀出身的意思,却被齐侯将了一军,气顺才有鬼了。

姬瞒面无表情,只轻轻嗯了一声,一面提笔在齐侯名字后面画了个大大的圈。

"天变确实有征兆,"宗伯姬祈赔笑道,"微臣管着太史宫,宫中一连三个月,都有岁星犯毕宿的报告。虽然不是冲犯帝星,但毕宿主雨,天相示警若此,不由我等凡间的执政不警醒。"

"那么大人以为，我等执政该当如何？"晋侯姬松沉稳地说道。晋国是北方大国，是大周运作北方诸侯抵御北戎南侵的核心封国，因此历代晋侯与齐侯一样，都是世卿。

宗伯姬祈眼珠一转，笑道："老夫老矣，人一老，就畏惧天变，这些事得窦公这样的国之柱石来想。我等唯殿下、窦公马首是瞻而已。"

姬瞒脸上露出浅浅的微笑，笔下狠狠地在宗伯名字后面打了个大叉，再提笔在晋侯的后面画了个小小的圈，略微一顿，又狠狠涂去，留下一片刺目惊心的殷红。

"天变不可畏。"兕公姬酉朗声道，"我朝先文王、武王以德政定鼎天下，周天之气，顺应人心。如今天下尚未失去人心，只不过是一点点天变而已。但若不立刻对眼前的局势加以控制，到夏收时，万里绝收，那才真是天怒人怨不可收拾了。殿下令全国水监、农正会聚京城，就是要商量商量这件事。吾等静候殿下诰令。"说着，他向姬瞒深深地伏下身子。

在场众人里虽有不情不愿的，也只好一起伏身行礼。按照礼法，姬瞒只好放下笔，起身向众人回礼。

"召集水监、农正，就是要向全国发出朝廷新的诏命。"兕公道，"老臣以为，眼下春耕已经荒废，但是南方的夏耕才刚刚开始。河水以南的王畿、封国，要加大劝耕的力度，诸侯、三司以下要亲自劝耕。北方无法进行夏耕的邦国，便要开始大力修建水利工程，趁着今年不能复耕，建立新的塘渠，为明年的春耕做好准备。朝廷要将'周平'仓中的储集拿出一部分，平抑各国的谷物。以此计算……必然要调动全国的力量才行。"

"嗬，"宗伯姬祈道，"好浩大的工程！先王时代，好像还从未有过！

这个……天子不在,咱们大张旗鼓,合乎臣礼吗?"

"天子正是信任殿下,"兕公瞥了眼窦公,"——和窦公,才将天下托付于我等,去了南方。现在的情势要等天子还朝再行打算,恐怕连夏耕都赶不上了。"

"天子率民而耕,"宗伯向空中一拱手,"耕种、水利都是国家大事,恐怕非天子不能决断。咱们执政朝会,只有参赞之权,哪能就此调动天下万民,开始这前无古人的大工程?"

"天子不在,周公殿下当国,"兕公举手向姬瞒一躬道,"周公王若只需下达制诰,形同下诏,又有何不可?"

"殿下的权威,谁人不服?"宗伯忙道,"殿下可清楚此事?"

"召集水监、农正进京的事,就是殿下吩咐的,"兕公大声道,"殿下若不知此事,何来的召集令?"

"殿下的命令,称为诰,"宗伯两手一摊道,"如今,我等并未见过制诰,这事儿莫名其妙,怎么全国的水监、农正就统统进京了呢?"

"那是殿下的意思,但并非发明诰。"齐侯忍不住咳嗽一声道,"水监、农正在诸侯国为下大夫,在朝廷不过位在中士的小臣而已,召集这些人进京何须制诰?是我卿士寮发出的召集令。诸位大人都是国家的执政,我卿士寮发的召令,怎么敢惊动各位大人?"

宗伯尴尬地瞧瞧二人,打个哈哈道:"原来如此!既然是卿士寮召集,那何须在此朝会上说起?阁下的卿士寮自行安排,不就完了?"

"卿士寮只负责召集水监、农正,向他们传达朝廷的意思,同时向他们征集治水、复耕的办法,以便向全国推广。"齐侯正色道,"但是推广到全国,并且动员实施,那是朝廷才能下达的诏令。宗伯大人连这也分不清?"

宗伯转头看一眼姬瞒,见他一脸不善,正在自己面前案几上奋力勾画,不由得打了个哆嗦,不敢再说。

"殿下召集水监、农正这件事,实在是出人意料啊。"曾侯似漾满面笑容地道,"殿下初学政治之道,就能在国事上如此用心,真是出乎老臣们的意料。"他顿了一下,看看众人,继而道,"可惜啊,国事弥艰,正在这当口上,却……唉!"

众人一起看向他,见他慢慢从袖口中拖出一封帛书,双手捧起。站在姬瞒身后的小寺人刚要动,却见窦公身后冒出一名年长的寺人,走到曾侯身旁,毫不客气地接过帛书,转身递到窦公手中。

窦公拿着帛书,看了姬瞒一眼。姬瞒和他对视一眼,有些惊惶地低下头。他的目光冷冷地扫过"省尔",被他目光扫到的无不低头,只有齐侯坦然坐着。虢公年迈,睡眼惺忪地靠在扶几上,也不知道睡着了没有。

"窦公殿下明见,"曾侯笑道,"这是番士寮昨日晚上才收到的急报。"

"哪里来的?"窦公瞧也不瞧帛书,目光继续冷冷地扫视全场。齐侯庄重地坐直了身子,顶着他的目光。而虢公差不多已经睡着了。

"共国,"曾侯道,"这是个子爵小国,是咱们在北方的一个小小的封国,隶属密国的治下。"

"这么眼屎大的封国送来一份奏报,就要堂堂的朝会来讨论吗?"齐侯道。

"朝会是讨论国家大事的地方。"曾侯一张胖胖的圆脸几乎都要笑得看不见眼睛,齐侯岁数不到他的一半,他仍然恭敬得好似面对天子一般。"只是这件事嘛,微臣以为已经关系到朝堂……当然了,这是殿下们商量的事,微臣不敢多言。"说着从怀中再掏出一封帛书,双手奉上,"这是副本。"

齐侯看了眼依旧将正本牢牢攥在手中的窦公，膝行到曾侯身前，取了那帛书。他却不敢自己先看，先退到姬瞒的榻边，双手将帛书递给姬瞒。

姬瞒要接，手已伸出，不知怎么地就拐了个弯，摸到自己的扶几上，笑道："这种东西，还是各位卿家先看。孤又看不懂，你们谈谈看，孤在这里听着，学习一下也好。"

齐侯无声地叹了口气，也不拿那帛书，退回到自己的席位上。

窦公再次冷冷地扫视全场。这下子，连齐侯也避开了他的眼神，他这才满意地哼了一声，道："既然你说关系到朝堂，那趁着满朝执政都在，有什么话就赶快说！"

"是了，"曾侯忙道，"共国是北陇山下平六隘口之下的一个小国，立国以来就负责为平六隘口的守军提供粮草和士卒，他们时时刻刻都在关注着平六隘口以北，北陇山阴那些方国。据报，北方依附咱们的大方国之一孤发国，最近已经开始公开背叛朝廷。"

"哦？"宗伯姬祈惊讶道，"背叛我大周？竟有此事？"

"有的，"曾侯道，"此封'山南帛书'说得很详尽。自从两年前先王不幸大行，北戎就在不断地逼近北陇山。"他看了眼听得十分专注的姬瞒，忙又补上一句，"好教殿下得知。北陇山的山南，全是咱们封国，山北则是前商遗留下来归顺我大周的方国。不过这些方国立国久远，一向是在北戎与中原的国家之间倒来倒去……北戎强时，就是些戎狄狗腿子；咱们中原强盛，嘿嘿，一个个又人模狗样地穿戴衣冠，自称是炎黄苗裔。孤发国立国已有七百年之久，远在前商征服中原之前，就已经在北陇山以北建国了。"

见姬瞒点了点头，他便转回话题道："孤发国前任国主，十一年前还曾来京参与朝觐大典，之后的十年……"

"等等，"晋侯忽道，"前任国主？孤发国的国主，何时更换了？"

曾侯苦笑一声，道："就在一个月前。"

"哦？！"

"一个月前，孤发国内乱。老国主孤发魇在出游时遭遇刺客，被困在离都城六十里的坞堡中，守了四天四夜。最后手下的人被刺客诱降，开门投诚。孤发魇走投无路，放火自焚——孤发国由此大乱。"

殿中一阵沉默。天下承平日久，虽然与北戎的战争不断，但已经有十来年未曾听说过哪个国家有如此重大的国变。且自前商纣王以来，还没有哪个诸侯是自焚而亡。在座的都是诸侯国主，听到如此消息，都是一阵心悸。

"孤发国中大乱，城宰无力安抚，连刺客都追查不到。然而事情过去二十多日，连共国都已经知道消息，全国戒备，封闭了关隘通道，静候孤发国派往京城的报丧使者，却始终没有等到。共子为人谨慎，遣间入孤发国，才知道孤发国国乱的第三日，北戎黑冰王城的使者就进入了孤发国都！"

"啪"的一声，姬瞒手中的笔狠狠地摔在了案几上。

"此事非同小可，"兕公大声道，"可当真？"

"自然是当真的，共子已经详尽汇报，咱们驻扎北陇山的王师，最迟两日之内也会有消息传来。"曾侯道，"国家大事，微臣岂敢儿戏？"

"这不通情理，"兕公道，"孤发国虽然是外邦方国，未受中原王化，但毕竟也是立国数百年的国家，自有它的传承制度，国主殁了，自然应有人出来袭承君位。怎么会轻易落入北戎的手中？"

"孤发国早立有太子，"齐侯忽道，"但其太子一直在我国为质，现在还住在镐京城中。"

"哦，是吗？！"曾侯意料不到，不由得大吃一惊。

"阁下任职番士寮上卿不过一年，"齐侯瞥了他一眼，冷冷地道，"这是前任首卿姬满醇时候的旧事，阁下自然不会知道。"

被人当面说成幸进之臣，曾侯一张圆脸涨得通红。但是齐侯世卿的地位只比周公、窦公低那么一点点，且是卿士寮首卿，统领朝廷百官，曾侯在他面前哪里有半点儿不满的权利？转眼看见晋侯眼中也带着毫不客气的嘲笑，他咽了口口水，道："原……原来如此……我们接到的消息……呃……老国主好像有三个儿子……其他两个留在国内的，必然趁着太子不在，争夺权位。咳咳……换了是老臣，也要说句不厚道的话，这正是拿下孤发国的好时机，北戎离着孤发国又近，怎么会不趁此良机呢？"

这倒是实话。曾侯虽然党附窦公，举止谄媚，但在负责外邦事务的番士寮历任多年，这方面的事务显然最是得心应手，所得消息的渠道也不是其他公卿能比。

"殿下，如果北戎介入孤发国国乱，"一直睡眼惺忪的虢公忽然醒过来，颤颤地道，"那老臣就必须立刻回国了。"虢国是在座诸侯中距离北陇山最近的诸侯国，北陇山有事，他自然必须返国处理。

晋侯看他一眼，忙道："若如此，微臣也要返国。"

姬瞒抬起头来，目光在二人脸上转来转去，一时没有说话。

这不是件简单的事情，两位执政大臣同时返国事小，如果孤发国真的叛周，那就是大事件——北陇山地最南端，距离周原不到三百里，自古以来都是北戎入侵周原的通道。两百多年前，周人的祖先古公亶父便是被穿过北陇山的北戎所迫，举族迁移到陇水下游的岐山，颠沛流离一百多年，才在镐京定都。后来周依附当时强盛的前商，商军北出北陇山东路，周出兵西路，经过三十多年的拉锯战才将北戎势力远远地驱离北陇山以北，并在那里拉拢了数个方国作为战略缓冲的屏障。

现在，屏障之一的孤发国猝然国变，如果北戎势力逼近北陇山，就必须要动员全国的力量北伐……

姬瞒忽然打了寒战。他明白曾侯何以要在此时提出此事了。

窦公端坐在席上，第一次发出了满意的叹息。他将帛书轻轻放在面前的案几上："消息，还是要再确认。"

"是的。"曾侯立刻道。

"但是老臣与北戎作战多年，"窦公看看四周，神采奕奕，"北戎性如禽兽，动如风雷。草原水草丰茂之世，便足以养肥马匹，准备粮草，南下席卷中原。前商时代，戎人多次经过北陇山南下，幸得我高祖太王时代，北驱戎人，又立数方国为屏障。"

他顿了一下，摸了下案几上的帛书，继续道："如果孤发国的国变真与北戎有关，那便是北戎立刻就要长驱直下的征兆。天子不在国，我等执政不可稍有犹豫，必须立刻开始着手准备。"

"准备什么？"齐侯道。

"北伐。"窦公身子一仰，傲然道。

"……"

见齐侯垂首不语，兕公忙道："戎与祀乃天子之职。天子不在，我等岂能轻启战端？于国法不合。退一万步，若要动员举国之兵，也得太保说了算，我等岂能僭越？"

"天子、太保，如今人在汉水以南！一去三千里，消息送到最快也要十日，来回送信奏报，北戎的轻骑在关中原野上已经几个来回了！"窦公大声道，"天子离京时吩咐老臣，国家戎政，尽付老臣，设若如此，老臣担当不起这个责任,在座的诸位也担当不起。"

在场众人默然对视。这确实不是说着玩的。北戎与中原国家之间的战争绵延千年,自夏而商,自商而周,未曾停息过,战线却一直在东起东金山、西至西海沙漠边缘的天山一线的平原和草原之间拉锯,而北陇山正好位于这条线的中间,是距离关中平原最近的屏障。

先文王时代的著名将领召公奭曾经留下名言,北陇山之于大周,"如芒贴背",就像是背上的一根刺,时刻刺得大周的统治者不得安生。一旦北陇山防线崩溃,北戎骑兵一日可行三百里,三五日间,整个关中平原便是处处烽火。

见众人不语,窦公心中冷笑,朗声道:"看来诸公都明白眼前的局势。臣虽不才,忝管戎政,就不得不先动一动——今日朝会之后,便将这份制令发出去吧。"说着从袖中掏出一卷竹简。

坐在他旁边的曾侯忙膝行上前,双手接过竹简,再膝行到座席的中间,在那张又宽又大的案几上慢慢摊开。开篇第一支竹简上便写着"西狩大臣寿奏请北伐事"。

殿外猛然间如裂白帛般的剧烈闪电,令姬瞒少年稚嫩的脸忍不住抽搐了几下。等到惊雷轰然在头顶炸响,他心里却有另一个声音在大声回荡——

果然,该来的还是来了!

一连串的惊雷,在镐京王城的上空鸣响。大雨倾盆而下。与此同时,镐京四门大开,数十名黑盔黑甲的传驿甲士从四门涌出,冒着瓢泼大雨向大周的四面八方而去。

"省尔"四方的门窗都敞开着。无情的风雨穿堂入室,卷起层层叠叠的帐幔，殿中角落的书架上摆满了用来书写诰令的帛布，也被风吹得满地都是。

成周尉、东八师主将师亚夫小心翼翼地穿过殿堂，将几张飘落在地已被雨水打湿的帛书捡了起来。

"不用看了，"一个声音冷冷地响起，"这些写满了字的布，也不过是废物一张而已。"

"征集全国治水的诰令，就到此终结了吗？"师亚夫并不提刚刚结束的朝会上发生了什么，只淡淡地问道。

站在窗边的那个稍嫌矮小瘦弱的身躯一动不动，过了好久才道："那道诰令是孤下的，谁敢取消？"

师亚夫在窗边的一张小几子前坐了下来，无声地看着外面闪电雷鸣。过了好一会儿，姬瞒才艰难地说道："这盘棋，孤好像下砸了。"

"收官了吗？"师亚夫淡淡地问。

"还没有。"

"不收官，无胜负。下棋不是这么下的。"

"要北伐了。朝会已经通过了窭……窭公的制令。"姬瞒的声音微微颤抖，"现在已经下发各诸侯国。我……孤无力反对，也没有人帮孤反对……"

朝会上发生了什么，师亚夫早就知道了。他静静地坐了好一会儿，才在雷鸣的间歇中问道："殿下为何说棋下砸了？北伐是好事啊。"

"您不会不明白，"姬瞒满口苦涩地道，"一旦开始北伐，朝廷的权力就会向指挥北伐的大本营倾斜，畿内邦国、畿外侯国统统都要倾尽国力出兵后援……国家财力人力枯竭，本来就是按下葫芦浮起瓢的事儿，诸侯国一动，哪里还有人力物力能够整顿井田，开发水利？他使用北伐的套路来逼迫孤停止全国的水利工程，遏制孤掌控调动诸侯国的权力！"

师亚夫长叹一声："殿下看得很透彻啊。正是如此。这一招很是高明，如果此制令通过，他便可调动天下的军队和物资，殿下治水的大计，自然是无法再按原来的方针贯彻下去了。"

"天子还未返京，他最多只能调动诸侯国的军队进入防御，却不能真正调动大军开始北伐……他这么做，又有多大意义？"

"老臣已经说过了，殿下，窦公跟您玩的一样，就是'调动'两个字。"师亚夫道，"您的权力和他的权力，统统都在天子的权力笼罩之下，没法逾越。双方都只有通过调动天下的人力物力来干扰对方调动。这就是政治角力。有什么意义？谁能笑到最后，对谁就有意义。"

"可孤不是为了和他玩什么角力！"姬瞒涨红了脸，用力拍着窗台，嘶声吼道，"孤是为了……你看看这雨！还在下个没完没了、没完没了！再下上一个月，连夏收都要绝了……王兄在南方，是去玩的吗？！他要和楚蛮打仗啊！今年收成连影子都没有，他拿什么去打仗？！角力……天下的事情，到了这个朝堂上，就变得如此不堪入耳了吗？！"

殿顶上一阵霹雳响起，震得整栋大殿的梁柱一阵摇晃。师亚夫一动不动地坐着。"正是如此。国家的大政，天下兆民的生计，都由这间朝堂里的人物来决定。没有好坏，没有对错，没有正义——有的，只是这些大人物的决定而已。"

"……你大胆！你信口雌黄！"

"没有好坏，没有对错，没有正义！"师亚夫霍地站起身来。他虽白发苍苍，却身材魁伟，仿佛一座山立在瘦小的姬瞒身前。

他用极轻极轻、只有姬瞒才能听见的声音说道："只有，你！"

一道强烈的闪电划破殿外的长空，照得屋中瞬间雪亮，又瞬间暗得伸手不见五指，师亚夫的眼睛却在黑暗中闪烁着寒光。

"殿下，知道六年前的河图之灾吗？"

"唔……唔？你好大胆！这是禁语，先王严旨禁止任何人……"

"包括先王自己吗？"

姬瞒一下子怔住。他不敢相信地看看师亚夫，又看看门外。门外暴雨如注，数名虎贲卫钉子般地扎在大雨中。他愣怔了半晌，才一咬牙道："当然不包括先王。那么……自然也不包括孤在内。"

"您这么想，才是正确的。"师亚夫庄重地道，"天子，天之子。这个名位是上古贤君大禹传下来的，绝非虚言。天子代天巡幸，天下的一切都要在天子的掌握之中，又怎么可能把已经发生的事情当看不见？"

姬瞒慎重地点头："是孤见识浅薄——那么，先王知道什么？"

师亚夫微微一笑："先王其实什么也不知道。"

"哦？"

"当日老臣与召公、祭公、窦公一道，在殿中侍奉先王。先王传了燕国的使臣上殿。燕国使臣带来了燕侯亲笔奏疏，并当场唱了红衣小儿的歌谣。"

"哦？"姬瞒惊讶地道，"你还记得吗？"

"歌词令人不寒而栗，在场听过一遍的人又怎么忘得了？"师亚夫神色肃穆地低声吟道："月恒升，日恒坠。西乌起，东海灭。维草萋萋，北疆于戏。葛覃苇芃，几侧天下。"

姬瞒听得聚精会神，待师亚夫一吟完，嘴唇微微发抖："这！这真是大逆不道之辞！"

"那是殿下站在为人子、为人臣的角度看问题，"师亚夫道，"但是殿下知道先王看过奏疏、听过歌谣之后，怎么说吗？"

姬瞒看着他。

"先王拿着奏疏，沉吟半晌，"师亚夫看着殿外狂暴的雨幕，仿佛当日的情景就在眼前，"然后站起来，将奏疏狠狠地掷在地下，厉声道：'该死的荆楚蛮子！'"

姬瞒瞪大了眼睛，一张小脸都惊讶得有些变形。一道闷雷落在明堂宫中，整座殿堂都微微地震动起来。大殿顶端一些细微的浮灰抖落，飘飘洒洒地飞扬在殿中点起的火烛热气之中。

师亚夫等了半晌，见姬瞒再无反应，叹了口气，提气欲言，忽然——

"哈哈哈哈哈！哈哈哈哈哈哈！哈哈哈，哈哈哈，哈哈哈哈哈！"

殿外的虎贲卫们吓了一跳，齐齐往殿中瞧来，却见姬瞒双手捧腹，笑得前仰后合，一屁股坐倒在地。众虎贲刚一动，师亚夫站出来，严厉的目光扫过，众人又灰溜溜地缩了回去，继续站在瓢泼大雨中纳闷。这位殿下一向冷峻高傲，总是眯着一双睁不开的眼睛，睡不醒的模样，收拾起人来却是冷心冷肠、绝不含糊，这……这通狂笑究竟是几个意思？

姬瞒笑得肚子都疼了，揉着肚子在地上坐着起不来。师亚夫在他面前蹲下，冷冷地问："懂了？"

"懂了……哈哈哈！懂了，懂了！"

师亚夫点点头，伸出手扶他。姬瞒却不要他扶，自己撑手站起来，走到殿门口，伸手接了一捧从屋檐挂落的水线，擦了擦脸。

他回过身来，脸上已经重新是凛然不可冒犯的神情。

"天下的一切是非曲直，是由天子决定的。"

"正是如此。"

"没有好坏，没有对错，没有正义，只有……"姬瞒声音微微颤动，"孤。"

"殿下代表天子。"

姬瞒点点头,转过身去,对着殿外瓢泼大雨,忽道:"朝会之前,你问我,害怕不害怕?"

"老臣是有此问。"

"我当时很害怕,"姬瞒道,"但是现在我不怕了。"

"何以如此呢?"

"我以为窦公会在朝会中占据主动,根本不给我任何面子,也不给我任何机会。"姬瞒眼中反射着闪电的光芒。"可是我错了。他控制不了整个局面,也无法对发生的事做出反应。"

"哦?"

"如何反制我调动诸侯国的事,他和曾侯一定策划良久。"姬瞒道,"孤发国的事情出来,他才精心准备了北伐的套路,用来逼迫各邦国停止水利,给孤喂苍蝇吃。"

"正是如此。"

"可是他没有想到齐侯说起孤发国太子在朝中这件事。"

"唔……唔?!"

"对了,该有这番表情才精彩!"姬瞒见师亚夫须发皆动,脸上总算出现一丝久违了的笑容,旋即又消失。"知道孤发国的太子在国中,窦公的脸上可比你精彩多了。"

"他也大惊失色?"

"他的眉毛胡子,可一动也没动。"

师亚夫皱紧眉,沉吟半晌,道:"难道他事先已经知道孤发国太子的事?"

"曾侯是他的跟屁虫,全盘操作此事,当时齐侯出语,曾侯吓得变了颜色,他也全无反应!"姬瞒啪地拍在窗上,低声咆哮道,"真正关键的是,制令里只有孤发国乱,令全国戒备,两个月内,上国出一军,中国出粮,下国出佚马,前往西六师集结待命——没有关于孤发国太子的说法!"

师亚夫眉毛耸动,失声道:"没有?!难道朝廷准备吞并孤发国?"

姬瞒回头瞧了他一眼,道:"师傅,你不是说,窦公在借这个和孤推手夺势吗?怎么会真的安心吞并孤发国?就算战役赢了,窦公都逃不脱私自调动军队征伐外国的罪名,更不用说如果战败了呢。那他还和孤夺什么势?"

"这……"

"他根本就不知道孤发太子的事,"姬瞒低声道,"他以为借此机会,就能找到调动军队的借口,可他万万没有想到孤发国太子在国内。所以……"

"那个时候他发呆了?"师亚夫喃喃地道,"不会吧?这种场合之下……"

"他不是发呆,是装傻。"姬瞒笃定道,"先王在的时候,常常在王兄和孤面前品评朝中大臣,先王说,姬寿是近支公卿大臣中最体面的一个,行事说话,堂皇大气。可是先王却给他取了个名字,叫大耳聋。"

出自先王禁中密语,论涉当朝执政,姬瞒这般轻飘飘顺口说来,倒把师亚夫吓了一跳,忙道:"这名字……唔……"装作沉吟,把自己吓得脸色陡变的模样掩饰过去。

"先王说,窦公擅于做戏,却缺乏急智。他的一切行动都是在台下做足了功夫上来的,所以如果临时有事,他只有装耳聋,听不见!"

师亚夫双掌一拍:"圣明无过于先王!"

"正是如此！"姬瞒道，"孤发国太子在京作为人质，来了已经七八年了。孤发国不过是个小小的方国，又会有多少人知道他的存在？要不是齐侯担任卿士寮首卿，这陈年烂谷子的事他也不会记在心里，何况陡然贵幸的窦公、曾侯！齐侯在朝会上提出孤发国太子的事，孤以为窦公会借势提出将孤发国太子送回国内，这样他出师更有名分。可是事发突然，他不知道该怎么做，所以他根本就没有提到孤发国太子一字，就匆匆通过了制令！"

师亚夫扪腹沉吟。姬瞒不再站在窗前，背着手急速地走来走去。"当时孤也没有想通，现在想通了。而那时候，窦公也没有想通，他必须要回去他的老窝子，和他手下的谋士商议一番，所以……所以……"

"老臣这就下令，不惜一切代价抢在他们前面，找到孤发国太子。"

姬瞒站住了脚，道："对，孤就是此意！"

"找到不难，难的是赶在窦公之前！"师亚夫毫不迟疑，扔下这句话就转身出去。姬瞒站在窗前，看着殿顶垂下的数十道水柱噼里啪啦地打在窗下那数十尊模样木讷的石蛙的大嘴中，石蛙空空的腹中发出咕噜咕噜的水声，通过看不见的管道将雨水排出。

远处的承天大道已经完全笼罩在雨雾中，看不见了。这或许有助于延缓窦公车队的速度。万一窦公的谋士就在他的车队之中，又当如何？姬瞒忽然紧张起来，旋即又想到，窦公、兕公、齐侯他们退下去，必然先共同到齐侯主持的卿士寮中，将刚才的制令当场制作成敕令，然后众执政大臣用印，再由曾侯的番士寮下发诸侯国，这个过程不会太短。齐侯和兕公是反对征集军队的，想来也不会亟不可待地用印。只要窦公一时半会儿无法接近他的车队，今天朝会上的消息就无法传达到他的谋士耳中。

可是，万一……万一……

师亚夫"唰"的一声拉开殿门，总算终止了姬瞒无止境的担忧。他走过来，低声道："老臣的属下已经去找人了。齐侯手下有人认识，孩儿们已经联系上那人了。"

姬瞒点了点头，继续踱步，道："好，现在来想想该如何做。"

姬瞒年纪虽小，接过周公的权位也不过才一年多一点儿，师亚夫却打心眼儿里佩服这位封地成周、掌管成周东八师的新主子。他杀伐决断，甚至比老病而死的前代周公还要果决，遇事极其沉着，却又敏锐过人，仅刚才那一瞬间的决断，对未来朝局的影响就大不一样。

他稍一沉吟，道："殿下，若是能找到孤发国太子……"

"一定能。"姬瞒打断道。

"是。待找到孤发国太子，最好的办法就是大张旗鼓，公开地送他回国。"

"唔……"

"只要能送孤发国太子归国，就能极大地缓解眼下的情势。哪怕他回国后已经无法掌权，但窦公和我们争的，还是势，只要能缓解这个势，我们就能从中占据优势。"

"可是，孤担心另一点。要是……窦公是对的，怎么办？要是北戎真的已经侵入孤发国中，我们阻止窦公，会不会弄巧成拙？"

"所以，孤发国太子归国，要做到声势浩大，令天下皆知。孤发国，还有它临近的那些小方国一旦知道朝廷以如此声势送他归国，便知我大周已经为此做好了万全的准备。北戎人追逐水草而动，每次侵入中原都选择在夏末秋初、马肥粮足之时。现在是夏初，即使他们占据了孤发国，贸然进入中原的可能性也非常小。"

"唔……"姬瞒皱紧小眉头,显然这个说法还不能令他满意。他这般犹豫,显然是在残酷的政争中,也不愿拿国家的利益开玩笑,倒让师亚夫更加钦佩,忙道:"殿下谋虑深远,令人钦佩。站在殿下这个位置,俯瞰天下,一切具体的事务、显而易见的结果都不应该再存在,您眼中看到的,应该只有势。"

"唔……"

"天下的趋势,便如周天之气一般,在凡人看来,变化莫测,极易发生改变,难以捉摸。上天抛出个河图,降下两个红衣小儿,天下庸碌之辈便迷惑了心神,看到的一切都是迷茫。但是,就如神明看周天之气一般,天下的掌控者看待天下事,也是运筹帷幄,尽在掌握。一切的势,都会让它运行掌上,按照自己的想法去流转,混乱之中,自有定势。如果您能做到这一点,那么天下已在掌握,和窦公明面上的争斗胜利与否,甚至河图是否存在,都已经不再重要了——因为那也不过是殿下掌握的势而已。"

姬瞒听得心摇神驰,在殿中疾步走了许久,忽然一下站住,道:"好。那么就送孤发国太子回去。朝廷要大张声势,但是……"

"殿下?"

"只派几个人送他回国。"姬瞒思索良久说道。

"老臣愚鲁……这样会引来他人窥测觊觎之心。"

姬瞒看向他,微笑道:"正是如此。"

师亚夫微一思索,不由得大为赞赏,击掌道:"好!殿下果然聪睿!丢个不确定的东西出去,没有势也要造出势来!老臣佩服之至!"

"老师不要笑话孤,孤只是想,如果就这么让孤发国太子风风光光地回去,说不定窦公他们又会想些令我们捉摸不透的法子出来,孤烦死了,也懒得花心思去猜——扔个似是而非的东西出去,让他们也琢磨琢磨去!"

"这个诱饵很有味道,"师亚夫沉吟道,"窦公不吞,便得眼睁睁地看着他返国,吞了……情势就会超出他的控制。殿下高明。"

"孤只是随便想想,如何实现,还得靠你和齐侯他们。"

"这正是当国者的风采,"师亚夫满意地笑道,"殿下且坐看风云起吧。"

第三章

> **大周镐京**
> 穆王二年夏五月

下雾了。

雪白的、绵绵的大雾，浪涛般地奔涌着、流淌着，天地间充满一种听不分明却又无法忽略的沙沙的水声。雾是凌晨时分降下的，到卯时太阳升起的时候反而更加浓重，一时半会儿没有退去的迹象。

夷忠门高大的门楼也被完全笼罩在雾中，只隐隐约约看得见黑漆漆的门洞，以及不时从门洞之中骤然出现的车马，一队队持盾虎贲卫，一簇簇早起入城的商旅。他们沉默地从雾中走出，又沉默地消失在雾气之中。

镐京城西面共有六座门楼，夷忠门仅算是其中较小的一座，过去是专供运送修建镐京所需木石的马车进出之用。恰恰因为镐京历经了近百年的修建，这条车马道亦被修筑成了通向城西的最宽阔平坦、支线最多的道路，最终取代正式的驰道，成为镐京西面主干道。

镐京立城之日，修建者曾经处心积虑地给每一道门、每一条街道都设计了固定的用途，只不过近百年过去，这些当年的设计早已被后来者颠覆得不成模样，镐京也早已成长为当年的建造者做梦都想象不到的繁华都会。

因为是西来商旅的必经之地，戎忠门内倒比那道貌岸然的荣京门热闹得多。狭窄的街巷密布，曲曲折折的里巷中，高高矮矮的楼阁歪歪斜斜地挤在一起。距离门楼不远处，有一座二层的小楼，斜斜地对着门楼下最宽敞的街道。小楼的屋檐下悬着一张木制招牌，上书"西凤楼"，却是一座供往来商旅行脚休息的客栈。

此时还不到巳时，楼上临街窗边坐着一位老者。他闭着眼睛，仰头靠在窗边的柱头上，似乎在睡觉。楼下熙熙攘攘渐渐热闹起来，也不见他稍有动弹。

楼梯上响起沉稳的脚步声，听声音是两个人。老者转过脸来，见一位头戴玄冠的中年男子稳步走上，却是大周番士寮行人署的大行人岑伯。

老者忙翻身跪起，道："老奴见过主君。主君这么早就来了？老奴估摸着您转晌午的时候才来得了。"

岑伯微微一笑，道："连你都预料不到，岂不是正好？"说着往旁边一让，楼梯上嘎吱作响，又一人走上来，身穿玄衣，面如满月，正是窦公。

陆叔见到岑伯，心里便有了底，面色从容地长跪在地，道："窦公今日肩负天下之重，还是不应该来这种地方的。"

"呵呵，老岑来得，我就来不得么？"窦公神色懒闲，随意地走到一张靠窗的榻上坐了下来，笑道，"早就听说你有这么个地方，是老岑在京师的耳目集散之地。你们做得很不错啊，心思细密。孤要是早在京中有这么一个窝子,何至于耳不聪眼不明,让人当猴耍?"

陆叔膝行到窗边,将竹帘放下遮住窦公的身影,才重新退回到木榻边,叩首道:"窦公万金之躯,岂能暴露在凡俗小民眼前?"

"你多虑了。"

"眼下是多事之秋,多虑一点,奴婢觉得安心。"

窦公哈哈大笑,眼中却不见一点儿笑容。"坐,坐嘛。多事之夏还没有过,多事之秋眼看也要到了。听闻你茶泡得好,让我饮上一杯何如?"

"那老奴就献丑了。"

陆叔将一副茶盘搬到他面前,自己也跪坐到座席上。座席旁边的小赤金炉子上早放着一只精巧的小壶,此刻已经开始冒出热气。陆叔拿起茶具,开始一只一只慢慢地擦洗起来。

岑伯跪坐在一旁,沉默地看着陆叔擦洗茶具,好一会儿才道:"今天早上,孤发国的太子已经出发回国了。"

"嗯。"

"护送他的一共只有十六人……作为方国太子,这种规模的护卫前所未有。"

"哦?"陆叔专心致志地看着小赤金壶中的滚水,心不在焉道,"这是窦公殿下的意思吗?"

"怎么会是殿下的意思?"岑伯道,"护送太子的是一名卿士寮下大夫、两名中士、七名下士,还有不超过六名仆役!"

"曾侯大人管着番士寮,主君您管着行人署,"陆叔笑道,"这两个正儿八经该管护送太子的部门不送,怎么倒让卿士寮送起客来了?"

岑伯淡淡道:"你又不是不知道咱大周朝的行政……卿士寮要做的事情,谁挡得住?"

周制，天子君临天下，委行政大权于周公，军事大权于召公。但在经历了国朝初年周公出奔、召公拥兵自重等事件后，历代天子又一直致力于化解这二位公卿过于突出的大权。具体而言，军事权力逐渐向周公的成周东八师和直属天子的宗周西六师，以及各地的方伯转移，行政权则在康王年间逐渐下放到卿士寮和番士寮两个核心的行政部门。

其中，卿士寮由各诸侯国的国君、大臣精英组成，原本只是负责王畿和镐京、成周二京的行政，但康王中期其权力已经蔓延到诸侯国。到了昭王初年，由于卿士寮的官员已经涵盖天下诸侯国的大部分国君、卿大夫，其权力便也趁势侵夺了诸侯国自身的行政权，成为大周最核心的权力运作部门。

比如，前次周公姬瞒为了解决水害的问题，就要通过卿士寮征召各诸侯国的水监、农正进京，这其实便是剥夺了诸侯国自身在治水方面的主导权。治水、农耕，乃天下第一要务，诸侯国连这点自主权都被卿士寮剥夺，可以想见卿士寮当今的权势。

另一方面，番士寮虽然与卿士寮并称"双枢"，以朝廷的名义管理分布天下的数十诸侯国以及王畿之内的百余邦国，但毕竟国家承平日久，针对诸侯国的规矩、法令日渐深刻，诸侯动辄获罪，轻则国君、大臣受戮，重则除国，诸侯多战战兢兢，不敢生事。同时卿士寮一再侵夺诸侯权力，实际上也就变相地侵夺了番士寮的权力。到如今，番士寮在朝廷中的地位早已今非昔比，番士寮的执政上卿也比卿士寮的执政上卿矮一大截，在大周最高的执政公卿中，卿士寮的上卿占据五席，足令只有两席的番士寮望之夺气。

又比如，按朝廷成例，卿士寮、番士寮、宫、院、监、寺的卿士，要在众诸侯国中轮流挑选。上至国君，下至中大夫，都可以在朝廷出任官职，但依例是不能长期任职的。不过凡事总有例外。当初武王伐纣时的三公——太师姜尚、太保召公、太宰周公，周公和召公如今代代相传，太师之位则在姜尚去世后就从此孤悬。但齐国毕竟是太师之后，因此历代齐侯都是卿士寮的执政首卿，称为"世卿"，百年赫赫威名的执政世卿，其权力不言而喻。别看窦公乃王室亲族，位列上卿，若不是在迎立姬满兄弟这事上立了大功，也根本无法与之相提并论。至于像岑伯、曾侯这些靠攀附窦公才骤然幸进的番士寮卿士，实在无法和齐侯当政的卿士寮掰腕子。卿士寮说声要送孤发国太子归国，根本就轮不到番士寮开腔。

陆叔点点头，表示懂了，继续慢条斯理地洗茶具。

岑伯见窦公脸上微现不豫之色，伸手轻轻拿起几上的茶具，笑道："要不，今日尝尝我的手艺，如何？"说着将陆叔手中的茶盒也接了过去。

陆叔默默地拿过一张帛巾，擦干净自己的手，过了好半天才道："殿下，您别怪我老朽昏聩……这中间的玄机，我也猜测不透啊。"

"连陆叔你也束手无策了吗？"窦公不由得有些焦虑。

"周公已经下决心要跟殿下争斗到底了。"陆叔攥着帛巾，森然道，"如果说以前他用治水一招跟您对抗，还带着些小孩子赌气的话，那这次就是真刀真枪地跟您对着干了。不发则已，一发……就是要取您的命了。"

"哦？"窦公脸色涨得通红，"那小子？他敢！他们哥儿俩要不是孤和老岑冒着掉脑袋的危险，哪来的今天？"

"殿下，您的症结就在这里。您一直以为，是您扶正了天子和周公兄弟，给了他们王位、公位。而在他们眼中，他们乃天命之人，只不过假您的手而已，该他们的还是他们的，有何区别？"陆叔冷笑道，"您一再地向周公施加压力，他就是个石头也不满意了。这一次孤发国太子的事件，便是他下决心跟您摊牌的表现。"

岑伯皱紧眉道:"这……未免也太玄乎了吧?仅仅是孤发国太子少几个护卫而已,这怎么又变成了摊牌了?"

"如今的形势,殿下与周公相持不下,何种情况下,殿下得利?自然是孤发国继续大乱,北戎入侵之势愈发明显,殿下方有口实,可以拥兵自固。站在周公的立场,自然是孤发国形势平缓,太子成功归国,平息国乱,北戎入侵消弭于无形。就此而言,周公该当如何?"

"应该……派遣大军护送孤发国太子回国!"岑伯双掌一击。

"对了。周公若是不想给咱们留下手的空间,就该大张旗鼓,派遣至少一千虎贲卫护送孤发太子归国,同时命令沿途的诸侯做好准备,一旦孤发太子归国受阻,就要准备战争了。可是,有吗?没有。他只派十六个人送他回国,"陆叔缓缓地道,"他不是在示弱,也不是在跟您斗气,更不是突然发疯。他是在丢一个诱饵,等着殿下扑上去。"

虽是大夏天,窦公还是禁不住打了个寒战:"他……他竟然……他一个小小的孩子……"

"他不是孩子了,天家没有孩子,"陆叔冷冷地道,"他从小就在辟雍馆受到最好的教育,教授的都是帝王之术!再说,他背后还有个师亚夫……那人的谋略心术,也绝不可小觑。"

"师亚夫那个胜国遗丑!"窦公恶狠狠地道,"孤早就想废了他!他不在成周守着东八师,跑到京师来做什么!"

说到这儿,却也是大周政体的另一个耐人寻味处。当年武王率小邑周打败了大邦商,但其实只是在朝歌斩了纣王的头,却无法真正打败当时商军的主力师氏,而失去了国家的职业武装集团师氏也无力自存。双方媾和的结果,是师氏向大周称臣,并在周公的指挥下营建了成周洛邑,之后便永世驻扎成周,成为周公直系的军队,称为"东八师",与驻扎镐京的天子直属的"西六师"相对应。师氏集团至今仍是军事世族体制，一族之长即为师氏集团的首领。这一代的首领师亚夫在前周公手下担任了将近三十年的主将，直到去年才归属现任周公姬瞒。

"这种时候，殿下还是期望师亚夫在京师的好，"陆叔语出惊人地道，"若是放他回到成周，周公手中的牌面就不输于您了！"

"老陆说得对，"岑伯道，"如今殿下掌握西六师，权重天下，周公却偏偏这个时候把师亚夫招来京师，他手里的牌根本就不能用，正是咱们的好机会，您难道还想纵虎归山吗？"

窦公细细品味，还真是这么回事，不由得拍了下大腿，道："正是！孤，疏忽了。"

"现在我们得到消息，齐国、邢国和晋国都已经表示愿意出兵到王畿，时刻准备拱卫京师。"岑伯道，"这些元侯响应殿下的制令，殿下在朝会上的作为，还是很有效果的。"

"诸侯的军队，说到底还是隶属各国，与直属朝廷的军队不一样。"陆叔面露忧色道，"只要天子没有直接下达诏令，这里面还是得拼人脉……殿下和主君的根系在淮北，可惜都不在此次征召之列，这其实很可忧虑。一旦这些诸侯军队来到王都近郊，涨谁的势还在两可之间。"

"唔……唔！"窦公也不是笨蛋，顿时便明白过来。"正是！若不是你提醒，孤还在盼着这些军队来呢！这……这……"

"殿下不必过于紧张，"陆叔道，"从全国会聚过来的军队，就好像天上的云一样。殿下见过天上的云吧？风往哪里吹，云就往哪里聚。遍布全国的军队也是一样。如今是太平盛世，朝廷掌握绝对权力，诸侯国岂敢轻易造反？只要权力抓在您的手里，他们就不敢乱动。只要势在我们这边，他们就会源源不绝地向我们靠拢。"

窦公脸色略微发白，沉吟道："老陆，这么说未免过了吧？你说得对，这是太平盛世，谁挑起战争，恐怕都没有好下场。孤也绝无此意！"

"殿下又会错意了。奴婢何人？胆敢谈论内乱之事？"陆叔道，"奴婢所言的，转来转去，还是一个势！殿下，天上的云跟着风走，若是风停了会怎样？云会散吗？不！云会在风消失的地方聚集，直到另一场风吹来。天下势如云，您就是风！您是停不下来的，一旦停下……云就被别的风吹跑，这个世界对您而言就不复存在了。"

窦公叹了口气："何尝不是呢……孤从前以为，与人政争，不胜则退居家国，现在看来……坐在孤这个位置，决定天下风云的流向，确实……没有退路可言，没有什么还可以归去的家国了。"

"诚然如此。"

说话间，岑伯已经洗好了茶，用烧开的水在赤金漏壶中一涮，涮了三杯茶。三人默默地看着杯中微微升起的热气，都已没有了品茶的心情。

窦公站起来，在楼上心神烦乱地走动了几步，喘了几口粗气道："那便如此吧。暨、陆，此事还是交由你们来处分，孤今日上朝，明日就回城外大营了。"

他转回身来，指着陆叔道："上次给你说的六百户封赏，孤这就命令在窦国内给你封地。不要再推辞了，万一孤明日退隐了，至少还来得及保住你这条命，哈哈，哈哈哈！"说着一甩长袖，下楼而去。楼下传来人喊马嘶，就算是微服而出，窦公还是带足了人马，器宇轩昂地向着王城方向去了。

"殿下犹豫了，"陆叔苦涩无比地道，"大势恐怕不妙。"

岑伯正在悠闲地拍打自己的膝盖，闻言不由得全身一震，大热的天儿竟被他阴阴的口气吓得背脊发凉，惊道："什么？！老陆，你……"

"殿下今日魂不守舍，你没听见他最后那句话？一个将兵六师、掌控大周天下的执政，竟然连自己的安危都开始担心……唉……"

"殿下那是为你着想，怕你再拒绝他的好意。"

"言由心生，越是站在高处，越要谨言慎行，一句话一个字，都会被无限放大，"陆叔冷冷地道，"不然何来的一语成谶？殿下是怯了，他先跟周公挑起了权力争夺之战，现在战端已启，他又瞻前顾后，害怕把事情闹大。他是什么人？周公又是什么人？大周朝站在最高层的人角力，哪怕尽了全力也可能会输，更何况是自己都在害怕？唉……"

岑伯听得脸色发白，沉吟道："不至于吧？窦公为人，我再清楚不过。他为人仁孝，对先昭王、今上一片忠贞。至于周公嘛……在辟雍馆时，窦公就曾听先昭王评价过两个儿子，具体如何，我也不知。只是先昭王似乎对姬瞒略有不满，窦公便是继承了先王的遗志，不想让周公涉入朝政过多，以免误了国家。或许一开始，窦公只是想教训教训周公，哪想到那小子竟然真的顶上了牛呢？窦公……我看他也是心灰意冷，唉……"

陆叔用一根长长的银针慢慢地挑着茶饼，不说话。

传说，茶乃黄帝时代的神农氏所创，其茶叶能做到青郁透明，冲泡后香气满溢六十里，黄帝部下多人饮之，成仙。自黄帝登仙、五鹿城消亡数千年来，茶虽然已经成为普罗大众日常饮用之物，却已经不再有神气，制造出来的茶叶也嫌粗糙。周时的茶，与夏商时代又有不同。茶树已经进一步缩小，不再如前代那般高大，变成了一种山间植物。采茶者像收获种子一般收茶叶，经过短时间的曝晒后便用稻草包裹，以免走了潮气，因此茶叶纠缠紧密，需要用钝刀或者尖刺挑开才能泡水饮用。

岑伯眼睛一瞬不瞬地看着他挑茶叶，不知不觉间脸色已经阴沉下来，低声道："说到国家，我与你、窦公一样，并无异心。可是，窦公这两年骤然贵幸,连带咱们淮北诸侯都在朝廷上大有斩获。先康王当年对咱们淮北诸姬多有慢待,被河北系和周公系的诸侯压了这几十年……所以这次是个千载难逢的机会!无论如何,我们淮北诸侯也要借这个力,登上朝廷的顶端。"说到最后一句话,已是咬牙切齿。

"正是。所以,窦公进也得进,不进也得进。"陆叔道,"这两年来进入朝廷的淮北诸侯,都在看着他。他一倒下,便不堪设想。"

"我们既要盯着姬瞒那小子,更要盯着窦公,不能给他退步的机会。"岑伯恢复了冷静,淡淡地说,"你想来已经有了对策。"

"一句话,镇之以静。"陆叔也不否认,"周公已经抛出了诱饵,好得很,我们就盯着,准备把它变成咱们的饵料。"

"这个已经在做了,"岑伯道,"接下来呢?"

"接下来,形势会变得恶劣,但是不要怕!政治上的推手需要漫长的准备。以眼下的形势看,我们尚在优势,周公是在借力打力,却也掩饰不住他力弱的现状。"陆叔看着楼下来来往往的商旅,低声道,"我们不要再给他使力,一切按照现在的状况不变,反正形势在我,主动在握,想要怎样,又有何难?"

陆叔说形势在握,但是形势一直在急剧变化。进入五月,天气开始转好,全国各地都传来了收获和开始秋种的消息。

周的始祖,传说是黄帝手下十二神将之一的弃姬。然而弃姬比黄帝更早抛弃天下,离世隐居,一直到大禹的时代,周人的祖先后稷才重新出现在史书之中。

后稷发明的新型农耕制度,经过后代周人的代代改良,在前商时代就已经远远超过当时中原刀耕火种的耕作技术,成为一项跨时代的技术。

周人的农业简单说来就是：精耕作，重水利，选种子，可二季。精心保养的田地，一年可以两耕，春季的种植虽然受到雨季影响，但若能赶在夏末动员全国，在河水以南的大片地区开种夏稻，在秋末收获还是可以指望的。

全国性治水的会议虽然被取消，但各诸侯国的水监、农正还是将卿士寮的命令带回各国。王畿千里、侯国万邦，河水以南全面开始复耕，河水以北则开始为来年的耕种做准备。民以食为天，相对于虚无缥缈的北戎入侵来说，今年能不能抢个收成才是上至诸侯、下至平民最为关心的事。

卿士寮虽然退后一步，不再以制令或诰令的方式下达治水令，仅仅以"劝诫训"的形式下达，但训令到处，无不通达，许多地方甚至只知训令，根本不知番士寮还同时下达了"戎戒京师"的制令。

五月三十日，卿士寮移文询问番士寮各国"戎戒京师"的动员情况。番士寮答以"暂且无果"。六月一日，卿士寮出人意料地向全国发出"惩戎戒京师迟缓训"，以卿士寮的名义，严令各国按照原定计划，向京师派遣军队！

岑伯当日轮值番士寮，一接到卿士寮的训令，顿时脸色大变，站起来匆匆吩咐众人几句，便出了番士寮。

番士寮在承天大道的右边，占地比卿士寮还大，但是卿士寮在承天大道左边，院墙挨着明堂宫，番士寮和明堂宫之间却硬生生挤进来一个太史宫，离着明堂宫的应门便有三射之地。

岑伯站在番士寮六阖的正门口，看一眼被烈日烤得蒸腾着白汽的王宫，不由得叹了口气，匆忙上车，径直往夷忠门下西凤楼陆叔的居所赶去。

陆叔本姓石，是原淮北方伯岑侯之父手下的仆役。后来岑国在康王年间获罪，被剥夺了方伯之位，从侯国降位为伯国，老岑侯手下城宰等六位大臣更是被召进京，被迫自杀于卿士寮后巷。随同进京的陆叔等十四名仆役，六死，八人被施以宫刑……康王年间，王室排抑诸侯，像这般被削封处死的大臣不下数十位。岑伯与当时的淮北三十多家诸侯被朝廷放逐一般排斥在外，十余年翻不了身。要不是同样身为淮北系的窦公在这十年来深受昭王赏识，一路提升，淮北诸侯根本就沾不到朝廷的边儿。

岑伯身为窦公最亲信的下属，从预计到窦公即将进京秉政开始，就将陆叔等人送到京城，不显山不露水地安顿下来，成为淮北诸侯在京中最隐秘的一处所在。西凤楼表面上对外经营，实则只有经过允许的人才能进入，而能上到第二层的人，整个京师加起来两只手也能数得过来。

岑伯虽然心急，但也不敢就这么穿着朝服乘坐大臣的轩车而去，在三个街口以外便更换了便衣，徒步走来。这一路上虽然热，总好过被人看见。如今京中风云变幻，岑伯岂敢行差踏错半步？

待进了楼，踏上楼梯，便听见楼上一阵谈笑。岑伯微觉奇怪，侧耳听去却是两个少年的声音，再听两句，顿时站住了——其中一个，不是自己的宝贝儿子岑诺是谁？

但听得岑诺哈哈大笑，嚷道："小子！瞧瞧，我已经把你封得死死的，你还有何退路？"

另一个更加稚嫩的声音道："公子，你怎么知道我要退？"

岑诺道："哈哈，你少嘴硬。你想退可没用，我一个子一个子，迟早把你吃个精光。"

"嗯，"柒毫不迟疑道，"我知道。"

"知道，你还这么下？哈哈哈！"

"公子，您让我每下一颗棋，就要让您下两颗，我不这么下，又该如何呢？"

"你少废话，我就是要这么下，怎么样？陆叔不是说你下棋很厉害吗？那我倒要瞧瞧你有多厉害！"

"逼上死路的做法，就只有这样，"柴道，"公子可以试试看。"

"唔……"岑诺哼了几声，便再也没听见下文。

岑伯轻手轻脚地走上楼梯，却见两小子坐在屋中，正在下棋。传说棋是帝尧所发明，原是五纵五横的棋盘，落以正方形的黑白子。到了夏代，已经有九纵九横的棋盘。到周人在周原上定居时，棋才传入周，但周人特别喜欢这种博弈之术，将之更进一步发展为十五纵十五横的棋盘，称为"大棋"，棋子也从正方形的小木块变为圆形的小石头。

棋的博弈之术，据说与棋盘的纵横数有关。五纵五横时，博弈之术尤有穷尽；到九纵九横时，已没有人能知道其尽头；到现在十五纵十五横，用博弈大家先文王的话来说，"下至人睿，上至神祇，穷尽万物，无有相似"，棋的博弈之数已经远远超出了这个世界可能的一切变化。

陆叔正躺在榻上看两个小孩子下棋，一见岑伯进来，忙坐起身。两个小子抬起头，吓得连忙离开棋盘，一个跪下，一个伏地。

岑伯不说话，走到棋盘边端详，只见棋盘上密密麻麻，几乎摆满了子儿。白棋占据四角、四边，几乎将棋盘的大部分都包含在内，黑棋则紧密地聚成一团，留一条尾巴在一边上。从棋局来看，白棋显然已占据绝对优势，但是黑棋布局严密，又很难插足。胜负手在黑棋与边相连的那一条上，若是尾巴被断，那便大势去矣，若黑棋能掉头打开通往棋盘边缘的通道，双方的胜负还很难说。

岑诺仗着主子的身份要赖，两颗对一颗，基本上是无解之局。但黑棋完全抱团，死死顶在棋盘正中，也占据了不小的形势。岑诺是个臭棋篓子，只知道占边、占角，等到意识到黑棋只占正中的局面时，已经很难再杀入黑棋的阵中。

岑伯看着棋局，不由得心中一动，也不叫那两小子起来，呆呆地看入了神。

"周公的尾巴，是不是已经露出来了？"不知过了多久，陆叔幽幽地道。岑伯浑身一个激灵："啊……啊！陆……老陆，你怎么知道？！"

"主君匆匆赶来，奴婢岂能看不懂脸色？"陆叔叹息道，"原以为周公已经被我们围得水泄不通，但奴婢却一直担心，迟早被他的尾巴打通一条生路。"

他是在说这盘棋局，却也暗合岑伯此时心中所想。"正是！确实不可不防，但至于这条路打通没有，还得再看看。"说着，岑伯将怀中卿士寮的"惩戎戒京师迟缓训"掏出来。柒忙爬起来，双手接过，递到陆叔的手中。

陆叔只看了标题一眼，就随手扔在一旁，转头盯着窗外，过了好久才粗重地叹了口气。

岑伯道："老陆，怎……怎样？"

"主君，老奴二十天前问过一个问题，如今还是这个问题——他这么做，对他有什么好处？"

"好处吗？"岑伯道，"来的路上，我已经想了很久……天下军队调动，这是窦公的意思，如果说是棋局的话，军队尽是白棋。他好好地非要帮我们这个忙，调动本来还不愿意充当棋子的诸侯军队，这算是怎么一回事呢？"

"老奴本来也不明白，直到看到这两小子下棋……"陆叔叹息道，"周公,不简单……他是博弈的高手,他在借势,借我们的势!"

"……"

"他如今的权位,乃是天子之下第一人,又将卿士寮牢牢抓在手中,这就是占据了中央的形势。"陆叔指着棋盘道,"咱们就是调动天下的军队,也只能围而不发。因为天下人都知道,谁要是进攻镐京,那就是叛变!这满盘的白棋,到时候一瞬间都会变成勤王之师,满盘皆墨,很可能一颗白棋都剩不下来。这就是占据中央者的势!他现在还嫌我们手中的白棋不够,还要帮着我们调动。他下一颗棋,我们就得跟两颗,下来下去,我们手中没有棋子的时候,他就可以顺势把一切都翻过来……您想想看,这盘棋还能怎么下?"

岑伯脑子里"嗡"的一声,全身的血都冲向了脑子,脚下一软,一屁股跌坐在旁边的小茶几上。岑诺吓得赶紧跳起来,扶住他爹,却被岑伯一把推开。

"老陆!你这是杞人忧天!周公那小子,和岑诺一般大小,他懂什么!"

"别忘了他身后还有个谋略大家,师亚夫。"陆叔冷冷地道,"那老头不在朝廷任职,却一直留在京中不走……这个人先后服侍过两代周公,到现在已是第三代。他们成周的那一套政治谋略,传自前商,任何时候都不可小觑。"

岑伯站起来,在屋中走来走去。"我们以前都太小看他们了,但是现在说这些已太晚——窦公今夜必会回来,我们得商量一个办法出来,不能让他动摇!"

陆叔叹息一声,沉默不语。

岑伯瞧瞧两个小的还在,大眼瞪小眼地看着自己,没好气地挥挥手:

"你们都下去吧。"

岑诺和柒忙称是,爬起来垂着脑袋走到楼梯口。岑伯一声"站住!"吓得两人一起哆嗦着站住。

岑伯看看岑诺,道:"诺儿,你瞧瞧你!越大越不像话!下个棋都没正形,哪有你那么耍赖的!这几天为父忙,回头考查你的六艺,仔细我揭了你的皮!"

岑诺吓得顿时软了半边,匆匆忙忙向严父磕个头,轻手轻脚地走下楼,等出了大门口,已吓出一身冷汗。

柒跟在他背后,不言不语地牵来了岑诺的牛车。岑诺坐上车,却又不急着喊走,道:"柒……"

"公子?"

"你……不害怕吗?"

柒摇摇头:"害怕?"

"阿爹他们的事,我觉得……有些害怕,"岑诺脸色微微发白地道,"我从来……没见过爹如此紧张。那个周公真有这么厉害?听说,他的年龄和我一样啊……"

柒摇摇头:"我不知道。我没见过他。"

"呵呵,那当然。我都没见过,何况你。"岑诺笑道,旋即脸色又阴沉下来,"可是我真是害怕。柒,你这小东西,机灵古怪的,你觉得……"

"那份卿士寮的训令,昨天晚上我就见过了。"柒突兀地道。

"啊?!你怎么……"

"爷爷在卿士寮里的眼线,昨天晚上就拿到了训令底稿。"柒小声道,"可是爷爷想了一整夜,也没想出怎么办。"

岑诺的脸顿时变得煞白。

"爷爷说，周公的这个势借得太巧妙了。从前以为窦公殿下是在和周公斗，却忽略了卿士寮的力量。周公站在这个棋盘的中央，臂挥手指，控制形势太容易，咱们……太难了！"

"怎……怎么办？"岑诺紧张得抓住车轼，手指都发白了。

柒从容地看了他一眼："没关系呀。爷爷总有办法的。"

"你爷爷真有办法？"

柒少年老成地叹口气，拉着牛的缰绳将车子慢慢转向。"办法，没有。但是该怎么做还是知道的。"

"你爷爷打算怎么做？"

"什么也不做。"

"啊？"

柒抬头看看烈日，牵着马车走出西凤楼的大门，躲在墙下的阴影里走。"刚才我和公子下棋，公子把我围得死死的。可是我没有输，公子也没有赢。"

"那又如何？"

"在主君上楼来之前，我正打算和公子商量，改了规则下子儿。"

"啊？你打算怎么改？还是一对一地落子儿吗？"

"不。我下一颗子儿，公子下三颗。"

"啊？"岑诺从车里冒出头来，"你不要命了？我占那么大的地方，你连气儿也出不了，还要我下三颗？！"

"公子有一百七十二又三分之一路，我只有六十八路，"柒慢慢道，"棋盘上已经没有多少可以下子儿的地方了。我的局里，公子插不进来，让公子下三子儿，公子就得一眼一眼地堵死自己的局。我算过了，我最多再落七颗子儿，就可以慢慢收官公子一大半的子儿。"

"你胡说！我才不信呢！"

柒站住了，严肃地回过头来："要不要回去接着下？"

岑诺冲口道："好！"马上又打了个哆嗦，"算了！我爹在那儿，我才不敢去呢。"

柒定定地看着他，停了片刻，牵着牛开始转向。岑诺大叫："好！好好！你赢了，你赢了！我早就知道你是不得了的国手，行了吧！"

柒牵着牛车转了整整一圈，回到原来的方向上，沿着墙根慢慢走。"爷爷说，窦公和主君前面的布局，都太严密、太烦琐了，已经把周公围了个水泄不通，却又没有收官的意愿，所以这个局已经是死局了。周公现在只需要利用卿士寮，顺势而为，很容易就被他抓住大布局中的漏洞，一个一个地收子儿。可是前期窦公和主君落子儿太多，现在已经没有太多下子儿的地方，只能看着他收官。与其如此，还不如什么都不做，反过来看周公的漏洞。他落子儿多了，自然就会露出破绽，到那时候再跟他对子儿，不是轻松得多？"

岑诺似懂非懂地点点头："原来如此……看来，你学到你爷爷的很多东西啊。什么时候我也找你爷爷学点儿东西好了。"

"好啊，"柒高兴地道，"我爷爷什么都会，这世上没有比他更博学的人了！"

岑诺放了心，懒洋洋地躺回牛车，任由柒拉着走。夷忠门下的大道上人潮涌动，牛车随着人流缓缓向内城方向而去。岑诺最喜欢这般躺在牛车上，由柒带着自己走向不知道什么地方。反正柒对镐京了如指掌，又深悉他的脾气，每次总能带自己到某个既在意料之中又颇有些惊喜的地方。

摇着摇着，柒在前面惊讶地"咦"了一声，牛车一晃，停了下来。

岑诺已经摇得半睡半醒,愣怔地爬起来道:"唔?怎么了?到哪儿了?"

牛车还在拥挤的人潮中。岑诺一下子清醒过来,揉着眼睛道:"怎么了?"

柒站在人潮中,呆呆地望着街道的一个角落。岑诺往那里瞧了好久,也没看见有啥值得柒大惊小怪的东西。他伸手拍了下柒的头,叫道:"臭小子,在干什么!"

柒摸摸脑袋,有些迷糊地道:"刚刚我好像……看见那间屋子的墙下有个小孩儿。"

阳光刺破云层,耀眼地照射在热气腾腾的大街上。岑诺的眼睛被阳光刺得生疼,拼命眯着眼睛瞧,却什么也没瞧见,不由得心头火起,狠狠敲了下柒的脑袋。"哪有什么鬼东西!"

柒捂着脑袋,躲开他的第二击,叫道:"我真瞧见了,真瞧见了!"

"你瞧见了什么?"

"一个浑身上下穿红衣服的小孩儿!"

岑诺惊讶地张大了嘴,好一会儿才道:"臭……臭小子,还真有钱呢!"

柒本来期待地看着他,听完他的话,不由得小小的肩膀丧气地往下一沉。

彼时的衣服,因为染料和浸染工艺所限,大多为灰色、蓝色和黄色,白色的布料都少得可怜,红色更是极少,而且极难染成真正的大红色。只有远在南方的妖族人城市朱提,才有浸染红色布料的工艺,因此极为昂贵,只有宫里的贵人才消受得起。岑诺十二岁以岑国公子的身份获得朝廷中士品秩后,第一次随父亲参加朝廷的朝觐大礼,曾经见过宫中贵人身穿红色华服,那情形……简直终生难忘。

柒不再说话，牵着牛车继续前行，走得很慢，不停地东张西望着。岑诺在车中坐得不耐烦了，喝道："臭小子！人家穿个红衣服你就看得走不动了？别这么没见过世面！"

柒惊讶道："公子真的没有听过红衣小儿的故事吗？"

"啊？"岑诺讶然道，"谁？"

柒默默地把牛车拉到一处离喧嚣的人群远远的高墙下，停在背阴处，小心地看看周围，才道："主君没有对公子说起过吗？六年前的红衣小儿之灾？"

岑诺苦笑道："阿爹那么严肃的人，怎会给我讲这些市井传言？"

"这不是市井传言，"柒严肃地道，"爷爷说，从古至今，但凡有红衣小儿现世，天下必定大乱，甚至有亡国灭种之祸。"

岑诺定定地看着他。过了好一会儿，忽然哈哈哈大笑着滚回软软的车厢里。

柒少年老成地叹了口气，牵着牛车重新上路。他们一路穿过大街，远远地，内城高大灰色的墙体出现在前方街市的上方。

一道黑色的影子急速掠过被太阳晒得惨白的地面，柒心中一动，转头去看——不是望向天空中的飞鸟，而是身后外城墙下某个阳光照不到的阴暗角落。他以为他看见了什么，可是阳光耀眼，其实什么也没瞧见。

其实真的有些东西。

那东西一直隐藏在深深的角落中。它不是柒那洞察一切的眼眸所看见的红色。它没有实体，甚至并不能称作"它"。因为它只是一团气而已。

这团气冷得可怕。正是盛夏，强烈的日光倾泻大地，到处都被晒得冒起白烟。来来往往的人畜无不大汗淋漓，头上蒸发着白汽。

这团气所在的墙角也冒着白汽。白汽沾染到墙面上，立刻变成一大片一大片的寒霜。几只耗子惨叫着从数丈外的墙洞中飞奔出来，其中一只刚刚冲到洞口便和墙面一道凝固在霜层中。

那透骨森寒的白汽停留在墙角大约两个时辰。待到午后，它慢慢脱离墙角，随着午后穿过镐京大街小巷的微风，慢慢升起，越升越高，越升越快。渐渐地，镐京变成了大地上一片黄色的疤痕，大地迅速远离。穿越重重云霄，这团白汽仍在上升。

看样子，它的目标指向那横亘在凡界与仙界之间的虚无缥缈的区域。周天之气在那里流转，其冷酷程度足以冻结龙焰。

当日岑伯与陆叔定计，决定镇之以静，同时开始调整王畿驻军与外藩军队的进京秩序，力图缓和之前的高压态势。然而为时已晚。

六月十日，番士寮与卿士寮同时得到消息，受"惩戒戒京师迟缓训"的督促，齐、鲁、宋、邢、晋国的军队都已经离开本国，向镐京会聚。

这几个大国几乎涵盖了大周诸侯军的主力。动员的军队目前还未报来详细数目，但按常规计算，起码接近四万，同时为了满足这些军队的调动，沿途的小诸侯也将提供近十万人的补给队伍，以及更为庞大的补给粮草。自六年前先昭王讨伐北戎以来，还从未有过如此规模的军事调动，一时间天下骚动不安。

六月十三日，窦公、岑伯等人还没喘过气，另一个绝密消息传来：成周东八师的主将师亚夫已经在三日前偷偷离京，去向不明！

这个消息带来的震动，远超过四万大军的调动。岑伯立刻动身来到西凤楼，陆叔却不在楼上……

第四章

> 大周镐京近畿
> 穆王二年夏六月

天色尚早。昨夜一场大雨,非但没有消去暑热,反而更加憋闷。在离镐京城二十多里远的一处叫作喊天堡的大坂上,漫山遍野的芦苇丛中,停着一辆牛车。

陆叔昨夜彻夜未眠,正闭目躺在牛车厚厚的褥席上,让还哈欠连天的柒给他揉酸疼的膝盖。

"柒子,"被轻轻揉捏的膝盖隐隐作痛,陆叔沟壑纵横的脸上却一脸坦然,轻声道,"你今年几岁了?"

"孩儿十二岁六个月。"

"那即是说,我收养你,已经整整十二年了。"

"爷爷的恩情,孩儿一辈子也报答不完。"

"别说那些,"陆叔摇摇头道,"我收留你,不是为了你,是要报答你父母……你父母伴随老岑侯到这座城里，死在这里，我也……嘿嘿……本来，我在被斩的四人之列，可你母亲不愿意你父亲独死，才好赖求得一死，换下了我这条残破之命……一晃，已经十二年了。"

十二年前，父母亲随同老岑侯入京，在卿士寮后巷中被迫自杀身亡的事，柒已经听了不下一百遍。说实话，这种事对他而言好似另外一个柒的事，他听了既不能体悟当时父母的悲痛，也无法找到一丝该有的沉痛。未满周岁的他就被陆叔收养，在镐京城生活了十二年，陆叔、岑伯等人夙夜难寐、朝思暮想的故土岑国，对他而言也不过是另一个世界。

只不过，每当陆叔明知故问他的年龄，他便知道陆叔定是心中焦虑，实在找不到可以倾吐的办法。所以这种时候他总是乖乖地、自动自觉地给陆叔揉捏膝盖。他父母自尽的时候，陆叔等八人被五花大绑地跪在冰冻的巷中，不仅目睹亲友凄惨自尽，还在冰雪中跪了一天一夜，落下了终生的残疾。

果然，陆叔闭着眼哼哼，过了一会儿又道："天色亮了吗？"

"蒙蒙亮，爷爷。"

"今天应该有使者来。"

"是，爷爷。"

"今天……说不定情况会有大变……"

"是，爷爷。"

"今天说不定有大事啊……主君说不定需要我……唉……"

柒的一双小手已经捏得又酸又疼，可是他不敢停，更不敢再接嘴，只用力地搓揉着。

"不知道为什么，就是想出来，再走走看看。"陆叔低声道，"昨晚我卜算过，不知为何，是个龙见于野的象。我一晚上没有睡……睡不着……"

"初五，龙见于野，利见大人。"柒稚声稚气地道，"爷爷，这是个吉兆啊。"

陆叔沉默良久才道："我卜算的，不是窦公、主君的命运……我卜算的是国运。"

"爷爷？"

陆叔自嘲地一笑，道："我也真是，老得悖晦了……我这区区贱躯，卜算什么国运！嫌自己命长了吗？！咳咳……"

柒把一件厚厚的毛领披到他肩上，陆叔伸手推开："傻孩子，我又不冷，只不过是年纪大了。这段日子以来，越来越感觉到老了……人老了，百衰齐至，脑子也没那么灵光了……爷爷已经把自己懂的统统教给了你，你得帮着爷爷。"

"是，爷爷。"

"必要的时候……"陆叔粗重地喘了两口气，"更要好好帮帮岑诺那个糊涂虫……他爹的国家事业将来全落在他肩上，可我看他是个外强中干的人，这可怎么得了？"

柒年纪虽小，却是陆叔从小精心调教大的，于人世间的许多事都有了悟。眼见陆叔所说，都是所谓的"不祥之语"，他知道言由心生，说出这种话来必有原因，不由得心惊肉跳。"爷爷，大清早的说这些干吗？孩儿还要瞧着您调教公子，帮着公子夺回侯国之位呢。"

陆叔听着，脸上总算露出一丝笑意。"傻孩子。哪有那么容易？咱们大周国……"

他忽然停住，因见柒骤然变了脸色，似在侧耳倾听什么声音。

"怎么？"

"爷爷……好像有人……在喊？"

陆叔侧耳听去，但他年老体衰，耳朵里只听得见嗡嗡的风声，哪里有什么喊声？柒却侧头闭眼，仔细分辨道："嗯……是了，是有人在喊……爷爷，你听！"

柒拉开车门，风夹着新鲜的草木味涌入车中，随之而来的，果然是一个模模糊糊的呼喊声。仔细听去，那声音一会儿在左，一会儿在右，倏忽不定。

"风……临淮阳……风临……淮阳……"

柒大惊道："爷爷！是咱家的暗号！"说着不等陆叔开口，从车门下的小箱中掏出一团金黄色的东西，跳下车，跑到离车几丈远的地方，撕开外面包裹的黄色缣帛，将里面那团黑色的小球用力向空中扔出。

那小球被抛到空中，迎风一吹，轰地爆发出刺目的火焰，随即哧的一声尖啸着向空中飞去，一面飞一面放射夺目的光彩，数里之内都能看得清清楚楚。

过了一会儿，果然传来一声战马的嘶鸣，有人在数十丈外大喊："风临淮阳，造物有报！"

柒大声道："陆叔在此，来者何人？！"

那人惊喜地叫道："陆叔？陆叔！有岑伯送来的紧急文书！"

一匹快马雷鸣般地奔来，马和骑者都累得浑身大汗，蒸腾之汽随着马匹的每一次起纵便如烟云般地扩散开来。骑者一边奔驰一边大喊："有有有紧急文书……"

"止！陆叔休憩，不得喧闹！"柒厉声道。他小小年纪，还未变声，但稚气的声音充满威严。那人一怔，猛拽缰绳，马匹轰然止步，在数丈远处停了下来。

柒强压着惊惶不安的心，一步一步走到那人面前。那人骑在烈马之上，马儿呼呼喘息，不安地踢着前腿。柒还没有马腿高，站在他面前却浑然不惧。

那人原先见过这个陆叔身边寸步不离的小孩儿，见他镇定如斯，气势逼人，忙从马上跃下，匍匐在地。"是……小人失态了。这是今天早上窦公从西六师大营传来的紧急文书，岑伯在城里找不到陆叔，派了十六人全城大索，说无论如何要在一个时辰之内交到陆叔他老人家的手上。"一面说一面呼哧呼哧地从怀中掏出一张薄薄的帛书，交到柒的手中。

柒接过，点点头，道："在此等着。"转身慢慢走回牛车。他知事有大变，说不定变化就在呼吸之间，心怦怦乱跳，但是陆叔教过，越是紧急危险关头，越要镇定，咬破唇舌也要镇定下来。

就这么短短几丈路，他走得满头大汗，好容易上到牛车，将帛书递到陆叔面前。陆叔没有立刻接过帛书，躺在榻上仰面看了一会儿窗外渐渐发白的天空，才道："念。"

"昨日获报，齐、晋、邢、虢各国军队，在接到制令后突然加快进军速度，齐、晋的前锋已经渡过河水，邢过太行井岚，虢过无须山。沿途诸侯供给完备，估计六日内，各国前锋就将先后进入王畿，接近镐京。"

"这是已经预料到的，"陆叔忍住太阳穴突突直跳的眩晕，问，"还有吗？"

柒翻过帛书，果然背面还有一段简短的文字，念道："今晨接报，师亚夫已于六日前离京，前日返回成周东八师驻地。"

陆叔一下子坐了起来，一把抢过帛书，看了又看，愤然扔在地下，怒道："师……唉，唉！"

柒从来没见过陆叔被气得如此脸红筋涨，吓得忙上前扶住陆叔，却被他一把推开，大声道："我没死！去！告诉来送信的……让他立刻赶回去……要立刻由朝会重新颁布……咳咳……康王年间颁布过的《禁讨令》……要快！这得由窦公亲自上朝会去争取！快去！"

柒忙从牛车里爬出去，站直了，慢慢下车，从容地走到报信人面前，将陆叔的话说了一遍。那人不敢怠慢，复述一遍，见柒点头，立刻转身上马，拉着马头退后两步，大喝一声，那马人立起来转过身，雷鸣般地冲向远方。

柒注视着那骑者，见他沿着大坂倾斜的方向奔驰，在一片一片烟笼般的雾气中出没，转眼间已奔出数里。

他不敢久站，忙回到牛车上。"爷爷，发生什么事了？这事儿真的这么着急吗？"

陆叔颓然躺在褥榻上，喃喃道："翻手为云，覆手为雨……这是何等的气概……咳！"

"爷爷……"

"你要看清楚，柒！"陆叔忽然一把抓住柒的手，急切地道，"看看这大势！"

"是，爷爷。"

"大势已去，"陆叔低声道，"大势已去！你看清楚了吗？！我们布下的棋局，别人一伸手，全给我们破了……满盘的白棋，现在都变成黑棋，要来收官起子了！"

"孩儿……孩儿不明白……"

"蠢货！如此明显，你都不明白！"陆叔放声骂道，"我老糊涂了，该死！你这么小，谁准你就此糊涂下去的？！"

柒吓得满头大汗，但陆叔向来严厉，他的话不敢不回，想了想，道："爷爷，您是说……各国的军队，实际上是受卿士寮的差遣才加速抵京的……师亚夫回成周,也要调动成周东八师的军队上京?他们……他们先故意拖延,等到卿士寮的训令一出,便……"

"这就是势,"陆叔丢开他的手,颓然道,"人家一松一紧之间,天下局势尽在掌握……不过是改变部队行军的速度,便已将一切真相摆在世人面前……可笑我们还以为局势在握。其实一开始,便被人算得死死的。"他一面说,一面一拳一拳用力捶在自己的膝盖上。

柒心下骇然。他一向以为,世上只有爷爷最是智慧无双。自六年前他亲眼见到爷爷以各种惊人谋略,推动王室疏族窦公进京,推动他一步步成为昭王的亲信,又推动淮北诸侯登上久违的朝堂,甚至推动窦公一步登天,距离最高权力只有半步之遥……所有这些,都在暗中进行,甚至被一步步推上云端的窦公都是在最近才见到他的真面目。

这样的智者也会出错?那么一直以来,爷爷倾囊传授的谋略,统统都是错的?到底有用无用?

忽听车外一声低低的马嘶,接着一人大声道:"喂!车里的人!这儿可是喊天堡?"

声音十分嚣张。陆叔与柒对视一眼。柒道:"孩儿出去瞧瞧。"

出了马车,柒不由得一愣。

一名身材高大、精瘦、肤色黝黑的男子站在离车不远处,身穿赤金甲,右手持长矛,满头乱发挽作一束,左边脸颊上还有一块弯月刺青。他左手牵着一匹高大雪白的马,马上端坐着一名年纪轻轻的少年,身穿淡紫色袍服,没有戴冠,神气活现。

大周与前商不同,尤其讲究车文化,无论是骑乘还是打仗,都以车为主,很少有人直接骑马。周人不尚骑马的主要原因是马具不齐,没有前商时的完备马具,有鞍无镫,有缰无挽,这都是限制周人乘马的因素。

但眼前这少年却骑在一匹马具完备的马上，缰绳、赤金挽具、巨大的流苏软垫马鞍、赤金打造的脚镫、轻轻搂住马腹又不至于使马窒息的马带，连带四只赤金打造的马掌都在闪闪发光。这些赤金具都是前商的样式，飞齿圆翅，豪华非常，仅这一套马具，只怕镐京城中也找不出第二副来。

这人来头非同小可。柒脑中闪过这句话，脸色却更加平静，缓缓下车走到那二人面前，微微鞠躬道："敢问二位，可是在问我等？"

"刚才的符文信火，是你放的吗？"那少年一挺上身，傲慢地问道。

方圆几里之内不见其他人，柒毫不犹豫地点点头，道："正是。"

"唔……好玩吗？"那少年问道。

"好玩。"

那扛矛的武人一脸不信，厉声道："一个无知的小儿，在这荒郊野外放那么昂贵的符文信火，怎么可能？！小儿！你家主人在哪里？"他的声音沙哑又奇怪，像是什么荒服之外的人初学镐京的官话。

柒朗声道："我家主人在车上休息。"

"不得无礼。"那少年一摆手，顾盼之间豪气万丈。那武人被他一挥手，竟然忙忙地后退了两步。"人家在这里放什么，也不是我们关心的事。小孩儿，你是这附近的人吗？"

柒摇摇头道："不是。"

"那你可知这里是不是喊天堡？"

"是。"

那武人怒道："你不是这里的人，怎么会知道？"

"我长了嘴，会问。"柒瞥了他一眼，"我入了学，知道如何礼貌问路，所以知道。"

"大胆！"

"哈哈哈，"那少年笑得一挥手中的鞭子，"好！说得好。看你气度不凡，你家主人是谁？可否一见？"

柒深深一躬，道："我家主人身有残疾，已多年不见外人。"

"身有残疾却大清早的在这荒野中游乐，你家主人还真有兴致。"

"荒郊野外，残花衰草，"柒不卑不亢地道，"正合我家主人归隐之志。"

"哦，哦哦？"那少年哈哈地笑了起来，扬了扬手中的鞭子，"甚好，甚好。如此风雅，那更得一见了。去请你家主人出来见我。"

柒从容不迫地再鞠一躬，道："请待小人问过我家主人。"

那少年皱眉道："哪需如此麻烦？"手中的马鞭一扬，大声道，"车里的人听着，我叫作姬瞒。敢问阁下大名？"

柒忍不住抖了一下。原来这少年便是数月之内名动天下、逼迫得窦公这两朝元老坐卧不安的周公姬瞒！

那武人立刻看出柒的失态，大声道："主子！这小子认得你！"

姬瞒淡淡地道："这小子识见不凡，听过我的名字又如何？难道我的名字，不该是天下皆知吗？"

那武人瞠目结舌，显然没料到姬瞒居然会如此回答。姬瞒不去理他，看着柒道："喂，小孩儿。你知道这附近，有一处盘营吗？"

柒摇摇头。所谓盘营，在前商是专指王室狩猎时的大营，但到现在，一般贵族甚至平民在荒野之上临时搭造的帐篷营地，都可叫作盘营。只不过周人擅耕作，很少如前商那般从王室到平民都视游猎如命。镐京附近的荒野虽多，却很少见到游猎之人。

"嘿！刚才那几个大胆的东西，"姬瞒唰地挥了下鞭子，"竟敢骗我，说这里有盘营？"

"主子，"那武人道，"既然没有盘营，宜早归。"

姬瞒还未答话，便听牛车上有个苍老的声音道："谁说……这里没有盘营？"

姬瞒眼睛一亮。柒忙回过身去，爬上牛车，不一会儿将颤巍巍的陆叔扶了出来。陆叔也不下车，便在车尾的搁板上坐下，冷冷地打量了姬瞒二人一眼，道："这位姬公子，你想要找盘营？"

姬瞒见他明明听见了自己的名号也不叫破，心中甚喜，道："是啊！今日天气不错，我出城来转转，现在肚子好饿。刚才在山下听几个乡人说，这附近有个盘营，想去吃上一顿，可是找来找去，偏生找不着。"

陆叔点点头，道："今日的天气确是难得，不冷不热的，老朽这把老骨头也要出来见见云，看看烟。"

姬瞒和柒同时抬头，左右一瞧，又同时叫起来："啊，烟！"

但见东北方向，大坂的尽头，是一座不高的小山，小山后面隐隐升起一股青烟。这烟尘在浓云密布的天空下原是瞧不清楚的，但现在时近正午，烟开始变黑，便从云层之下显现了出来。

姬瞒"唰唰"地挥舞着鞭子，叫道："原来如此，原来如此！走，那边去那边去！"双腿一夹，打马便走，走了几步，又回过身来，"喂，你们二位，左右也无事，不一同去吗？"

陆叔看看天空，无声地叹了口气。"如此，我们便也去瞧瞧吧。"

姬瞒大喜："唔……老人家，你叫什么？"

"老朽叫作陆。"

"陆？"姬瞒瞥了柒一眼，"你叫作陆，莫非他叫作柒？"

"公子真是高人，"陆叔淡淡地道，"我家小孙儿确实叫作柒。"

"陆，柒？"姬瞒奇道，"这是你的孙子？那他应该叫作捌，你儿子叫作柒才合适呀,哈哈,哈哈哈!"

"老朽残疾之人,从来不曾有过儿子。"

姬瞒丝毫不以为意:"都是好名儿。走吧,驾!"纵马便小跑起来,那武人扛着长矛,不紧不慢地跟在后面。

柒瞧瞧陆叔,陆叔瞧瞧柒,两人眼中都是不可思议之色。过了一会儿,陆叔咳嗽两声,一言不发地钻进牛车。柒忙跑到前面,牵起牛缰,向着姬瞒二人去的方向跟去。

喊天堡这座大坂,东北高,西南低,足足有十多里宽,七里多长。姬瞒的马虽快,他却是奔来奔去,来回折返,大坂上有个小坡,一片光秃秃的石板,一两棵长在草丛中的乔木……他都要奔过去瞧瞧,大呼小叫地又折回原路。好在他的马和武人都十分强悍,经得起折腾。柒牵着牛车走得慢,倒也一直没有被他们拉远。

半个多时辰后,他们终于翻到了大坂的顶端。从那座矮小的山坡上远远望去,前面便是一望无际的莱原。一片一片葱郁的色彩在他们下方展开,近处是浓密的草场,稍远处是一片片的树林,树林与草场交替向东北方向蔓延,终于树林连接起来,变成了一望无际的森林。那森林向着天边蔓延,一直延伸到几乎只看得见一片暗淡影子的北陇山脉。

"南山有台,北山有莱。乐只君子,邦家之基。乐只君子,万寿无期。"诗中所言的"北山",说的便是这片原野。

久在镐京那拥挤的城市中生活,几个人顿时都有种天苍苍野茫茫的感觉,心胸为之一宽。姬瞒兴奋地骑着马在山坡上奔了几个来回,大叫道:"瞧啊,瞧!那儿!"

众人顺着他手指的方向看去,只见在下方不到十里,一片树林的前方,果然有数十座帐篷如巨石般散落在草场中。几股青烟从营地升起,周围还能看到一队队人马在草场中奔驰,猎犬狂吠,猎号嘟嘟作响。

粗粗算下帐篷的数量,便可知这营地不过三四百人的规模,不是公侯一级的围猎,连普通畿内侯围猎的规模也远远不如。但又绝非平民百姓,大概是镐京的某个官宦之族在此地游猎。

四人精神一振,便沿着一条新近被踩踏出来的小路下山,向那盘营而去。姬瞒起劲地跑了一上午,总算也累了,便不再来回奔驰,策马在牛车一旁走着。他人虽然累了,精神倒还好,走着走着便道:"小孩儿,唔……柒,你累了吗?"

柒牵着牛走了一上午,岂能不累?但他摇摇头,道:"不累。"

"瞎说。"

"不能累。"柒改口道。

"这还像话,"姬瞒笑道,"我就喜欢有话直说的人。你和你爷爷跑出来这荒郊野外,就你们俩……嗯嗯,还真是大胆。"

"现在是太平盛世,"柒道,"窦公殿下的西六师就在三十里外,有什么好怕的?"

"太平盛世就盗匪不生吗?"姬瞒笑道,"这里已出了虎贲卫管辖的区域,正是流民乱窜、商人横行的地方,离太平还远得很呢。"

周时所谓的商人,并非商旅之人。大周灭前商后,武王即下令拆毁殷商旧都,将数十万商人俘虏带回镐京,名为"殷多士"或者"殷小臣"。这些人大部分历经百年,已经与周人融为一体,家族也大多消亡。但也有一些小家族自武王、成王时期就开始逃亡,在广阔的周原、终南山、北陇山一带流窜,成为世代相传的流寇。其实这些所谓的商人,早已与活动范围之内的周人、羟人、姜人通婚,血统早乱,只不过对大周而言,这些人仍然是百年不降的前商余孽。

"商人逐利而生，只求财货，不伤人命。"柒从容说道，"我们这一老一少，破车老牛，不招惹事，也不招惹人，没什么关系。"他看看姬瞒，忍不住又说道，"倒是您，您这一身金光闪闪，商人隔着几里路都能瞧见了。"

"哈哈哈哈，"姬瞒得意地哈哈大笑，"那又如何？想要杀我的人，还没有敢生出来的！"

柒吐吐舌头，不敢搭腔。姬瞒得意扬扬地策马围着牛车转了几个圈，忽道："听你的口音，好像不是本地人，怎么听着……像是淮北的口音。"

"淮南。"陆叔在牛车中更正道，"公子，我们祖籍是淮南，远国穷乡，愧不敢提。虽然到京中已有十余年，乡音还是难改，让公子笑话了。"

"那有什么好笑话的？"姬瞒笑道，"管他远国近畿，反正都是大周国的臣下。你这老货，还说什么愧不敢提，须知乡音难改，故土难离，远离故乡而不忘怀，才是不忘本的人！"

"公子年纪不大，可说出来的话令老朽汗颜啊。"陆叔道，"乡音确实难改。只是……在这镐京城中居住，外来的人实在多有不便。镐京乃大周的京师，大周那么多诸侯国，乃有史以来最强盛广大的国家，可是主宰京师的来来回回都是那么几国人，什么齐国、晋国、虢国……其他小国小民，哪里敢在京师大声说话？"

姬瞒满脸的笑第一次僵住，稍一顿，强笑道："是……说得也是。我在镐京，确也没见过几个异乡人。镐京是天下之都，自然往来众多，可是……唉……"

朝廷被几个世卿家族把持，确是姬瞒——以及他的父祖辈王室——头疼的问题。昭王御宇十九年，后期已经开始在扶持世卿之外的势力。姬瞒自当政以来，也已在思考剪除此类大族权势的方法。只不过窦公骤然贵幸又不知收敛,已经蹬鼻子上脸威胁到了姬瞒自己的权势,才不得不全力与之政争。一想到窦公这个被先昭王刻意扶持起来抗衡世卿的棋子,马上就要被自己生生打倒,他就不由得一阵阵心底抽搐。

"公子是镐京人吗?"陆叔忽然问道。

"算……是吧?"姬瞒头一次不太确定地道,"将来或许我会到成周去。"

"京师,才是天下的核心,一切权力汇聚之所在。"陆叔晦涩地道,"不管是天子也好,诸侯也罢,只有留在这京师,才能号令天下。任何离开这座城市的人,也最终会被权力抛弃。"

"有的人,本身就是权力。"

"那就会被命运抛弃。"陆叔冷冷地道。

姬瞒骤然间想起那死在异国他乡的父王,不由得脸色变得苍白,想了想,道:"这,怕是危言耸听了吧。国朝以来,在镐京以外拥有权力的,也不在少数。"

"国朝以来,据镐京则兴,离镐京则亡,已成定势。"陆叔道,"先文王在此地,西辟蜀土,南剪殷商,据有天下三分之二,而一旦被商王所诱,前往殷都,便受十年牢狱之灾,回国后郁郁而亡;先武王,一朝灭商而雄踞天下,但他出征之前,太师姜尚曾再三劝他据镐京而遥领天下,他不听,灭商之后四年就英年早逝;先周公旦,在镐京称王若,统领天下七年,非王而实王,权倾天下,成王拱手而已,一旦他离开镐京,前往成周洛邑,不到一年便被形势所迫,南奔荆楚,三年方得回;更不用说……咳咳……先昭王雄才大略,北伐戎人,南压荆楚,西进大漠,东平鸟夷,十九年间雄霸天下,一朝离开镐京南巡,便不再返国。这些都是本朝的教训,岂可视而不见?"

姬瞒听得背上冷汗涔涔而下。这些都是国朝真实的往事，陆叔说得半点儿也没有错。其实还有许多王室内幕，外人绝不知晓的，但和陆叔所言也是一一印证。难道这便是所谓"王气"的真面目？当真离开镐京，王气就不再相从？他顿时想起离京已半年的兄长姬满……

"这无关其他，实乃国朝的运数。"陆叔虽然瞧不见姬瞒，眼中却放出光来。"前商的运数是变，所以七迁国都，从一个小小的游牧之族，成长为雄霸中原的大国。后来虽然定都殷原，可是历代天子都是征讨四方，从来没有在殷都长住过——大京武丁花了一辈子把殷都修造成天下无双的都市，可是据说他总共就在殷都住过二十七个月。等到纣王时，他以宁静天下为名义，在朝歌城一住二十年，国势便由盛转衰，最终在牧野一战而亡。"

他微微喘了口气，继续道："咱们国朝的运数却是定，不变，不移，不惑。你可知道，先武王和周公旦对九畿的区划，对诸侯的分封，乃至各寮、监、寺的权力划分，都牢牢地以天子为中心。以镐京、洛邑之间的千里王畿为权力的据点，虚外实中，这就是国朝体制。正是这样的划分，给了掌握镐京的人雄踞天下的权力，一旦形成，这权力就不可动摇。而一旦离开，就会和权力的核心偏离，最终失去权力。"

姬瞒听得目光炯炯，连一旁拉车的柒也恍然大悟。难怪陆叔在过去的六年中拼命游说淮北诸侯，哪怕倾家荡产也要入主镐京。如此千难万难地推动窦公入京，为的就是"占据形势"这四个字。

转念一想，柒又感到深深的不安。按陆叔的说法，天天坐在镐京最核心的明堂宫中的姬瞒，岂不是得天独厚、无法动摇了？这一席话实乃陆叔政治信念的根本，为何如此坦然地跟姬瞒这个政治死对头讲？

他牵着牛，心怦怦乱跳，姬瞒也沉默了。四个人默默地走着，过了好一会儿，姬瞒才道："听君一席话，足令姬瞒一生受用。"

"这不过是在下这荒野村夫的一点愚见，真是扯得远了。公子将来必将成为大人物吧。"陆叔靠在车厢内，悲哀地看着自己手中的那道帛书，幽幽地道，"但愿将来天下的人，远方的小国寡民，都能在镐京受到优待。"

姬瞒骑在马上，沉默地注视远方，没有回答。

这条路不长，不多会儿便下到了草场中。一人多高的芦苇密密麻麻，发出浓郁的草木香气。夏末，正是草籽成熟的季节，芦苇丛中喳喳喳、喳喳喳，似有千万只鸟在鸣叫，却又一只也瞧不见。

待到四个人慢慢穿过草场，已经看得清盘营上空那根数丈高的大蠹时，忽然"轰"的一声，数不清的飞禽在他们周围同时跃起，刹那间遮天蔽日，喧嚣声震耳欲聋，仿佛一场暴风雨兜头砸过来。姬瞒的坐骑嘶鸣跳跃，那武人挽住缰绳，竟然一只手便止住了那匹神驹。

鸟群来得快，去得也快，"哗啦啦"一声，已然鸿飞冥冥，不知去向。

一群全副武装的青甲武人矗立在离他们几丈远的地方，一个个剑拔弩张，怒目而视。当先一人站在兵车上，大声道："来者何人？！此地乃庐子的领地，你们未经通报，就敢擅闯围猎？"

姬瞒冷哼一声。那武人上前两步，傲然道："庐子在哪里？叫他出来！"

"大胆！"

"好大的胆子！"

众武人一通怒叫，但见眼前三人一大两小，那骑在马上的少年鼻孔朝天，拉着牛车的少年也气度不凡，再看看眼前这身高一丈三尺的武人，不由得有些气馁。当先那人定了定神，道："你们好大的胆子，庐子乃朝廷封爵，也是你们敢随便喊的吗？"

"天下的侯、伯、子、男,何止百千!"那武人面色狰狞地大叫道,"哪一个敢在我家主子面前站直身子?叫一声乃他的福分,还有什么不知足的!"

当先那人艰难地咽了口气,抱拳行礼道:"不……不知足下……"

姬瞒拍马走上两步,挡在武人身前,淡淡地道:"去告诉庐子,我知道他在围猎,待会儿还要饮酒。我在此地等上一刻钟,他不来,我就走了。"

当先那人再也没有勇气站在车上,忙跳下来,把弓箭丢给旁边的人,上前向姬瞒深深一躬道:"在……在下斗胆,请问尊姓大名?"

"我的名字,叫作姬瞒。"

"呜……呜呜……呜呜呜……"

急促的猎号在原野上回响,数匹烈马载着骑士飞驰出去。不一会儿,原野周围到处响起同样的猎号声,茫茫的草丛中、树林中,一支支青色的旗帜竖起,跟着便是数不清的人纵声吆喝,长枪林立,灰色的网绳一截一截立起,沿着树林的边缘极快地展开。

围猎的最后阶段——收网,开始了。

深深浅浅的草丛中,到处都是黄色的身影在闪烁,那是从山上赶下来潜伏在草丛中的鹿、野猪和獐,还有一些更小的灰色身影,那是兔和豚。这场围猎按照古制,猎人从凌晨时分开始就在以大营为圆心的周围数座山上埋伏,挖掘浅浅的壕沟,布下暗桩,在山谷中埋下网。负责围的人称为"候",负责驱赶的称为"仆",负责以弓箭猎杀的称为"矢",负责以长矛、刀斧猎杀的称为"荆"。各入位置,各司其职,等待着"候"和"仆"通过精心设计的路线,将动物驱赶到预定的地点,也就是大营附近的"猎田"之中。

通常围猎应该是从凌晨持续到日落,通过反复的驱赶,将整片猎场内的动物全部赶到猎田中,而且一个个全都精疲力竭,以便于猎杀。但是今天收网的信号却在刚过午时就吹响了。参与围猎的猎手都是精挑细选的武人,没有丝毫质疑,立刻开始全力收网。

东北、西南两座山谷的网已张开,西北角的树林由八十名"矢"负责守卫,封死了逃进树林的通道,真正的猎田在东南角。被烟、矢和刀斧驱赶得走投无路的野兽汇聚成一股黄色的洪水,向着猎田奔去。

猎田位于盘营的西北面,大约三四亩地的草场被烧成白地,其中三面用碎石砌成两尺多高的矮墙。围猎的最后一道防线便是这三道矮墙,围猎之中的动物只要能跃过这墙,便能遁去山林。

可惜,围猎者早已在此布下重阵。矮墙后是一百六十多名"矢",待第一拨动物蜂拥进猎田,指挥者挥动黄旗,但听得"唰唰唰"一阵箭雨,动物哀鸣着满地打滚。但是彼时涌向猎田的何止千百头动物,这一排箭哪里挡得住?

指挥者又挥动红旗。一百六十多名"矢"扔下弓箭,从身旁泥地上拔起盾和斧头,发声呐喊,一起从矮墙上跃入猎田中,摇身一变成为"荆"。他们紧密地排成一条弧线,刚举起斧头,圆盾相接,动物的洪流瞬间便涌到,轰然撞击在盾墙上,众武人齐呐喊,斧头整齐划一地劈砍下去……

等到负责张网、伏击、驱赶的一支支小队赶到时,大部分动物都已经盲目地涌入猎田中,而猎田已经变成了名副其实的血海……数百名武人在这三四亩的地盘中杀得浑身是血,不停地劈、砍、刺、挑……动物的哀鸣嘶号响彻原野,随同前来观猎的女人、孩子和不用亲自下场的贵族们则在大营中观看,欢笑声此起彼伏。

姬瞒站在大营中一处粗木搭就的台子上，面无表情地看着这一切。震耳欲聋的惨叫、热闹非凡的歌舞，似乎都不能动摇他分毫。他的目光掠过那些一排排倒下待毙的兽类，又跳到那些载歌载舞的人群中，但未作停留，很快移开。离他近的人会发现，他其实一直在扫视着那些人的脸。

站得离他最近的，是一名五十来岁的老者。此人面色苍白，身穿朝服，大热的天，居然还围着毛领，手持一只笏板，诚惶诚恐地站在姬瞒身后。姬瞒不经意地侧身、转头，他都条件反射般地赶紧低头，低头，再低头，瘦弱的身躯缩在显得过于宽大的朝服中，几乎都躬成了一只虾。

他好几次鼓起勇气想要说话，可是每次话到嘴边，总是瞧见姬瞒不经意地一皱眉。这点细微的动作在他眼中好似天打雷劈一般，立刻吓得腿肚子转筋，拼命弯腰，举着手中笏板连连作揖——可笑姬瞒从头到尾就没看过他一眼，估计连他是否存在都不知道。

猎田中的杀戮已经接近尾声。在那满场厮杀的人中，有一人最为显眼。那人身材高大健硕，和其他人一样穿着包覆住前胸、双肩和腰腹、大腿的玄甲，只是比旁人多披了一条猩红色的围巾。旁人都是左手持盾、右手持斧，他却是双手持斧，一路走一路劈砍，专门有两名武人双手持盾跟在他的左右，担任他的护卫。

以他的身高和双斧劈砍的力度，无论是高大的鹿还是粗壮的野猪，几乎都被他一斧两断，更不用提那些乱跳的兔子、獐和小鹿。他在猎田中来回奔走，见物断物，砍杀不可计数。他和两名护卫浑身上下都被血糊得看不清本来的面目。

渐渐地，周围的人都不再砍杀，而是站在那里观望。每当那人一斧头砍断一截猎物，无数的人便同时爆发出兴奋至极的欢呼声。整个猎田仿佛变成了那一个人的表演的舞台。

姬瞒饶有兴趣地注视那人半晌,问道:"那,是你的儿子吗?"

他的声音很小,在欢腾的声浪中几乎听不见,身后那名老者却好似被雷打了一般,慌忙应道:"是是是……是老……是微微微、微臣的长子,名名名、名豪臣。"

"这就是你上疏朝廷,要继承你爵位、职位的那个儿子?"

"这便是微臣的一点小小恳请,"那老者哆哆嗦嗦地道,"还还还望殿下看在微微臣多年服侍——"

姬瞒回头瞥了他一眼,那老者吓得魂飞魄散,虾腰弯得几乎够到地下。"看看看在微臣多年为朝廷效犬马之劳的分分分上……"

姬瞒笑骂道:"胡说八道!你掌管王畿地面,这么大个事儿,被你说成是犬马之劳!原来是不把这事儿放在心上。那好,朝廷也惹不起你,这犬马之劳的事,就交给别人去了!"

"唉唉唉,别别别,殿下,是微微微臣嘴贱,不知道说话……"那老者慌了真神,忙道,"这事儿,到微臣这儿传了三代了,除了微臣家,谁还知道它它它的重要?微臣为为为了这个事儿,累得弯弯弯了腰……"

"太医说过,你那是中了寒气。自己风流快活惯了,想把这毛病怪到公事上吗?哼。"

"那那是谁说的?我的祖宗……"那老者被姬瞒取笑作弄惯了,知道他的口气已经松动,忙忙地作揖道,"虽说都是五服以内的亲戚,可是微微微臣家人微言轻,就守着这个职位……呃,不,不不,就指着这件事,为天子,为殿下尽忠呢!殿下总不能这点儿机会都不给咱,让微臣一家人无处尽忠,徒呼赫赫吧?"

"为我尽忠,有的是机会,你就是横刀一抹脖子在街上死了,也算。"姬瞒满不在乎地应付着他,目光继续晃来晃去,忽然定住了——只见两三里之外，一处山坡上，不知何时出现了一小队人马。

周人的围猎习俗与商人不同。处在一个围猎场中的人，虽然各有分工，但是进入最后的猎田阶段，那就无分男女老幼，只要愿意的都可进入，疯狂地杀上一气，争夺猎物。围猎到这一步，除了一开始守在猎田边的人，其余陆续赶到的围猎者无不纷纷杀入，甚至有许多人从容地在田边解开衣袍，袒胸杀入场中，三四亩地的猎田中全是滚来滚去的血糊糊的肢体，简直分不清人和动物。

那一队人马显然是埋伏在最远处的"矢"，来得太晚。但这队人马与旁的队伍不同，他们对杀得热火朝天的猎田似乎根本没有兴趣。来到山谷，当先那人便呼哨一声，其余的人立刻沿着山脊分布开来，形成一条一里长的疏散警戒带。偶尔有漏网的动物飞一般地蹿出猎田，自然不敢往人更多的大营而来，反身便往山谷上奔去。那一小队人马岿然不动，待得猎物近前，便见寒光一闪，动物便中箭倒下。

姬瞒睁大了眼睛，看着漏网的动物东一头西一头蹿上山脊，那队人马的领队骑马立在山脊中央，周围百丈之内，无论动物如何跳跃飞奔，他只缓缓拔箭、弯弓，一箭致命，绝无第二箭。不到片刻时间，已经有十余头野兽死在他的箭下。但那人拔箭、弯弓的节奏丝毫不变，那一小队人马也无一人出声，静静地看着动物在他们面前倒下，对那人如斯神技，似乎早已习惯。

"那……是谁？"

"哦，哦哦？"那老者觑着老花眼瞧了半晌，才道，"那那那，那是微臣的嫡子……咳咳……叫作恶来……"

"两个儿子，一个取那么好的名字，一个却取名恶来，"姬瞒不由得好奇道，"为何？"

"此子不祥,"老者叹息道,"拙荆生他时,难产而死,唉……所以……"

"死了的是老婆,留下的可是儿子。"姬瞒道,"我看你这个恶来的儿子,倒也不错,而且还是嫡子。怎么不让他继承你的爵位?"

"岂敢岂敢,"那老者连连摇头道,"此子妨死了生母,此乃大噩兆也。微微微臣岂敢用来玷污国家公器?"

"哦?是吗?"姬瞒略微惊讶道。那老者腰弯得几乎脑门着地,周围的人都不解地看过来,但见只有十六岁的姬瞒,一只手放在那老者的后颈窝上,大笑道:"你这老货,也知道国家公器,不能乱来!好!好得很!不是要摆酒吗?摆酒来!叫你的公器、私器,都来给孤敬酒!"

"微臣荣幸之至!"老者一下子整个人匍匐在地板上。

姬瞒仰头哈哈大笑,一晃眼间,却看见在木台之下,陆和柒也在人群之中。旁人都在欢呼雀跃地看着猎田的方向,这二人却浑然不觉,和自己一样,只注视着山坡上那群沉默的骑士。

姬瞒一下子拉下了脸,道:"孤请的客人,也要一并请到。"

周制,围猎必饮酒。据说这是因为周人的先辈自窜于戎狄时,一族之生计皆在于捕猎和采集,而围猎自是其中的重中之重。为了确保事关一族生死的围猎能够大有收获,事前要进行详尽的准备、占卜、祈祷,事后则要视围猎的成果进行酒宴,以答谢神灵。自从先公刘率领族人在豳地重新恢复周人祖传的耕种传统以来,围猎的重要性大大下降,特别是周人建国、灭商之后,围猎已经成为一种贵族公卿的娱乐。因此围猎之前的祭祀、占卜之礼已经逐渐淡出周人的礼法,之后的饮宴之礼却大大丰富,至今已有大蒐礼、社饮礼、乡饮礼、射饮礼等数种礼法。

此次围猎,自盘营建成之后,壮年男子准备围猎,女人和老幼则在盘营中准备事后盛大的乡饮礼。盘营后面的大半个营地都被累累的粮食、酒水占得满满的。从镐京运来此处的食料，竟然比现场打到的野物还要多上好几倍，可见这确实是贵族的游戏，寻常百姓哪里敢想。

因为没有预料到一国之尊的姬瞒忽然驾到，如何开始饮宴便成了个大难题——乡饮礼中，主客之别是最重要的内容。饮宴的第一个步骤便是请客入宴。这个客可不是随随便便的客人，须得事先经过长时间的邀请。客人进入围猎者的地界，再经过烦琐而复杂的礼仪，主人一步一步导引客人入围，然后再通过互赠礼物，双方延请上席——其中重要的一点，即是客人与主人之间的地位是早就确立好的，这便于双方之间通礼。

经过近百年的礼法建设，如今大周的礼制烦琐严格、等级森严，主客之间的身份绝不可能相距甚远——双方地位相差太多，很容易就从士、卿的差距变成卿士与国君的差距。虽然大国的上卿与小国的国君在朝廷的政治权力不相上下，甚至还可能超出，但地位相差巨大，绝不是可以拿来开玩笑的。

比如今日，这老者——近畿尉、庐子姬送，还是王室五服之内的成员，世代领近畿尉职务。只不过这职务当年开国时还算朝廷中数得上的官职，随着卿士寮、番士寮的出现，朝廷官职叠床架屋，近畿尉早就被权力圈踢得远远的，成为中下层的普通官僚。

姬送年纪已大，苦苦守着这么个"世袭罔替"的职务，却只能干看着镐京里各路神仙在头顶飞来飞去。近段时间姬瞒与窦公的冲突，已然演化成新一轮的神仙打架，镐京中的下层官僚身处其中，惶惶不可终日，姬送的处境则更是严酷——

近畿尉名义上负责镐京地面的守备和安全，但是自康王以来，真正负责近畿安全的是驻扎在镐京西面的西六师的六万大军，以及直属天子的八百重装虎贲卫，而不是近畿尉手下区区的三千步骑。一想到手下这三千人有可能在不远的将来在姬瞒与窦公的大战中面对那六万精锐，姬送连着一个月没睡着觉。思前想后，祖上传下来的职位又不忍心旁落，只好上奏哀求姬瞒，将自己的职位传给下一代，儿孙们要如何折腾，就折腾去吧！

无奈姬瞒在此高压态势之下，哪里顾得到他这疏族堂亲的死活？国家局势如此，老家伙竟然敢撂挑子，天下安有此理？姬送的奏疏上了半个月，根本得不到半点儿回音。

不过姬送也并非没有办法。

大周国的体制乃是宗族与朝政并行，朝廷对于非世袭的流官拥有绝对的任免权，却无法干涉世袭职位，因为那是由家族宗法决定的。此次姬送倾尽家产地举行这场乡饮礼，其实质便是要通过宗族体制，在家族内部让出自己这当家人的位置。如此一来，世袭罔替的职务自然便会落到继承者的头上，这是连朝廷都不得不承认的规矩。

请来乡饮礼的客人，自然便是姬送这一族中的宗老，他们出席饮礼，席间做出的决定是受大周律法保护的，绝对无法更改。

姬送机关算尽，出血举办盛大的乡饮礼，满以为今日一过万事皆定，谁承想姬瞒竟然不请自来？！

按照周人昭穆制度，天下姓姬的都源出王室姬姓，即所谓"大宗"，下面的别族无论亲疏远近，一律承认大宗的绝对地位和权威。此时，先昭王已驾崩，代表大宗之首的天子不在京师，周公王若便是宗族中当仁不让的第一人。这样的一个人来到乡饮礼中，其地位到底是代替天子作为朝廷的代表，还是代替天子作为宗族的代表？

这真真是愁煞人！

第四章

今日围猎，姬送家族大有斩获，共计猎获鹿、麂、獐三百六十多头，兔、豚等小动物五百只，其中斩获共计六百六十七，活捉一百多只，就这么几百人的围猎来说已算是相当可观的猎获了。这其中自然是长子豪臣所斩最多，次子恶来只斩获了一百一十五头，但这一百一十五头全是他以弓箭所获，亦是相当可怕的成果。

姬送全族上下忙得不可开交，等到乡饮宴的鼓声敲响时，太阳已经西斜，天上浓云渐散，依稀露出青色的天空。

参加围猎的全族人都在鼓声的召唤下来到盘营中央，围绕着大帐入座。这些人刚刚还杀得满身血葫芦一般，现在已经在女人的服侍下洗净身体，结发更衣，穿着正式的朝服，外披罩衣。姬送虽然为人稀松平常，但整个家族毕竟担任近畿尉百年，几乎全族的男子都有武职在身——只是他们在盘营中是按照在族中的昭穆顺序安坐，而非按照官职品秩来排序。

男人全都坐下了，女人带着孩童在更外围落座，围成一个大圈——这便是围猎所特有的上古余风，全族老小不分男女，都可成为最后分享猎物的一员。

鼓声响了六通五十六声方才停止。最后一声鼓声落下，大帐前面的篝火向上一蹿，熊熊燃烧起来，在场的人全部向大帐的方向屏息跪坐。但见从大帐旁边的小帐中，主君庐子姬送倒退着走出，引导着一名面如冠玉的少年走出来。没有任何命令，在场的人哗啦啦如割倒的麦子般匍匐了一地。

姬瞒左手扶在腰带的玉扣上，严肃地走过人群，来到大帐前。姬送慌慌张张地先一步迎了进去，他却站住了，转过身来，看着一地匍匐的武人，温言道："诸君，今日辛苦了。诸君围猎，打得十分精彩，令人大开眼界。"

众人一起伏得更低，齐声道："谢殿下赏识！"声音整齐划一，山谷间便如同滚过一声闷雷般。

姬瞒满脸热切的笑容，朗声道："诸君乃国之干城，朝廷寄以腹心，自然是要赏识的。说起来，本族又是孤五服之内的亲属，那就更亲近了！诸君令我镐京有泰山之安，朝廷自然不吝封赏之报！"

在场的众人虽然都姓姬，可是绝大多数这辈子还没和周公、天子一类神仙般的人物如此靠近。听他温言相抚，一个个激动万分。只是姬姓家族的人，礼法已经深入骨髓，众人不敢乱动乱喊，只是深深伏下身子，不敢抬头。

姬瞒满意地点点头，转身进帐。姬送早笑得满脸皱成一团，低头哈腰地引他上座。"殿殿殿下仁德，寒家铭记万年！恭请上座！"

姬瞒含笑边走边与帐中人见礼，因见陆与柒也与一群外族宾客一起挤在大帐边上，便向他们含笑致意。走到大帐的中间，他却停了下来。

这座大帐并不算大，也不过三丈的进深，座席做一横两纵布局。正对面自然是主座，是他的席位没有错；两旁则是早已匍匐恭迎的宗老，这也没有错。奇怪的是，他的主席上铺着五层草垫，最上面一层乃是白茅草铺就，显得十分耀眼。

七十年前，牧野之战结束的当夜，朝歌城被纣王一把火烧成了白地，火焰烧得天空整夜都通亮。聚集在牧野大营的姬姓宗族一直得不到前线最终的战报，惶恐不安。直到天快明时，才见武王乘白色辂车，全身白甲，手持一根一丈长的长戟，戟头以白布缚着纣王被烧焦的头颅，进入大营，接受来自天下各族的正式舞拜——从此在大周的礼制中，纯白色是比明黄色更尊贵的颜色，只有一人能够使用，那便是代天牧民的天子。

姬瞒嘴角掠过一丝不易察觉的笑容，瞥了一眼姬送："庐子，你很会来事儿啊。"

姬送一张老脸都笑没了，连声道："殿下现在当国，自然是要代表天子的。臣臣臣等等等岂敢怠慢？"

"不错，天子不在国中，孤就代替天子巡幸，"姬瞒微笑道，"你们有心了。"

姬送和众宗老一起行礼，道："王若驾临寒家，乃吾等无上荣光！"

"不要说寒家，"姬瞒走到左边座席的尽头，见这里无人，自然是姬送自己的位置，便停了下来，弯腰扶起身旁的一名须发皆白的老者，温言道，"都是五服以内的亲族，你们是寒家，我和天子算什么？大家都是一家人。"

说着，他站直了身子，转身对帐中众人大声道："来这里的时候，我确是想着，要代天子巡幸，代表朝廷来看看你们，但来了以后，我便释然了。怎么说呢？一笔写不出两个姬字，咱们都是五服以内的亲族，说句实在点儿的话，比现在什么邢国、虢国的元侯们还要亲呢！孤见了他们，还一口一个叔伯，难道今天到了这里，不该更亲热、活络些吗？"

姬送族人在姬姓世族中地位旁落，早就不敢跟什么大宗诸侯称兄道弟，哪里想到身为王若的周公竟如此亲善，一个个早发了呆。姬瞒手一挥，道："拿酒来！"旁边的人不等姬送发话，赶紧毕恭毕敬端上一樽。姬瞒将酒端在手中，大声道："既是同族同宗，今日也就不再说什么生分的官话，咱们先遥祝天子一杯，祝他万寿无疆、国运昌隆，怎么样？"

帐中众人齐声唱喏，忙都捧起酒樽，向着姬瞒举杯过头。姬瞒也笑笑举杯，却不喝，转身恭敬地放到白茅草铺就的垫子上。

众人一樽老酒灌下,目瞪口呆地望着他,却见他皱眉道:"天子是天下之主,在我眼里,他却永远是家兄。既然家兄不在,我这个做弟弟的代为省视族中的亲属,也是应当应分的。"

说着,他一屁股坐在左首第一张席位上,伸手往下压压,道:"都坐吧,都坐。"

姬送当时就看不见鼻子眼睛了——他处心积虑想出的办法,就是让姬瞒代替天子上座,以朝廷的立场登上席位,那就无法插手族中事务。谁料想这毛都没长齐的小子居然看穿了他的把戏,对于坐上天子席位的诱惑根本不放在眼里……这也就算了,但是他一屁股坐在首席是怎么回事?!自己这个族长的屁股,又该往哪里放?

在场众人都看出了其中蹊跷,但姬瞒在场,谁敢多一句嘴?乖乖地原位坐下,一个个忐忑不安地看着无所适从的姬送。

姬瞒踞坐在席上,大咧咧地伸了个懒腰,将脚从席前小几下伸出来,道:"庐子,这真是个好地方啊!"

姬送哆嗦着上前,匍匐在地,将姬瞒脚上的两只靴子脱了下来,颤声道:"殿下肯赏脸光临,这这这就是最好的地地地方……"

"我不是殿下,今天就不称孤道寡了,"姬瞒笑道,"今日便来见见家人,与族人相乐,乐无极矣!此时此刻,岂能无宴?快快开席,我早就饿坏了!"

坐在他身旁的乃是宗族中的大宗老,地位比姬送这个族长还高,赶紧吩咐开宴。立时便见门帘掀处,两排身着朝服罩衣的男子,端着食案并列膝行进帐——这并非真的膝行,他们的脚隐藏在四折的长袍之下,以蹲行的方式行进。只不过他们全都受过严格的训练,以如此低的姿势行走,上身依然保持挺拔,双手端着的食案上,放着沉重的爵、豆和盂,加上里面满满汤食,起码有二十斤重,这些人却端得稳稳的,一滴汤水也没有洒出来。

姬瞒先就叫了声好。进来的男子都是姬送家族中有地位的年轻人,依照在场人地位的高低——其实也就是座席顺序——依次摆放食案。第一个走到姬瞒面前的,正是那在猎田中杀兽无数的姬豪臣。

姬瞒满不在乎地看了他一眼:"你叫作姬豪臣?"

"是!"姬豪臣大声道,"小臣豪臣!"

"好绕口,"姬瞒皱眉道,"你现在官居何职?"

姬豪臣转头看了一眼因为没有座席而尴尬立在帐中的姬送,姬送瞥他一眼,他忙回过头来,道:"小臣……小臣即将领受世爵近畿尉。"

姬瞒哈哈大笑:"朝廷的官职,不是你可以随便猜想的。"

姬豪臣又转头看一眼姬送,姬送杀鸡抹脖子地使眼色,他又回过头来,道:"是……小臣……小臣的父亲,已已……已经辞去了近畿尉之职,由小小……臣……"

姬瞒骤然敛去笑容:"哦!是吗?可有此事?卿士寮何以没有报孤知晓?"

坐在他旁边的大宗老叹息一声,道:"殿下,这孩子不会说话。他家的世爵,岂是能辞去的?是他父亲,已经辞去了族长之任,今日便是族长交替之日。"

姬瞒睁大了眼睛:"唔!此大事也!这么说,孤还来巧了?今日便以大宗的名义,为尔等定族长,可好?"

按大周礼制,大宗确实可以决定小宗的族长,更何况是大周的王若。在场众人一起深深行礼,道:"敢劳大宗之仪!"

"罢了罢了,"姬瞒道,"我也就是瞧瞧热闹。"他上上下下打量了姬豪臣几眼，见这家伙身材倒确是粗壮，但是五官却显得小，而且挤在不大的脸上，显得神情中自带三分惊慌。他不易察觉地皱了下眉，道："恭喜你了，未来的近畿尉。"

"小臣谢殿下隆恩！"

"与我饮酒。"

"小臣荣幸之至！"姬豪臣满脸涨得通红，双手微微颤抖地从食案旁的小酒樽中打酒。他一弯腰一低头，不知怎么地，紧挨在他身旁的食案一动，"哗"的一声，那装满了酪的高脚赤金爵一下子倾倒，滚烫的酪顿时泼洒了出来。

姬瞒一声尖叫，向后坐倒，身上的袍服上已沾满了星星点点褐色的酪浆！

豪臣反应极快，将手中的酒樽一扔，手忙脚乱地跪起来，想要爬到食案另一边给姬瞒擦拭。眼前白光一闪，"唰"的一声，一柄冰凉的长剑搭在了他的脖子上。姬瞒带来的武人厉声喝道："大胆！你敢犯驾？！"

"小臣不敢！"

"嗯？！"

姬豪臣一低头，正见姬瞒面无表情地看着他，眼中阴寒似冰。他这才反应过来，吓得跪着往后一跳，匍匐在地，这下子终于明白过来发生了什么事，霎时间惊得浑身大汗，伏地痛陈，连自己都听不清自己说了什么。

大帐中人人都吓得魂不附体，坐在前面的几名宗老也匍匐在地，只听"唰唰唰"，帐中顿时一片屁股朝天。

姬瞒缓缓坐直，慢慢伸手放在食案上，目光一直没有离开惶恐匍匐在面前的姬送、姬豪臣父子。停了一会儿，才用力决绝地一挥手，将食案上所有坛坛罐罐扫到地下，汤水淋漓地滚了满地。大帐之中所有人的脸色仿佛都被这一扫抹去，变得透明般惨白！

大帐中死一般地沉寂，但听姬瞒低声道："唔？酒食呢？"

姬送牙齿咯咯作响，泣不成声："殿殿殿殿下……"

"我说，"姬瞒加大了声音，"酒食呢？"

"殿殿殿殿下恕恕恕……"

"不是饮宴吗？"姬瞒怒喝道，"酒食在哪里？——啊？"

大帐中所有人的头都死死地抵在地下，承受着来自一国之尊的咆哮。

"堂堂乡饮礼，客已就座，酒食在哪里？侍奉的人呢？一国之尊，大宗之长，该由什么人来服侍，啊？你们统统不懂礼法吗？家族中就没有儿子了吗？！"

"小臣烤羊去了，侍奉来迟，宗主恕罪。"一个人平静地在帐门口道。

在场人同时转过脸去，却见门口长跪着一人——身材修硕，扎着尚未冠礼的束发，身穿灰色的猎装，袖子扎在肩上，露出一双粗壮的手臂——正是姬送的次子，恶来。他双手捧着一个巨大的漆盘，盘上盛放着一头烤得金晃晃、香脆脆的羊羔，帐中顿时满溢姜桂肉香。

姬瞒收回恶狠狠的眼神，从怀中掏出一把小折扇，却不打开，若有所思地把玩。

姬恶来不等召唤，自行膝行进帐，来到姬瞒面前，将漆盘端端正正放在姬瞒面前的食案上，然后跪正，从怀中"噌"地拔出把锃亮的小刀。

姬瞒的侍卫伸手按剑，姬瞒手一扬，示意他不得妄动。

姬恶来仿佛没瞧见一般，用小刀在羊羔的胸脯上闪电般地一抹，割下一片金黄香脆的肉，看也不看一眼，直接塞进了自己的嘴巴。

姬瞒看着他从容地咀嚼，然后咽下，行礼道："无毒。请殿下容小臣伺候。"

"准了。"

姬恶来伸开两条长长的胳膊,将羊羔表面的肉切成一条一条的,小心地掀起,放在漆盘的一边,摆好。他右手用刀,左手一直护在刀上,始终不让刀尖对着姬瞒,整个过程无声无息。将整个羊羔的胸腹细肉切下,他将刀放在一边,拈起摆放在漆盘中的香桂、姜米等调料,沾上油,用手指一点一点地抹在肉上。

姬瞒耐心地看着他摆弄,忽然道:"你的名字?"

"小臣恶来。"

"恶来?这名字何意?难道是你父亲不喜欢你这个儿子?"

满头大汗的姬送浑身一哆嗦。姬恶来像没看到一般,手上不停,口中道:"天下没有不爱儿子的父亲。父亲正是喜爱恶来,才取此名,以魇镇恶疾,期望恶来长命百岁。"

"你母亲在哪里?"姬瞒恶毒地道。

"母亲无福消受人间这场盛大的饮宴,已经提前到另一个世界休息了。"

"唔。很好,和我的母亲一样。"姬瞒伸手接过姬恶来递来的羊肉,竟然也直接用手放到嘴里,"好吃!有酒吗?"

"岂能无酒?"姬恶来从食案下捡起刚刚被姬豪臣失手打翻的酒爵,用自己油腻腻的袖口擦了擦,用酒提从食案下的酒樽中打上一提酒,倾倒在酒爵里,先自己一饮而尽,擦擦嘴道,"无毒。"

"这是自家饮宴,哪里需要试毒?"姬瞒笑道。

"亲情不能逾越制度,"姬恶来道,"殿下万金之尊,不试毒,不饮食。请容小臣放肆。"说着打上第二爵酒,双手捧给姬瞒。

姬瞒接过，一饮而尽，笑道："好酒！一个人喝，太没意思。给你自己也满上一杯！"

姬恶来伸手便从旁边的席上拿过一爵，满上，一饮而尽。

姬瞒拍手道："痛快！有酒有肉，还有乐乎？"

"殿下要听什么？"

"洪钟大吕就算了……就听《瓠叶》吧。"

"请恕小臣放肆。"姬恶来油腻腻的双手满不在乎地在身上擦几下，往后一坐，将还剩大半酒水的酒樽抱起来放在膝上，用刀柄敲击，发出当当的响声，放声唱道：

"幡幡瓠叶，采之亨之。君子有酒，酌言尝之。

有兔斯首，炮之燔之。君子有酒，酌言献之。

有兔斯首，燔之炙之。君子有酒，酌言酢之。

有兔斯首，燔之炮之。君子有酒，酌言酬之。"

他的声音略显沙哑，从喉头滚出的歌声在帐中低低地回响，一曲唱完，他举起酒樽，在姬瞒的爵中斟满，又在自己爵中倒满，将已空的酒樽一扔，叮叮当当地滚出了大帐。

姬瞒端起爵。姬恶来长跪在地，将自己的爵在姬瞒爵底一碰，朗声道："请为尊君寿。"

"与汝饮，乐无疆。"姬瞒慎重地在他爵上一碰。

两人举爵，对饮而尽。两个人适才的狂放都消失得无影无踪，剩下的只有天子的威仪和大臣的从容。

在场众人匍匐在地，心头同时滚过一个令其震惊得浑身麻木的念头：一献！这个"恶来"的儿子，竟然完成了一献！

周制，天子饮宴，只有诸侯、方国主才能向天子当面进羊羹、羊羔或者鲜鱼,与天子坐饮,最后须得当场歌《瓠叶》,即算是完成"一献"。天子由此正式承认诸侯、方国主的地位,允许归国执政。

在这座大帐中,姬瞒代表天子,又代表姬姓宗族的大宗,而姬送、姬豪臣想尽办法,只求能得他当场承认姬豪臣取代其父姬送的子爵地位。谁承想,庶长的儿子不争气,差点儿引来全家杀身之祸,"恶来"的儿子却轻轻松松地摘了桃子?

姬送趴在地下,已是进气多、出气少,鼻涕眼泪一大把。姬瞒站起身来,走到他面前,温声道:"你想要交出爵位,孤应允了。你想要近畿尉世袭罔替,孤虽然不想,但孤还是决定应允你。左右都是你的儿子,你有什么不高兴的?"

姬送颤抖着叩首,泫涕道:"微微微……微臣谢殿下……隆恩……"

"隆恩不隆恩的,孤不敢说,"姬瞒蹲下来,冷冷地看着他,"隆恩是天子给的,孤可不敢拿国家恩典私自市恩。你的儿子,已经成为国家大臣,以后便把他的名字改了,听见了吗?"

"小臣不敢改名。"跪在一边的姬恶来道,"身体发肤,受之父母。名字也受之父母。况且恶来之名,正可为殿下看守近畿,震慑宵小。请殿下收回成命。"

"是吗?哈哈,哈哈哈,说的倒也是。"姬瞒笑道,"恶来恶来,有些个心里蠢蠢欲动之徒,听见你的名字就要怕三分了。你很不错,不忘本。"

他站起来,面对一地的姬姓族人,沉声道:"今日围猎、饮宴,可有记载?"

人群中一个人抬起头来,又重重地磕下头去,大声道:"小人乃家族内史!"

"好得很，此乃大事，你要详细记录。"姬瞒道，"国家如今看似繁盛，其实内忧外患、积弊甚重，不然先天子也不会驾崩于外，当今天子年年在外奔波！天下传言北戎逼近王畿，镐京的子民一夜三惊，不可安枕。孤和执政大臣们也心忧难眠。"他的声音渐渐大起来，"可是有些人，嘿嘿……还是王族五服之内的亲戚，值此危难之际，近畿三十万人的安危，镐京城的守卫，统统不管了。想要抽身传给儿子，撂挑子，把国家的安危、姬姓的存亡，撂到一边去！这个……这是叛国！叛族！依着孤的本意，今天你们围猎结束，庐子这个封号就没有了，你们的领地、家族、财产，统统没有了！"

在场姬送家族的人都恨不得把脑袋埋进土里去。坐在大帐外围那些被请来的客人则好奇地瞪大了眼睛。

"你们中间有一个人，知道庐子上表求更替，知道家族祸在旋踵，便偷偷上疏朝廷，请求以他一人之命，换取父兄的爵位更迭，更换取一家族的平安。"姬瞒大声道，"好吧……只要你们中间还有这么一个人，孤就不会灭了你们家族。天也不会灭了你们家族！"

众人心头狂跳，知道这位主子虽然当政不久，却是出了名的心狠手辣，对宗族内部事务向来是杀一儆百，根本不留情面。原来以为庐子姬送请求以子代替，是一件再平常不过的事，结果最终还是惹翻了这位主子。原来家族中……竟然还有人看出了这一祸端，原来……

众人不由得纷纷抬头，看看兀自跪在姬瞒身后的姬恶来。姬瞒恶狠狠地道："你们猜得没错！所以孤想，既然这个人愿意用命来换一族老小平安，孤就把一族老小的生死交托给他，看看他当不当得起这个责任，配不配用他的一条命，换你们举族大小良贱的命！"

"咚"的一声，姬送两眼一翻，倒在地下。姬恶来和姬豪臣一起扑上去，大叫:"爹!父亲!"

"你们的父亲其实已是死罪,不过孤现在要了他一个儿子,还他一个儿子。"姬瞒淡淡地道,"豪臣,带你的父亲走吧。离开镐京,远远地回去岐山。家族之事,你不用再管了,好好奉养你父亲天年吧。"

姬豪臣沉痛地在地上叩了两个头,泫然起身。姬恶来一把拽住他的胳膊,兄弟俩对视片刻,紧紧地抱住。豪臣猛地推开恶来,厉声道:"家族之任,就托负你了!"说着抱起瘫软的姬送,大步从姬瞒身旁走过,头也不回地出帐去了。

"都过来,参拜新的庐子吧。"姬瞒长长地出了口气,平静地道。

姬瞒在大帐中接见安抚姬姓宗族父老。姬送家族世代为近畿尉,近畿卫中半出其门,士卒也大半出自这一支,虽然尽在京中,但毕竟地位低微。姬瞒屈身接纳,许以重酬,自是赢得众人倾心拥戴,饮宴直到日暮时分。

姬恶来建议以百骑护送姬瞒回城,却被姬瞒喝止:"天下敢犯我者,未曾有之。"执意要独自返回。等到他的随从服侍他上了马,却见姬恶来身背一张长弓匆匆赶来,在马前向姬瞒叩首行礼,然后站起来一言不发地接过缰绳。

姬瞒哈哈大笑道:"堂堂的近畿尉,你要当孤的马童吗?"

"近畿的安全,从今日起乃是小臣的职责。"姬恶来沉声道,"小臣不才,但以手中长弓,腹中赤心,天下无人能犯殿下之前。"

"哦,如此厉害?"姬瞒笑道,"难道你身为近畿尉,对自己治下的安全如此不放心?"

"殿下的安全乃天下至重,没有小臣出纰漏的余地。"姬恶来道,"小臣今日为了家族，已背上逐父的恶名，若殿下再有闪失，小臣就是粉身碎骨，天下人也必唾弃小臣于地下。"

姬瞒收起笑容，点点头道："你说得对。走吧，近畿尉大人，咱们一边走，你一边给孤指指看你治下的山川吧。"

"微臣遵命！"

姬恶来牵起缰绳，大步往盘营之外走去。全族的男丁皆身穿朝服罩衣，列队两旁，深深地伏地行礼。周人礼法森严，深入骨髓。若是商人围猎，在猎场之内必披发徒跣，茹毛饮血，虽王公贵族公卿大臣亦如是，且上下杂处，无复礼法尊卑之分。周人却连围猎时穿的衣服都要分得清清楚楚，前一刻还个个手持刀斧厮杀屠宰，下一刻就穿得整整齐齐，行伍整齐，上下之间区分分明。族性大不相同，或许也是强商所以亡、小周所以兴的原因吧！

那三人离开盘营，沿着来时的山路返回，不久便上了西面的山坡。夕阳的热炎将整片天空化为血红，三人一马在那流动的红色空气中仿佛飘动的魅影一般，渐行渐远，终于在众人的注视中消失不见了。

盘营中众人不敢稍有停留，立刻又忙碌起来。大部分人要把今日猎获之物制成越冬的食物，盘营的某些外围开始拆除，明日就得返回镐京。东南方向的大门开启，数十骑雷鸣般奔驰而去，在山坡前分作两队——一队暗中追上姬瞒、姬恶来，担任护卫；另一队则要在天黑前追上落魄而行的姬送、姬豪臣父子，护送他们返回岐山脚下的姬姓宗族故地。

姬送的——现在该叫作姬恶来的——家族发生了如此大的变故，虽然最后坏事变好事，但前主被当场流放，毕竟不是什么值得夸耀的事，因此来访的客人也纷纷告辞。好在这里离镐京并不远，天黑尽之前当可回城。

柒牵着牛车，随着人流离开了盘营。人们见他二人是随着姬瞒来的，哪里敢怠慢，尽力挽留他们休息一晚，但陆叔执意不肯，只得罢了。

柒年纪幼小，拉车的牛偏偏又老，走得极为缓慢，等到返回喊天堡那座大坂，天已经黑尽了。月亮早早地爬上云端，照得大坂上一片明亮，远处的树林、坂上的灌木都投下了浓重的影子。

走了一个多时辰，柒和老牛都累得气喘吁吁，于是在坂上的一处巨石前停下。起风了，天上云彩走马灯一般变幻，月光也飘移不定，唯有这块巨石始终被月光照明。巨石下有一口小小的泉眼叮咚作响。

柒先掬起一捧水，给牛喂了两口，然后从怀中掏出一个小小的木碗，盛了水捧到牛车之后，道："爷爷，喝口水吧。"

牛车里没有回答。柒又等了会儿，道："爷爷，喝口水吧。"

车中窸窸窣窣，似有动静。柒抬头看看月亮，以一种他这个年纪的小孩子完全不应有的镇定等待着。好一会儿，才听见陆叔哑着嗓子道："……进来吧。"

柒拉开车门，上到车中。车内一片漆黑，只隐隐看得见陆叔端坐在车厢最里端。柒将木碗端端正正放到陆叔面前，陆叔却没有接，沉默地坐着。柒不敢说话，也静静地跪坐在原地。

"我们已经输了。"陆叔突兀地说道。

"爷爷？"

"嘿嘿……嘿嘿嘿……"陆叔沙哑地笑了起来，"我们……已经输了……"

"爷爷，我不明白。"

"周公、姬瞒……已经掌控大局，窦公已经输了。"陆叔长叹一声，抬起头来。苍白的月光恰在此时照入车窗，柒惊讶地发现，陆叔竟然已经泪流满面,脸色苍白灰败,在过去的几个时辰内仿佛老了二十岁。

若是其他小孩子,这时候说不定已经放声尖叫起来。柒却只是伸手摸了一下膝盖,道:"爷爷,孩儿不明白。"

"一直以来,我都以为姬瞒不过是个半大的小子,今日才见到他的真面目。"陆叔喘着粗气道,"窦公、主君……包括我这把老骨头,和他比起来都差得太远……先王怎么调教出来这么个儿子,唉……"

柒这大半天也在观察姬瞒,觉得他的言行确实令人仰止,绝不是普通十六岁少年所能为,和差不多同样大小的岑诺比起来简直是天壤之别。却没有料到陆叔给他的评价更高,远超出他的意料。

他怔了一下,道:"是因为他故意踢翻了食案,让姬豪臣背上罪名?"

陆叔看了他一眼,摇头道:"那个只是其次。他真要不想姬豪臣接任,直接让卿士寮驳回就行了。只不过他放下架子来亲自主持乡饮,既让姬恶来顺理成章当上近畿尉,又让姬恶来的族人对他感恩戴德。人的忠心,不是靠强迫来的,是靠威、德。有威无德,人心不忠;有德无威,人心不服。姬瞒今日威德并济,给了姬恶来家族如此大的恩典,近畿卫必效死忠,将来近畿之内,还有别人插足的分儿吗?"

"那么……是因为他通过卿士寮征召全国军队的事?"

"他并没有征召全国的军队。那是窦公以北伐的名义征集的。他只是顺势而为,通过卿士寮下训令叱责而已。他真正的目的,是逼我们主动提出禁讨令。"

柒歪着脑袋想了想,摇摇头道:"我不明白!"

"你不明白是对的……连爷爷也是直到现在才想明白……"陆叔苦涩地道,"你须知道,政治人物的表演,什么国家,什么家族,什么天下,眼花缭乱,其实目的只有一个,就是自己的利益!姬瞒的利益在哪里？在于他能够自由调配全国的权力，除了天子，没有人能跟他争夺这个权力！这就引起了窦公的不满，才有窦公出镇西六师这件事。当时窦公……咳咳……还有主君以为，只要通过军权限制姬瞒的权力，他这没长大的小孩子自然会退缩。谁想到他竟然利用水患，调集全国治理水利，其实还是要跟窦公争夺权力。窦公和爷爷没办法，只好打孤发国内乱这张牌……

"可是他竟然顺势而为，同意了在全国征集军队。现在全国的军队都在向镐京集结，可是窦公毕竟当国日浅，齐、晋、邢、卫这些世卿元侯，谁肯屈就听命？姬瞒用卿士寮的训令一捅，就把这层皮给捅破了——他们的命根都在卿士寮手里捏着，窦公岂能调动他们！这些大国军队，再加上师亚夫的东八师接到训令，加快开进的速度，咱们就是明知道上了当，也必须要下禁讨令了，否则，后果不堪设想。"

"孩儿还是不明白……"

"傻孩子，我跟你说过多少次了，政治上的争斗，永远都只能是势！势，趋势也。一旦势化作实，那事情就会起质的变化了！"陆叔沉痛地道，"调动全国军队，是窦公的势。现在姬瞒也能调动，那双方之间就没有高下的区别，窦公的势也就消弭于无形了，双方之间可勉强算是平衡。可是现在姬瞒已经起了杀心……他命令各国军队加速进京，就是要彻底打破这种平衡。他知道自己已经立于不败之地，咳咳……你……你明白吗？你必须要明白！"

柒皱紧眉头。这种顶级政治抗衡，内里玄机相对其外在表现来说，实在太过晦涩难懂。他摸着鼻头，目光在漆黑的车厢、明亮的窗口和云层之上的月亮间来回跳动，细思今日见到的姬瞒的一举一动，细思这些日子以来见到的窦公与姬瞒的斗法……月光在车厢中投下一个明亮的光圈,慢慢移动……就在那光圈即将移出车窗之际,柒忽然一拍手,道:"啊!爷爷,我明白了!"

"哦?你明白了什么?"

"窦公!还有主君,他们……嗯……他们是忠于朝廷的!"

"那又如何?"陆叔不由自主地跪起来,凑近他道。

"窦公和主君忠于朝廷,不……不会赌上自己的名誉。"月光终于移出了车窗,车厢里一片黑暗,只能看见柒一双闪闪发亮的眼睛。"如果各国军队进入王畿,姬螨就会挑动他们与窦公的西六师之间的冲突。就算冲突不大,他们也一定不会让窦公控制住局面,到时候……到时候……"

"到时候,史笔一句'窦公乱国',就能要了窦公的命。"陆叔幽幽地道。

"是!孩儿也是这么想的!"

"所以,就算想明白了这事,明知道上当,窦公还是得下禁讨令,停止一切军队的行动,自己在朝堂上打自己的脸。你瞧着吧,窦公如此提议,姬螨一定会答应。他仍然会顺势而为,因为今天他已经把禁讨令下达之后王畿内唯一能自由调动的近畿卫抓在手中!棋局已经完结,他已经开始收官了。"陆叔叹息道,"你看清楚了,孩子。这就是阳谋。每一步都走得堂堂正正,让人瞧得清清楚楚,可是给你瞧了又如何?你根本就不明白。阳谋就好像阳光一样,铺天盖地地洒下来。你明白了又如何?你根本无处可逃,无路可退。阳谋,才是真正的顺势而为!咳咳……咳咳……"

"爷爷,我不懂……我们,输了吗?"

陆叔苦涩地叹息一声,道:"输?窦公、主君,是押上了淮北诸侯的国运来赌，我们哪里敢输？哪里能输？"

"原来爷爷还有办法！"柒惊喜道。

陆叔的脸色更加阴沉，道："不能输……输不起……但是现在，要想输了之后的办法了。"

"啊？"

"现在要想的，不是输赢，"月光终于被越来越厚的云层挡住了，陆叔看着窗外急速黯淡下去的夜空。"要想的是退路，退路！夜深了，没有月亮，该怎么走？让我……好好地想想看……"

柒沉默地坐在车厢角落中，注视着陆叔。他既不开口，也不动弹。他在想什么，没有人知道。许多年以后，连他自己也早忘记了那一夜的事，可是月光明灭之间陆叔那颗苍白的头颅，却成为他每一个梦魇中无法抹去的存在。

牛在车外轻声哞叫。月落星起，周天之气在高天之上默默地流转。

第五章

大周镐京
穆王二年夏六月末

　　一切都按照周公姬瞒的计划有条不紊地进行。六月十四日，窦公从西六师的军营上疏朝会，以"秋耕在即，各国军队践踏良田，有违天子养民之道"为由，要求停止军队进京。朝会答以："天子不在朝，北伐军队入京，朝臣无停止之义。"

　　窦公立刻上疏抗辩："文武之道，有张有弛，今春麦绝，寄望秋收。北伐之义虽重，岂能重于天下嗷嗷之口？"

　　朝会优诏嘉许，但仍报以："大军已发。例，三军逾境，即为天子虎臣，诸侯不得预其事。各国军队已临近，何以止之？"周制，从天子征发各国军队起，军队就属于天子所有，各国的诸侯是不能插手的。而且统兵将领权势极重，只有天子的虎符才能调动，这也是为了确保天子在全国军队调动中的绝对权威。现在朝会将责任推了个干干净净——诸侯管不了，朝会也管不了，天子不在京，这些军队的将领若要强行进军近畿，谁也管不了。

这都是题中自有之义，窦公明知道只有康王年间颁布的《禁讨令》能够立刻停止各国军队的行动，但他还是选择了两次上疏。朝会假惺惺的回答，其实已经将他权势的软肋暴露于天下。

六月十九日，在得知师亚夫的东八师离开驻地后的消息后，窦公向朝会上奏，要求立刻向全国颁发和重申《禁讨令》。《禁讨令》乃康王为彻底控制全国军队所颁发的制令，其中最重要的一条，便是此令一经颁布，千里王畿之内的所有军队必须立刻停留在接到制令的地点，由当地诸侯负责供给，在天子亲自解除制令之前不得稍动，否则直接视为叛乱。

这是一把停止全国骚乱的利剑。此令一下，连窦公自己也失去了西六师这支天子亲军的控制权。形势一夜之间又回到了三个月前，周公当国，窦公监政，朝会运转天下……一切都好似没变。

然而一切又真的变了。

六月二十一日，朝会。

窦公昨日连夜入城，入住他在镐京城南的府邸，准备参加第二日的朝会。这是他的习惯，也是为他第二日放手最后一搏做准备。

卯时不到，侍从们进入了他独寝的房间，服侍他更换朝服。因为有迎立新君之劳，天子姬满在即位之初便赐窦公白色罩衣，上朝时覆盖在朝服外，以彰显其功。然而今日，当侍从们拿上来时，却被他轻轻推开了。

"热，"窦公淡淡地道，"今日就不穿罩衣了。"

"今日是朝会，"侍从长小声道，"周公殿下和大人们都要来……"

"老夫还没有落魄到需要迎合他们的地步。"

侍从长不敢多说,忙低头退开两步,命人将鉴抬上来。

所谓鉴,其实就是一方浅浅的长方形赤金盆,里面盛放着两寸深的水,用来给达官贵人们自照形象,所以叫作鉴。窦公的这方鉴乃是其祖上用文王赏赐的赤金所铸,长四尺七寸,宽三尺六寸,四足两耳,重三百余斤。六名经过训练的侍从将它从外屋抬进来,放在地上,里面的水居然没有什么波纹。

窦公挥挥手,侍从们立刻无声地退出屋子,留下窦公独自一人站在鉴前,长时间默默地注视着水中的自己。

"一个月不见,殿下清减了。"一人在身后幽幽地道。

"那岂不是正好?"窦公拍拍肚子,自嘲道,"这身皮囊,跟随先王南征北战时,还颇看得,如今也老了。"

"是老奴误了殿下,请殿下赐罪。"

窦公转过身来,看看跪在角落中的陆叔,叹息道:"老陆,无须自责,这么多年来若不是你和岑伯,我也走不到这里。如今……"他长长地叹了口气,好一会儿才接下去说道,"如今这形势,走得这么艰难,全怪我……我性子懦弱,累了你和岑伯了。"

"殿下何出此言……"

窦公手一扬:"不要紧。我也就是说说而已。人老了,就容易软弱……先说说今天的事吧。"

"那件事情,昨日已经传来确切的消息。"陆叔道,"今日朝会时,曾侯大人会正式提出。"

窦公眉头一跳:"哦?还是做了吗?有没有什么……不妥之处?"

"不是我们的人动的手,按照计划,是转了几个弯,由北方的蛮族所为。"陆叔道,"这其中种种,非殿下堂皇之臣所应知晓,请恕老奴不述详情。"

窦公搓揉着双手,压抑心中的不安,连声音都微微有些抖动:"知道了。一切有你和岑伯在计划,那自是天衣无缝的。我不问……也不想问,就这样吧。"

"但是计划还是有些变动,"陆叔道,"殿下,待得曾侯提出来的时候,殿下一定要争取……出镇北陇山。"

"唔……唔?"窦公仿佛不认识他似的盯着他,"出镇?不是出征?"

"出镇。而且,殿下要以禁讨令下达为由,正式交出西六师的军权,只带三千虎贲,出镇北陇山,所需士伍、粮草,一律在北陇山就地征集。相关的计划详情,老奴已经全写在这卷帛书中,殿下到时候照着念即可。"陆叔说着,从怀中掏出一卷帛书,膝行到窦公之前,放在他面前,又退回到角落中。

"出镇……出镇……"窦公脸色发白,喃喃道,"你是说,离开京师?老陆,你……你这是何意?我们好不容易才进入京师,你要我们放弃一切,远远地发配到北陇山?"

"殿下是以执政的名义出镇……"

"出镇和出征的区别,我分得清清楚楚!"窦公大喝道,"出征乃代天子征伐,出镇……其实不过就是被从京师踢出去,到那天南地北的地方一边凉快去,永远不要想重新踏足镐京……这就是你们出的主意吗?!"

"殿下,打仗,有进攻就有撤退,有赢就有输,"陆叔沉重地说道,"殿下驰骋疆场数十年,这点道理也不懂吗?您已经被迫剥夺了一切军权,近畿之内已无可凭借之势,眼下这一仗,我们赢不了了。现在必须要考虑的是撤退的问题！出镇北陇山，是您眼下保持军权和朝廷实力的唯一办法。老奴说句难听的话，能不能出镇，现在也得仰人鼻息了！"

"输了！"窦公连退两步，腿肚子"嘣"的一声撞在鉴上。一刹那间，他的脸上几乎没有半点儿血色，白得可怕。

"所以要撤退，"陆叔同样脸色可怕，"现在需要思考的是如何全身而退！殿下，今日的朝会是最后的机会，全靠曾侯和您，咱们淮北系才能躲过周公的赶尽杀绝……全靠您了！"

窦公呼哧呼哧地喘息几声，靠在鉴旁挂盔甲的架子上，半晌才道："老陆……你和岑伯已经商量好了？"

"一切已经安排停当，不然老奴有什么脸面来见殿下？"

窦公虽然缺乏急智和政治智慧，但向来善于决断，既然想不清楚，就全权交托给陆叔和岑伯。他站直了身子，深吸口气："好吧。就这么做。"

"殿下的一世英名，老奴以性命担保！"

"哈哈哈，我的英名！"窦公自嘲地笑着，走过来拍拍陆叔的肩头，"只要以后不被人说窦公乱政，我就很知足了。老货，我的英名不需要你担保，你自己早点儿去把我给你的采邑领到名下，让我放心。要是隔不了多久，连我也自身难保了，那谁来管你？"

陆叔深深伏地，一句话也说不出来。

窦公叹息一声，转身便走。刚走到门口，忽听陆叔道："殿下！"

窦公转回身来看着他，没有说话。

"殿下……昨晚可曾做梦？"

窦公苦笑了一声，双手不自觉地交握着，说道："昨晚……我不敢闭眼。"

"殿下豪霸天下，也有如此儿女之态吗？"

"一闭眼，就是满眼的血。"窦公不由自主地抱着双肘，激动地道，"梦见老家，梦见家里的芦苇荡……全都是血，老陆！我不敢闭眼，真是不敢闭眼啊！"

"老奴临来时，岑伯有话要我带给殿下。"陆叔道，"岑伯说，如果那个梦是真的……那说明殿下您已经无碍。若真如此，他很感激殿下做了那个梦。"

"他是何等的傻瓜！"

"岑伯的意思，就是要您在大势面前，不要……不要强撑，要保护您自己，大树枝叶落尽也没关系，只要根不死，就有再度开枝散叶的一天！"陆叔拖着残疾的膝盖，艰难地膝行到门前，从怀中掏出一个用锦布包得死死的小包，双手呈上，颤声道，"殿下！如果……老奴是说如果……当场有什么重大的变故，您觉得……您觉得完全无法应对的时候，就打开这个。"

窦公审视他良久，才慢慢地接过小包，放在手里掂了掂。

"如果殿下不相信，也可以现在看，"陆叔道，"但老奴恐怕……"

"不用说了，"窦公飞快地将小包塞进袖口，淡淡地道，"信任到底吧。"

"老奴必不误殿下！"

窦公不再说话，匆匆走下大厅。天已经蒙蒙亮了，家臣们都跪在院中干燥的砾石地上，等待窦公登上停在中间的那辆阔大的黑色轩车。

窦公缓缓地从他们中间走过，一句话也没有说。

今日天气不错，万里无云，一片碧蓝。窦公的车驾缓缓地驶过承天大道。

周制，子爵以上官员上朝才能乘坐车驾。子爵仅限自身，伯、侯两乘、公三乘。先昭王六年，建立朝会制度，昭王下旨，公及世卿为执政者，可随行四十扈丛，所有路上的车驾一律让行，"礼绝诸侯，以彰显当国者威仪"。窦公从前上朝，前呼后拥者六十余人，在承天大道上百官避让，威风无比，今日却只有他自己乘坐的一乘车、一名御者。

今日是休沐日，卿士寮和番士寮的官员沐浴休息，都不上朝。承天大道上空空荡荡，只有下级士吏和洒扫的仆役站在街角，用奇怪的眼光看着这辆以赤金包覆、豪华无比的轩车孤零零地驶向被晨光照亮的应门。

应门前的广场显得空空荡荡。平日里，有二百六十名虎贲在门前站岗，今日却只有九十人，还不到平日的一半。这也是休沐日的惯例。

窦公的车驾孤零零地在左边第二道侧门前停下。守卫的虎贲卫早认出这是窦公的轩车，但是惊讶于竟然没有护卫。守门的百夫长忙跑过来，隔着老远便叫道："是窦公殿下吗？发生什么事了？"

窦公的车右回道："没有事。殿下要进去朝会，赶紧开门！"

"唔，这……"

"怎么？！"

"没什么。"百夫长不卑不亢地道，"小臣在想，殿下进宫，何以没有护卫？需要小臣调遣虎贲护卫吗？"

"不需要，"窦公终于开口道，"老夫就在这里下车，你令两名虎贲持械护送我进门即可。"

那百夫长敛容后退，道："是！"招手喊来十名虎贲卫，令他们将手中的戈和腰上配剑取下，只持十根"禁杖"。这种半人长、两头包赤金的木杖是康王下旨特制。公卿大臣们在镐京如果遇到虎贲卫，可以命令他们用这种杖护送自己，而要进入明堂宫中，则只能由持这种杖的虎贲卫护送，私人卫队必须留在应门之外。

"大人真的要独自进去?"车右颤声道。

"今天是去求饶的,"窦公苦笑道,"要那么多人做什么?你留在这里,要是……要是我没有出来,你也别傻等着了,回去告诉岑伯,让他们想办法遁离京师。"

车右脸色大变,须发皆动。窦公严厉地看他一眼,阻止他说下去,转身下车,看也不看那十名持械虎贲卫一眼,便向应门走去。

广阔的应门不仅是明堂宫最大的门,也是镐京最大的门楼,在整个大周国土之内没有"能"比它更大的门。它由五门、三道、四殿、六台组成,占地一百多亩,是天子御门听政、举行国家大典之所在。应门最重要的殿堂是位于正中御道第二进的承天殿,而如今运转天下的朝会所在的"省尔",不过是应门门楼角落中一座小得不起眼的配殿而已。

窦公进入应门,先左转,沿着一条宽大的阶梯走上应门的第二层,再穿过一条斜斜的飞廊,上第三层,然后再右转,返身走回应门的门楼上,从十余座小殿中穿过。

排列在楼上的虎贲、寺人、等待召见的朝臣们见到他的身影,莫不纷纷避让到一旁,恭敬地弯下身子,这让窦公又有了一种莫名的安全感。自己和岑伯、陆叔他们,是不是紧张得过分了?眼下虽然落了下风,但他这个堂堂的大周执政、当今天子的拥立者,岂是小小的侯、伯、官吏所能比?一朝失势,并不代表地位就一落千丈了……

省尔里的情况,比他想的还要平和。还没走到门前,便听里面传来笑声,看来今日的执政大臣们心情都不错。站在门前的虎贲卫一起拉开门,窦公沉默地走进省尔。

众大臣们还在笑。周公姬瞒坐在他独有的大榻上,笑得歪在一边,咒公姬酉坐在他旁边连连摇头,齐侯姜嗣、晋侯姬松笑得前仰后合,宗伯一脸谄笑地坐在一旁，虢公睡着了，曾侯心事重重地坐在他旁边。

宋公子侈脸色铁青地坐在自己的座席上，手中握着独特的圆形团扇，嘴巴抿得紧紧的不开口。看来这场大笑与他有关。自从他摇晃着商人特有的圆形团扇进入朝会，就常常被姬姓贵族嘲笑为"胜国遗老"，闹得灰头土脸。但这位老兄自认身负亡国之恨，嘲笑归嘲笑，他也从不放弃进入朝会的机会。

晋侯见窦公进来，忙道："窦公来了。你来得正好！哈哈，哈哈！齐侯说了个笑话，大伙儿正乐呢！"

齐侯等见窦公进来，忙一起坐正，但脸上的笑容终是收不住。若是从前，窦公步入朝会，除了天子谁敢放肆调笑？窦公心中悲凉，脸上却堆着笑，一面入席一面道："都说些什么笑话？说来老夫也听听嘛。年纪大了，起得就晚，来迟了，抱歉。"

众人皆笑道："窦公辛劳，何来抱歉之说？"

姬瞒从怀中掏出精致的小折扇，在手心里敲了敲，众大臣忙收敛心神，坐得笔直，也纷纷地从怀中掏出小扇放在手边。连昏昏沉睡的虢公都醒了过来。窦公心中叹息，也不得不承认，这间屋子的主人，看来天生就是姬满姬瞒兄弟，自己做了黄粱一梦，是时候醒了。

"窦公来之前，我们正在谈论夏耕之事。"姬瞒面上带着坦然的微笑，"形势很是不错，大人们都难释心情愉悦。"

"正是，"齐侯接口道，"南方各国的夏粮还是有收获的，这二日消息渐次传来。虽然北方遭了灾，但是现在主要用粮的还是在南方，这就正好。"

"卿士寮和番士寮决定在南方各国就地征粮，以两年后北方的粮食作为抵押，供给南方的军队。"晋侯的座席紧挨着窦公，他小心翼翼地对窦公解释道,"这样天子在随国的大蒐礼可以照常进行,对楚国以及南蛮的镇压行动不会受到影响。"

"仔细计算,或许还有多的。"齐侯用扇子拍着手心,兴奋道,"如果能在今冬之前修好从岱山到洛邑的驰道,以及从汉水到周原的河道,便可将南方多余的粮运回镐京。周平里空出来的仓,明年初就可补齐。"

"此乃国兴以来,第一次调配南北的仓储。"虢公老气横秋地道,"若真能成,那便是天大的好事,可是老臣还是乐观其成,而忧其败。"

"凡事预则立,不预则败。"齐侯道,"我等执政大臣今日在此,便是要预其立的。"

晋侯、兕公点头称是。

窦公心中略为焦急。原以为这次朝会是商讨北方危机的,却不料是在商量横跨全国的粮食调动。粗粗一听,开运河、驰道、仓储,中间牵涉数十个诸侯国。这项国策若是展开,绝不比全国性兴修水利的工程小。周公姬瞒真是胆大包天,刚刚当政便迭兴大业……窦公满心不同意,但现在形势比人强,还能怎的?

他看一眼曾侯,递过去一个不易察觉的眼神。曾侯一直假笑着看众人,窦公的眼神扫过来,他正好转过脸去,低声问坐在旁边的宋公什么事。宋公面色难看地答了几句。

"……修河造堰,古已有之,且不论神仙时代,东皇太一、颛顼大神、夏耕大神勾画天地的神举,也不论黄帝时代所开辟的昆仑'虚道',便是近世,伟大之工程也数不胜数。"齐侯家学渊源,侃侃而谈,"前夏的五鹿城,周遭悬浮数十座卫城,那是神力所为。但前商的殷都,曾经建造超出地面百余丈的观台,飞檐悬台,观者以为非人间所有。就是近期,亦有荆楚建造的巴塘,吾亦曾观之——填山为堰,因河为池,像刀形,宽三百余里,周遭八百里地,万世无水旱之忧。那才是大手笔,大气魄。兕公提出的运河之说,吾以为是完全可以实现的。"

兕公在卿士寮一直负责各国水利的兴修建设,对浩大工程向来十分关注,闻言忙询问巴塘的具体情况。齐侯年纪轻,记性也好,口说手比,将那远在两千里之外的荆楚盛地,描述得如在眼前。

窦公连续两次目视曾侯,总被他有意无意地避了开去。好不容易被窦公抓到他的目光,曾侯微微一惊,立时换上一副谄媚的笑容,却又慢慢地将眼光转了开去。

窦公收回目光,看了看自己不由自主微微发抖的手。

在窦公进入朝廷开始提拔重用的人中,岑伯才是他最忠心的属下,可是他至今只是伯爵、少卿、番士寮行人署大行人。而出身汉水流域的曾侯却已是侯爵、番士寮执政上卿,这中间的区别虽不说天悬地远,可也是横亘在高级官员与国家顶层执政之间的鸿沟。普通诸侯、官员可能终其一生也无法跨越这道鸿沟,可是曾侯跨越了,在岑伯的坚持和窦公的推送之下,将他当作淮北系的一面旗帜,推上了朝堂的顶端。

现在这面旗帜已经不插在窦公的阵地上了。

他稍稍迟疑,摸了下袖口,袖子里陆叔给他的锦囊像火似的烫得他心一缩。不行……还不到时候……棋局虽然已近结束,他手里却还有棋子可以落。

他从另一边袖子中慢慢抽出一卷卷得紧紧的帛书,咳嗽一声。屋子里顿时静了下来,众人都带着尚未消去的笑容看着他。

上朝三年以来,窦公头一次觉得心头憋闷,怦怦乱跳,他忍着咳嗽的冲动,将那卷帛书放到面前的案几上。"国事有起色,都是各位大人的功劳,唉,可惜老臣是个乌鸦,走到哪里都只会报丧。"

"窦公国之重臣，忧劳王事，岂能叫作报丧？"姬瞒正色道，"不知窦公又有什么紧急军情？"

跪在姬瞒身后的寺人膝行上前，将窦公面前的帛书卷拿起，双手奉给姬瞒。姬瞒接过来随手撕去封泥，一抖，这帛书不过一尺长，文字也不过数十字。在场众人都紧紧盯着他的眼睛，看他的目光上上下下，迅速读完了内容，将帛书放下来时，脸色已变得略微奇怪。

晋侯最是谨慎，忙道："殿下，究竟何事？"

"北方的共国传来消息，"姬瞒用扇子轻轻敲打着手心道，"说护卫孤发国太子归国的队伍，已经确认遭到伏击，全队十六人无人……幸免。"

仿佛一阵寒风刮进省尔，在场的公卿大臣同时倒吸一口冷气。

"何人如此大胆？！"兕公第一个大叫起来，"孤发国的太子乃一国之君，岂可随意斩杀？还有护卫他的，可都是我大周国的官员，什么人如此大胆？！"

"消息确认吗？"齐侯道。

兕公坐在姬瞒身旁，顺手接过帛书，上下看了几眼，便递给下一位的齐侯。齐侯审视几眼，又递给下一位的晋侯。晋侯拿在手中，仔仔细细看了半天，才道："这，真奇怪！"

"正是。"齐侯道，"孤发太子五月十五日就离开镐京，按说倍道兼程，六月之前无论如何也能赶到了。时间已经过去了二十多日，莫名其妙传来遇袭的消息，而且时间、地点含混不清，这算什么消息？"

"共国虽然地近孤发国，其实二者之间还隔着庞大的北陇山呢。"宗伯小心地看了眼窦公，低声道，"北陇山地势险峻，往来艰辛，说不定……呃……"

窦公几乎是带着感激的眼光看他。宗伯和曾侯不一样，不是窦公的嫡系，只不过相互看得起，在朝会上走得近而已。到了现在他倒台的关键时刻，竟然是平日里胆小如鼠的宗伯帮忙说话，曾侯却带着一脸牢不可破的假笑，像木雕一般坐在那里不言不语。

"我们在北陇山驻扎有北军，"齐侯道，"可以立刻命令北军彻查，还可顺便查清北戎与北陇国之间的关系。"

"这个早已经做了。"负责番士寮事务的曾侯立刻道，"上次朝会一结束，便已下达了命令，在北陇山一线的虎贲、北军和番士寮的探子都收到了命令，有关孤发国的情报每三天一报，都已经呈送番士寮。"曾侯僵硬地歪着脑袋不去看窦公火烧一般的目光，从自己怀中掏出一卷帛书展开来，慢慢读道："五月二十一日，使团行至共国。彼时，由共子负责……"

窦公的心在往下沉，往下沉，一直沉到失去感觉为止。

曾侯的报告将孤发国太子出行的点点滴滴，巨细靡遗地记录下来。同样的报告窦公也有一份，但他的那份是由岑伯精心挑选的手下亲自呈报上来的，曾侯的这份却是由完全不同的人所奏报。

"……至六月二日，一行人才抵达下平六隘口，距离孤发国七十六里。"曾侯念到此处，帛书就到头了。"此处山高崖险，难以接近，孤发太子一行进入山中，当夜只有数点灯光在悬崖之上的记录，第二日就再也没有灯火。我们的人一直追寻到孤发国中，等待了三天三夜，也始终未有太子入国的消息，才找了一艘南返的浮空舟货船，将消息送回来。"

"这么说，孤发太子就是在接近两国边境之地，遇袭身亡的？"晋侯道，"是什么人？"

"是什么人不重要，"齐侯道，"现在的关键是，孤发国知道吗？

太子遇难，孤发国会如何反应？"

"会如何反应？"窦公终于抓住机会，冷笑一声道，"人在我们手上，死也死在我们手上，孤发国会如何反应？北戎使团在孤发国中，等的就是这个'反应'！"他转向姬瞒，加重语气道："眼下，情势尚未确定。孤发国连遭变乱，可能更加依附我国，也可能倒向北戎，关键在于其当前的执政。我国在孤发国的使团，必会尽力说服其新的国主，但是——在此之前，我国需要立刻进行动员。"

"窦公又要北伐。"似乎一直在打盹儿的虢公忽然道。

"北伐非我意，"窦公瞥了他一眼道，"天子不在国内，谁有权力北伐？"

"哦？"齐侯倒是真吃了一惊，"那么窦公的意思——"

"孤发国再重要，也不过是北陇山以北十余个方国中的一个。北戎就算能借道孤发，也不能完全保障其北下的通道不被其他方国截断。所以，北戎不会立刻南下，如果他们能获得孤发国的支持，便会长期经营。"窦公笃定地道，"所以，其势只需要一方伯即可制之。"

"我国在北陇山边境附近，例无方伯。"宗伯皱眉道，"窦公的意思，是要立一名方伯？"

"北陇山附近诸侯，大不过子爵，多数为男爵，或者男爵以下的附庸。这些人物，岂可辱方伯如此职位？"

"那以窦公的意思——"

"孤发国之事，有多大事体？国家遣一重臣前往镇守，足矣。"

"镇、守？"

姬瞒一直笑眯眯地靠在枕上，闻言不禁正襟危坐。

"朝廷派一重臣出镇北戎，不需动员国内的军力，也不需要为他配备直属诸侯，只需赐予权杖，将北陇山诸侯国的军政权力集中于他，便可在极短的时间内形成受朝廷节制的诸侯军队，对孤发国加以震慑。孤发国若继续臣服我国，其镇便可前移，威慑其他方国；若孤发国叛降北戎，则可立刻以天子虎臣的名义征讨，其势极速，不愁孤发国不下。讨平之后，即以方镇名义重建孤发国，废方国为邦国，如此，何愁北陇不定？"

"这实在是老成谋国之言。"齐侯不禁击掌赞叹道，"若以此法，岂不是比方伯权位更重？用以镇抚四方，足矣！"

在场的大周执政们顿时眼前一亮。何为执政？在大周国体下，只有周公、召公，大司徒、大司马、大司空，以及卿士寮卿士、番士寮卿士、太史官、宗伯，有资格出任执政。执政在内即为天子股肱、国家元辅，可以参加朝会，定议国策。在外则为方伯或元侯，都是动摇天下的人物。可是大周还从来没有窦公提出的这种坐镇一方之人。若真能有此职位，那可真是比方伯还高的地位，在场众人如何不眼热心跳？

"依窦公所言，"晋侯忍不住道，"朝廷该派遣何人来担此重任？"

"此任方重，不敢偏劳旁人，"窦公双臂一展，抖开长袖，傲然道，"老夫自当孤身前往北陇，期以一年，必平定孤发之乱，不平势不还朝。"

众人的眼光顿时又暗淡下来。提到出镇北方，在座的还真没有比窦公更合适的。经过穆王初年的大换血，现在执政九卿中老的老、小的小。爵位高、血统近、正当壮年、常在军旅的只有窦公一人而已，旁人争也没用。

不过仔细想想，众人眼睛又再度一亮。

近半年来，窦公与周公之间的明争暗斗，深度与广度早就超越了这间小小的殿阁，甚至超出了镐京、王畿，蔓延到全国。为此双方你来我往，动员军队、开垦农田，上到诸侯国君，下到庶民臣子，无不卷入这场日渐失控的权力争夺中。现在窦公忽然愿意出镇北方，虽然看似要了个比方伯更高的权位，但是所有人都明白，大周真正的权力绝不会超出明堂宫的范围，以国家今日的强盛与稳固，再强的诸侯在王畿之外也翻不起浪头。窦公不可能不明白这个道理，唯一说得通的便是，他正式放弃了与周公的争斗，以进为退，要退出这场争斗了。

晋侯、虢公等夹在中间两头作难的执政们不由得同时松了口气，一起望向姬瞒。

姬瞒把玩着手中的折扇，似乎是在思考窦公的建议，忽然哈哈一笑："窦公，您过虑了。"

"哦？"

姬瞒笑吟吟地把折扇一点点打开，又一点点合拢来。"窦公，您的建议实在是高。国家多事之秋，是需要些方镇大力绥靖四方。可是这个孤发国嘛……哈哈，倒无须多虑。"

窦公在袖中抓紧自己的折扇，用尽可能平静的声音说道："老臣不明白殿下的意思。"

姬瞒伸出手，啪啪啪，在面前的案几上敲了三下。

门口帷幕掀动，一名身穿虎贲中尉朝服的男子膝行进屋。这人身材高大健硕，肤色黝黑，即便跪在地上也有大半个人那么高，深目高鼻，左脸上一道醒目的新月刺青。

这人膝行到姬瞒面前，恭恭敬敬地行了个礼，然后转过身来，盘膝坐下，一双碧幽幽的眼睛盯着众人。

众公卿都见过蛮人、夷人，甚或是来京师谈判的北戎王族。此人定是蛮人，却穿着中尉的朝服，显然是归化蛮族。周国之内，此类蛮族不在少数，特别是虎贲中，往往又选择身材高大的蛮族充任。

"审食黎，"姬瞒坐直了身子，朗声道，"给诸位大人说说，你是何人？"

审食黎恭敬地行了一礼，用稍微有点儿变调的官话大声道："小臣乃孤发国前国主孤发魇之长子，孤发黎。仰慕天朝威仪，已受周公殿下之任，担任虎贲中尉，为殿下的亲护。"

在众人眩晕耳鸣的注视中，审食黎的声音好似变得飘飘忽忽，不那么真切。"……愿率国人归附，为王藩屏。我国……"

窦公眼前忽然一片血红，一切瞬间被那红色吞没，耳中嗡嗡作响，身子不由自主地向后一仰，咔嚓一声，将手下的扶几生生地压进了草席之中。

眼前的血色渐次淡去，他拼命地睁大眼，一瞬间失去的世界又慢慢回到眼前。

他第一眼看到的，却是姬瞒。姬瞒端坐在榻上，定定地看着他，眼中完全没有他想象中的讥诮嘲讽，却是他从所未见的威仪。威仪！窦公浑身上下打了个寒战，几乎要一下子匍匐在地。姬瞒！那个小子！黄毛未褪，竟有如此不逊于先昭王的威仪！

窦公低下头来，头上的汗水扑扑地滴落在草席上。原来他一直看错了，原来他根本就没有看清过，原来他们连失败都算不上——姬瞒从一开始就设定好了结局，岑伯的忠忱、陆叔的权谋，在他面前不过是一盘看得清清楚楚的棋子而已！姬瞒那小子……最终还是在他绵绵不绝的阳谋里面加上了一个阴谋。这个阴谋如此恶毒，他甚至根本就不需要亮出底牌，直到窦公傻乎乎地自以为是地垂死一击，他才满不在乎地翻手一记耳光，当面抽得他满脸是血！

审食黎还在说着什么，众大臣欢欣笑谈，曾侯诒媚地大叫："来酒！"

这些窦公已经听不见了，他只听得见自己呼哧呼哧的喘息之声和震得耳鼓发疼的怦怦心跳。

他的手撑在温暖的草席上，忽然一个软软的东西从袖口中跌落在手上，他本能地捡起来一捏，却是临出门时陆叔给他的锦囊。他不禁倒吸一口冷气：陆叔果然预料到了什么，给他留下了最后一条出路。可是他们已经失败得彻彻底底，真的还有出路吗？

"信任到底吧……"窦公心中悲叹一声，打开了锦囊。

担任周公两年六个月了，但是姬瞒从来没有似今日这般被尊崇过。他端坐在榻上，眼中所见全是执政大臣们发自内心的惊讶和隐藏在眼神之后莫名的顺从。是的，顺从。连齐侯、晋侯、兕公、虢公这些人眼中都不再有看待年轻人的温和目光，取而代之的是敬畏。

是的，敬畏！

没有人能在如此年轻的时候就令执政大臣们心生敬畏。文王去世后，成王年幼，周公旦当国七年，大臣们甚至有数度废立之议，没有几个人把成王当回事。直到成王十八岁亲政，励精图治，才算真正领有天下，将父子承袭的法统确立下来——当年轻视他的人，自然一个个没有好下场。昭王即位时也未满弱冠，彼时周公和召公联合辅政，直到他行过冠礼后才逐步将朝政归还。

可是现在，姬瞒的眼光转向哪里，哪里的目光便敬畏地垂下。不需要任何言语，人人皆知他已在这场穆王年间的第一政争中赢了，毫无悬念、毫无争议地赢了。在这场动摇全国的政争中，没有流一滴血，便这么……

他小小的心脏忽然收缩了一下。没有流血？被他派出的假孤发太子和大周国的官吏们，正血淋淋地躺在千里之外北陇山那个什么什么隘口之下，死不瞑目地瞪望着异乡的明月。这肮脏的血是对手刺出的，可是他姬瞒从此以后再也不能说自己的手干净。

他低头看了一下自己的手，把折扇重重地放在几上。整个省尔顿时静了下来，人人都知道，最后裁决的时候到了，他们中的某些人，可能再也不会出现在这里。

宗伯哼了一声，傲然坐直。曾侯蜷缩得像只虾一般，整个面孔都因为惊惧不安而扭曲成一团。他明明已经投向了周公，却仍旧惶恐不安，一双灰色的眼睛紧紧地盯着姬瞒。

姬瞒咳嗽一声，抬起头来，望向窦公。窦公也正看着他，面色沉静如水，无甚表情。

"……"

"殿下，"赶在姬瞒开口前的最后一刻，窦公说话了，"老臣有奏。"

"窦公的奏请，"姬瞒淡淡地道，"自然是要嘉纳的。"

"北方之事，赖殿下指挥若定，消弭于无形。如今天下大势已定，老臣奏请殿下即刻下达诰令，恢复先昭王年间制度，取消省尔朝会，改九卿朝会为每月一次的百官朝会。"窦公铿锵有力地说道。

省尔之中又是一片沉寂。所不同的是，刚才大部分人脸上还带着笑，突然之间，这些笑容都变成凝固在脸上的扭曲表情。

取消朝会？取消好不容易才借着主少国疑和祖宗家法争取来的九卿执政制度？！前一刻，窦公跟周公还斗得不死不休，一转眼——不，一眨眼的工夫，他就要俯首帖耳地奉上全部权力，甚至还要把其余八卿的权力统统还给姬瞒？！

姬瞒的表情也僵住了，手放在小几上，浑然忘了拿起折扇，遮掩这意想不到的窘态。

"朝……朝会制度是国朝惯例。"宗伯忍不住道,"天子不在,我等大臣岂能擅改祖制?"

窦公神色自若,侃侃而谈:"朝会之制,自古便有,但一直不是定制。前商时代,商王幼弱时,便有诸方大人朝会制度,但如盘庚、武丁这些千古难遇的明君时代,便根本没有朝会的影子。我国建国虽不长,但朝会制度更短。成王时七年,昭王时五年,都是因为国中大臣以为先王年少,未经政事,所以有之。放眼国朝,自古公亶父时代至今二百余年,朝会制度如露如雾,不过是君王正式亲执政前短短的一瞬!"

"先昭王即位已有十八岁,可是当今天子和殿下至今还未满十七岁,"虢公老态龙钟地喘息道,"老臣说句该死的话,恐怕朝会还不能立刻取消,这……"

窦公冷冷地瞥了他一眼。不知为何,他今日本已身败名裂,可是现在却仍是一副统领群僚的当国者姿态,朗声道:"时移世迁!先昭王十八岁以前,未曾接触政事,即位后才开始学习国政。但如今天子与殿下虽年少,英武果决尤胜先昭王盛年,又已当国两载,以殿下的睿智,柄权当国,易如反掌!"

"殿下的谋略,确是卓然天授。"齐侯略微不安地看了姬瞒一眼。现在这个话题已然远远超出所有人的预料,一句不慎便可能招致灭顶之灾,但是身为执政,有些话又不能不说。"但当今天子即位起便施行朝会,天下称便。一朝改变,如何后继,窦公想过没有?"

"天子、殿下亲政,事权统一,御门听政。诸大臣各兼寮务。天子在国,则朝纲独断;天子不在,则周公当国。众卿各任其事,天下政事流转如水,何须再来这小小的省尔共议?臣斗胆,请殿下这便收回政令,事权统一,则天下幸甚!"窦公说完,深深地向姬瞒伏地行礼。

这是事关朝廷权力归属的无上大事。没有人愿意放弃坐在这尊崇的省尔里商议国政，不想巴巴地挤在朝堂中与他人分享权力，向眼下还坐在他们中间的小小周公称臣伏首。但窦公带头行下礼去，其他人心里再有一万个不愿意，也只好跟着行礼，口称："臣等附议！"

姬瞒脸上依然带着适才的笑容，可是已经不那么僵硬。一开始，他毫不犹豫地便认定这是窦公的另一个诡计，可是听他与众大臣舌战到后来，心底忽然一道灵光闪过：这不是诡计，这是窦公的求饶！这是他彻彻底底投降、为求自保向自己献上的投诚大礼！他眼看便要离开政局，在走之前索性一股脑地将所有权力还给天子。这份厚礼，换的是他离开权力核心后的身家性命。

看着满地匍匐的公卿，他忽然笑了。这一次，窦公输了，可是并没有输到精光；满朝的公卿看笑话，可最终他们也要付出代价；自己得到的却是完完全全的胜利，不仅仅是争权夺利的窦公，他将要摘下的是包含整个大周权柄的累累果实。

这份胜利来得猛烈又直接，年轻的周公一时间简直有些眩晕。不过他马上就回过神来。果实已经垂在面前，但攀而摘之，与伸手接之，完全不是一回事。天下大柄，不可力取。窦公离权力的顶峰只有一步之遥，可是他去攀摘了，结果摔得身败名裂，此情犹在眼前。他想要获得举朝拥戴的权力，就得再耐心一点儿。他很有信心，窦公捧上这份大礼，其余的人不会甘于人后，这个果子要不了多久就会自己落进他的手中。

但是，就此放过窦公吗？姬瞒一时没了主意。他原已决定，此次朝会之后就放逐窦公，狠狠收拾在京的窦公亲信。但是窦公果然也不是易与之辈，他首倡归政大计，无论朝会取消不取消，现在都不能对这个在政治上公开拥护自己的人下毒手了，否则后患无穷。

他端坐在榻上，目光越过众人，穿过窗外，望着外面越来越亮的天空，深深地吸着气，用折扇敲打着自己的手心。

时近正午。

镐京外城，离着皋门一射之地，柒站在街边棚屋的阴影下，呆呆地望着高大的皋门。

来京师六年多，这条街巷的棚屋是他最熟悉的地方之一。八岁那年，岑伯正式入番士寮担任大行人，每个月总要入朝觐见天子数次。从第一次觐见天子时，陆叔便将小得几乎攀不上马车的柒编入岑伯的侍卫队伍中，每逢朝觐日，天不亮便跟着上朝，无论严寒酷暑，都要和其他侍卫一起等待岑伯下朝再返回。

岑伯第一次见到黎明时站在车下面的柒，都被逗笑了，觉得他太小，让他回去睡觉。但陆叔却在此事上十分执拗，定要如此，岑伯无奈，也只得随他了。柒委委屈屈地跟在马车后面，不明白何以如此。

待到十岁时，他明白了。迟早有一日，岑伯会返回岑国。到时候岑诺将会代替他进入朝廷，他那时候便会正式成为岑诺的侍卫，在这里继续等待。岁月更迭，年增日长，现在他虽然还没满十三岁，但肃立在侍卫队中，已隐然成为侍卫中的核心。

今日不同。

今日略有不同。

说不定今日大有不同。

岑伯的侍卫们全部没有穿公服，只着镐京寻常国人之服，远远地跟随上朝的窦公，一直来到皋门之前。窦公昔日入朝车驾气势恢宏，镐京中除了召公，没有哪位公卿大臣能用如此仪仗，连年幼的周公都远远不及。

今日却落到单车入觐，需要岑伯暗中保护的地步，柒心中一直讶叹不已。

陆叔、岑伯到底对窦公说了什么，柒不知道。陆叔说过，政治之事，眼观耳闻的都不能作数，都是虚幻，只有依据一切——听到的、看到的、想到的，甚至是闻到的——来推测，才或许能接近事情的真相。

窦公或许要被迫离京暂避。柒的心一直紧紧地揪着。如果窦公外避，在京的淮北诸侯都会受到上司压制，说不定还有人要被迫归国。十多年前，淮北诸侯第一次受昭王打压时，柒的父母甚至被迫自杀——朝廷寒流一起，再强大的诸侯也要瑟瑟发抖。今早上朝的窦公，不就在发抖吗？

远远地传来了钟声。那是明堂宫应门上名为"景"的大钟，是上下朝的信号。今日没有上朝，何以此时会鸣响？

柒抬起头来，众侍卫早已三三两两地从棚屋下走出来。他们所站的棚屋离承天大道还有大约六七丈远，中间隔着一条用以分开平民与贵族的小沟。

眼看着高大的皋门下，左右便门开启，两队手持禁杖的近畿卫默不作声地列队而出。柒心中咯噔一声，还未开口，身后几名侍卫都低声惊呼起来。

"不要闹！"柒转头厉声道。十二岁的他已有不小的威信，几名年纪都比他大得多的侍卫被他一嗓子吼得不敢作声。

柒转回头来，那两队约两百人的近畿卫已经停下，排出两道笔直的人墙。六丈八尺高的皋门轧轧作响，柒的心跟着那铜门的开启狂跳起来——皋门正门开启！只有天子、周公巡幸天下，才会开启此门，除此之外，还有什么？

柒脑子飞速旋转——陆叔教他的《国史》，他几乎能一字不漏地背下来——

"成王九年,召公擅权。正月朔,朝,王诏开皋门放召公归国,三年乃得复。"

窦公败了!

柒和众侍卫的脸色都变得煞白,僵硬地站在那里,看着皋门嘎吱嘎吱地开启。那门只开启了三分之一便停下了,又是两队近畿卫手持禁杖从门中出来,潮水般向前涌动,好容易才看到头。后面果然跟着窦公的车驾,还是孤孤单单的一乘,紧接着又是两队近畿卫不断从皋门中出来。

早已等候的那两列近畿卫齐声唱喏,同时向前,护卫着中间那一大片人马,沿着承天大道向南而去。

窦公要被直接放逐出京?!近畿卫的队列就在眼前几丈处轰隆隆地走过,柒和众侍卫身着庶民之服,只能匍匐在地,不敢抬头。好容易等到大队过去,柒抬起头,只见这浩浩荡荡的队伍只向南走出了数百丈远,往左一拐,看样子是进了窦公的府邸。

柒心头略宽。如果直接押解窦公出京,那就真的大势已去。以窦公的刚烈,出都门就自杀于车了。若真如此,朝廷也不会阻拦,以成全大臣的体面。现在送回府邸,那么还略有转圜的余地。

紧接着,又是心头一紧。护卫窦公的近畿卫并没有立刻从那条巷子里出来。一名侍卫扮作清扫街道的仆役,刚走到巷口便被赶了出来,仓促间只看见巷子里塞满了近畿卫,将窦公府邸前前后后都封住了。

柒再聪颖,毕竟还小,这般顶尖的朝堂政争自然不能明白,心中胡思乱想,怎么也猜测不出今日应门中究竟发生了什么,将来又会如何。他呆呆地望了会儿窦公府邸,叹了口气道:"走吧。"

一行人不敢怠慢,急急忙忙往回走,远远地看见岑伯府邸,岑伯身着便袍已经站在大门的阴影中。众侍卫忙要上前行礼,柒在后面喝道:

"都走过去！"众侍卫一惊，才明白这小孩子已经在提防府邸附近朝廷的耳目。

众人忙又转回，顺着岑伯府邸转了一圈，绕到数百丈外的一条小巷中，左右瞧了许久，这才从一栋小楼中进去。那楼与岑伯府邸后院相通，乃是预防紧急情况时的通道。彼时朝廷对诸侯处分不断，在京的诸侯府邸中都有这样的秘密通道，反倒不是什么秘密。

众侍卫一进后院，忙不迭地往前院去，向焦急的岑伯汇报窦公的事，柒却在后院的长廊坐了下来，一面慢吞吞地换着鞋，一面想，或许这时候汇报已经晚了，或许爷爷和岑伯早已知道今日的结局，或许现在说什么都没有用了……

"啪"的一声，他的后脑勺上挨了重重的一下，接着听到岑诺的哈哈大笑。"臭小子！原来你在这里！说！上午偷溜哪里去玩了？"

柒转回头，见岑诺穿着朝服，没有戴冠，将冠缨提在手里，在长廊上蹦蹦跳跳的。看来是刚刚从岑伯那里学了朝廷的礼仪，还没来得及回去换衣服。

岑诺打了柒就跑，哈哈哈笑着跑到长廊那一头，却见柒没有跟上来。他奇怪地转回去，见柒坐在原地，一动不动地看着他。

"哈？哈哈！你居然被打哭了？哈哈哈，哈哈哈！"岑诺大笑起来，"没出息的东西，我不过轻轻一下子，你居然哭了，哈哈哈哈！滚过来，我要出门了，你快去准备一下。"说着不再理睬柒，蹦跳着回自己屋里去了。

柒擦了擦不禁流下的眼泪，没有说话。岑诺真是个笨蛋，他心中悲凉地想。守在皋门之前，看着岑诺蹦蹦跳跳地下朝出来，这对他来说，今生今世都再无可能了。

当日窦公离开皋门，驾返府邸时，宽大的承天大道上一切如常。周公姬瞒原本布置了六百名近畿卫，准备行以非常手段，结果最终这六百名近畿卫手持禁杖，恭恭敬敬地护送窦公返邸。

只是这六百名近畿卫并没有离开，继续留在窦公府邸，将整座府邸包围起来，对外宣称是保护窦公。以天子兵卫驻守公爵府邸，乃国朝数十年未有之事，镐京骚动，谁人不知曾经权倾朝野的窦公已经失势？

六月二十二日，窦公上疏朝廷，正式提出撤销省尔朝会，还政周公，奏请周公在应门听政，一切礼仪视同天子。周公优诏答谢，但并未答复御门听政之事。

六月二十四日，窦公再次上疏，以自己在孤发国事件中"老而昏聩，应对失据，有失臣体"为由，辞去朝廷夏官大司马职务。周公再次优诏答复，同意窦公的辞呈，并"赐牛车仪仗，所请归国，照允"，赐予窦公先周公旦归政时成王赐予的牛车、刀弓、虎贲，同意窦公回归自己封地的请求。

六月二十五日，窦公府邸的官员、侍从全部离开府邸，在近畿卫的押送下返回窦国。窦公本人直到六月三十日，才在三百名虎贲卫的严密护卫下返国。从昭王十四年进京，到穆王二年离京，窦公从一个偏僻封国的落魄诸侯，陡然进入国家权力核心，更在昭王离世前后抓住千载难逢的机会，一跃成为拥立天子的功臣，从而占据了权力核心。两年之后，又一夜间从权力的巅峰跌落，好容易才靠着归政的名义，捡了条命回国。

窦公的政治生命到此结束。穆王十一年秋，窦公姬寿病逝于封国，死后被追贬，窦国削封为侯国。此是后话，按下不表。

窦公不自量力，主动挑起了穆王年间的第一场政争，事后没有遭到清算，竟然全须全尾地活着归国。那些留在京中的淮北诸侯、大臣却难逃一劫。

六月二十四日，窦公还在镐京，番士寮两名中大夫即被监察御史以"不谨"的罪名逮捕。

监察御史一职由来已久。前商时，国政结构不全，国都被迫七次迁移，每次迁移都带来社会的动荡不安，商王盘庚于是设立御史一职，最初由御史着黑衣，持天子节杖，代天子巡查天下。黑衣御史在商代权力极大，王子以下，先斩后奏，甚至直接指挥方国军队屠灭小国。气焰最盛之时，朝中大臣无论多么威风八面，一见黑衣御史，莫不拜伏于地，战战兢兢不敢抬头，侍之如父。

到前商大京武丁时代，黑衣御史受商人人殉之法的加持，已近邪化，其权力也从朝廷政治扩展到大商疆域内的方方面面，无所不包。当日大京武丁下令天下毁道，黑衣御史所破的修仙洞府数以百计，屠灭修行者更是不计其数，世人听闻"御史"二字，如闻邪音。曾经的商王右臂、大商六名持杖使者之一、殷都羽林卫正卿东伯贺武辛，就是史上著名的黑衣御史之一。

大周灭商后，将黑衣御史列入"殷商四恶"之首，派遣太师姜尚将其尽数屠灭。据说，黑衣御史的可怕邪力全部来自商人人殉之法，一旦无法人殉，则法力尽破，一个个死得凄惨无比。

但是武王也知道，天下广大，国家繁盛，不能没有御史这样的监察者，于是仿效前商设立监察御史。但是周的监察御史权力不大，而且没有常备官，通常都是由天子临时从秋官中挑选一名臣子，职位从上大夫到元士不定，执行单一的任务，事毕还朝，交回权力。所以监察御史在国内名声还算不错，远未到黑衣御史那般令人闻风丧胆的地步。

六月二十九日，又有两名番士寮的上大夫被捕。这两名上大夫皆是淮北小国诸侯，骤然被捕，镐京骚动——自昭王年间以来，还没有一国之君直接被监察御史捉拿过。

紧接着，七月一日，番士寮执政上卿曾侯亲自陪同监察御史捉拿了十六名与护送孤发国太子归国事件有牵连的官员，卿士寮也开始对淮北系官员进行清算。几日之内，二十多名淮北诸侯、卿大夫纷纷落马。

窦公虽然走了，但周公姬瞒显然不会放过他的党徒。而自曾侯投靠姬瞒后，留在京中的淮北诸侯地位最尊崇者，便只剩下岑伯。奇怪的是，风声如此紧张，岑伯却安然在番士寮掌握行人署，在京中的寓所也没有遭到闭门。

七月四日，周公下《政治诰》，正式取消九卿朝会，定每月五、十五、三十日，御应门承天殿听政，是为大朝会。大周朝廷的政治路线正式确立，距离窦公败政归国不过短短十日而已。

第六章

大周镐京应门
穆王二年秋七月五日

在朝会日的清晨,卯时不到,岑诺就被叫醒了。

一直以来都是柒每日早上来到他的房间,侍奉他穿衣洗漱,今日早上却是数名侍女进屋,服侍他匆匆穿好朝服就退下了。岑诺揉着惺忪睡眼,来到中厅,却发现无人给他准备朝食,中厅里只点了几盏昏黄的烛灯,整个府上没有平日里晨间都闻得到的炊烟味。

他等了等,心中着恼,来到外厅,才发现不知为何,家里的侍从、仆役、奴婢一个个早就起来,慌慌张张地在灯烛下来往奔走。屋前、廊下、院子中都堆满了打好箱包的行李,前院还传来马匹的嘶鸣声。

岑诺心中不由得紧张起来。这段时间,府中风声鹤唳、一夜三惊,家人都毫不掩饰对随时可能找上门来的监察御史的恐惧。他跟着提心吊胆了几天,后来似乎没有了动静,而父亲、陆叔也一切如常地过日子,让他心里渐渐平静下来。

昨日,一名番士寮的下士忽然上门,向父亲宣告了大朝会的消息,并通知父亲参加。岑诺算是彻底地放下心来,昨夜难得美美地睡了一觉。怎么一觉醒来,家里又是这副模样?

"主君呢?我爹呢?"他拉过一个匆匆走过的家臣,大声喝道。那人忙不迭地行礼,道:"主君在前厅呢!等着公子出去上朝!"

"上朝这么慌慌张张干什么?"岑诺奇道,丢开他来到前厅,果见岑伯一身朝服,冠带整齐,正坐在前厅的正榻上。陆叔身穿黑色的长袍,跪在左面的客席上,连小小的柒也穿戴整齐,跪在陆叔身后。

陆叔在岑国的地位不低,为中五百石的下卿,因为要为岑伯料理些不能宣之于口的事,所以不能拜上卿。但是他没有朝廷的官职,因此在镐京只能穿家臣的黑色袍服。而岑诺虽然糊里糊涂,却是不折不扣的朝廷中士,可以随岑伯一同上朝。

岑诺见父亲早已起来等着上朝,吓得腿肚子转筋,忙在门前跪下。"父亲!孩儿来迟!"

"哦,诺儿啊,"岑伯的声音异乎寻常地温柔,"既然起来了,就过来吃点儿东西吧,今日可得好好地忙上一日。"

"是。"岑诺心下奇怪,忙爬到岑伯右面的座席上,坐得端端正正,不敢稍动。

"诺儿还是太懒。"岑伯微笑着对陆叔道,"我像他那么大,已经每天卯时起来,到燕支城的成均馆里学习六艺了,哪里睡过懒觉?唉……"

"公子品性纯良,这就很难得了,"陆叔道,"需要的只是历练。"

"历练啊……"岑伯长叹一声,不过马上止住,"还是来说说后面的事吧。"

"是的，"陆叔恭敬地行了一礼，"监察御史叶伯，是晋侯手下的人，奉周公之命清查，据说来势很猛。今日朝会上，说不定……"

岑伯抚摸着膝盖，牙关咬得紧紧的，脸上肌肉抽搐。"窦公他都已经放过，难道对下面这些人就一点怜悯都没有吗？"

"您见过周公吗？"

"当然！"岑伯道，"在……朝廷上见过两三次。"

"您那是随班观礼，远观，不见真容。"陆叔缓缓地道，"奴婢倒是认真瞧过他的真面目。姬瞒此人，胸有阡陌，素怀大志，敢想敢做，是百年难得一见的大才。"

他语气一转，道："但可怕之处，就在于他的才能！他自视甚高，身份又贵重无比，因此为人睚眦必报、阴冷狠毒，整人必于大庭广众，令对方生不如死。这种性子……也只有天子的弟弟才能有，才敢有！"

岑伯和陆叔相视而笑，两人脸上都是说不出的苦涩。

岑诺知道，这些日子以来父亲与陆叔为了那些受牵连官员的事，忙得几乎脚不沾地，但是如今窦公失政，谁还会把他一个番士寮少卿放在眼里？他忍不住道："爹、陆叔，孩儿还是不明白。孤发国的事儿，不是已经平息了？窦公也已经回封国了呀。周公……他虽然恼姬送，却也不过把姬送流放，为何他会对这些根本上不了台面的小臣下重手？"

岑伯苦笑一声："你不明白？你该好好想想。在这场大朝争中，周公唯一做错的，是哪件事？"

岑诺歪着头，皱眉思考。坐在角落里的柒已经出声道："派遣假的孤发国太子。"

"你懂什么？派个假太子虽然可恶，但他不是用来对付窦公的利器吗？虽然败了，可我也要说，这一招很管用啊，为何是做错了？"岑诺不服气地道。

"假的太子不是什么错事，"柒道，"可是周公却派了十六名朝廷官员陪他一同前往，说白了便是让这些人陪他去送死。这件事绝非可以光明正大告知天下的事，周公只要活着一天，就会被人说阴狠，他现在抓那么多人，就是要人去承担这个罪过。"

"胡说八道，"岑诺最讨厌比他年纪小的柒说话比他有道理，马上反驳道，"这些人有什么罪过？不过是马前卒而已！真正有资格与他朝争的，只有那两三人而已！"

"那你说是谁？"柒偷偷在角落里向他吐吐舌头。

岑诺气得七窍生烟，大声道："朝廷之上的大人们虽多，不过一个个都是溜须拍马之辈！真正能与周公抗衡的，除了窦公和我爹——"

他一下子张着大嘴僵在那里，看了一眼岑伯，又一下子缩回自己的座席，匍匐在地下，脸埋在座席里，大声道："孩儿胡说八道！孩儿知错了！"

"哈哈哈哈哈……"岑伯仰头大声笑，"傻孩子，你说了这么多年的胡话，就只有这句话说对了！"

岑诺心惊肉跳地抬起头来，见岑伯笑得浑身乱颤，陆叔也笑得发抖。他满脑子糨糊，不知道何以刚刚两个人还在发愁，现在又笑得如此开心？说是开心，也不尽然，岑伯边笑边看着他，眼中满是泪水。岑诺吓得心头怦怦乱跳，赶紧又埋头草席中，不敢抬头。

岑伯收了笑，拍拍膝盖道："总而言之，姬瞒认为他为此事出了血，现在要用血来还了。"

"正是如此。"陆叔道。

"血，"岑伯沉吟道，"天下太平个几十年，总要见血……嘿，嘿嘿……

姬瞒毕竟还是小孩子啊！总觉得有血在手上，便一辈子也洗不干净。"

"身为王者，血不过是杯中物而已。"陆叔淡淡地道。

"是啊，哈哈，老陆，你总是这么一针见血，哈哈，哈哈哈！"

就算以岑诺的愚鲁，也已听出这笑声中满含的愤怒与绝望。他慌乱地看了一眼柒，却见对方面色一切如常，怦怦乱跳的心便又放下一点儿。

"还有时间吗？"岑伯忽然掉头问岑诺。岑诺吓得浑身一哆嗦："啊？啊？什么？"

岑伯打心底里深深叹息一声，正要开口，跪在陆叔身后的柒行了个礼，道："刚刚滴漏响过，现在是辰时一刻。"

"还可以饮一杯。"岑伯点点头，喃喃道。

柒立刻跪起，从身旁端出一个小小的漆盘，膝行到岑伯面前，在小漆碟子里盛满酒，恭恭敬敬放到岑伯面前。彼时，公卿大臣上朝或者上战场之前，都要饮酒。不同的是上朝前只能用小碟子饮一盏，以免沉醉。上战场之前却没有限制，许多著名开国将领都是拎着坛子牛饮之后，酩酊大醉地上阵。

"给你爷爷也满上。"岑伯满眼温和地看了又瘦又小的柒一眼。

柒默不作声地转过去，给陆叔也满上一盏，然后退到自己的席位上。

岑诺打了个大大的哈欠，赶紧捂住嘴巴。

岑伯端起小碟，半晌不动，忽道："河图之灾就在眼前，将来朝中没有了窦公，该怎么办呢？"

"天子和周公虽然年幼，可是却有魄力。天下的运数还在，倒是不必担心。"

"哦……陆叔对姬瞒，评价如此之高？"

"被打败了。"陆叔苦笑道，"一辈子打雁，到头来还是被小鹰啄瞎了眼，唉……"

岑伯瘦削的脸上凝固着苦笑，盯着手中米酒——柒以为他会看上很久，他却只略看了一眼，便仰头喝下，"啪"的一声将碟子远远扔出，叫道："好酒！"

陆叔也一口干了酒，淡淡地道："淮北特酿，确是比关中的酒香醇。"

"回头我给你送三石去。"岑伯笑着站起来，掸掸朝服。岑诺忙忍着哈欠跳起来，给他递上佩剑，服侍他挂上玉带、鱼形配饰。虽说马上就要天亮了，可是前厅里灯烛渐暗，反而更加看不清楚了。岑诺费了老大的劲儿才给岑伯穿戴好上朝必备的礼器，折腾出了一身大汗。花了这么多时间，若是往常，岑伯早一拳砸下来了，今日岑伯却只静静地站着，毫无脾气。待岑诺低头退开，他还温言道："诺儿……"

"啊？是，爹！"

前厅里更加昏暗，岑诺看不清岑伯的脸色，只听他长叹一声，道："走吧。"

一行人从府中出来，府外已经停了两辆车。岑诺陪着岑伯坐上第一辆车，柒扶着陆叔上了第二辆。通常情况下，家臣会陪同主君上朝，在应门之外等待。

和居住在内城的窦公不同，岑伯位卑职小，只能居住在外城。车队在镐京外城弯弯曲曲的小巷中转了一会儿，拐到承天大道上，汇入上朝的庞大车队中。

这是自穆王元年的登基大典以来，第一次召集全体在京朝臣的大朝会。昨夜卿士寮就已动员三千多士吏、仆役和徒隶，将大街清扫得干干净净，所有与承天大道相交的巷口、路口都由近畿卫封锁起来，只准朝臣的车辆驶入大道。

从辰时开始,数百乘轩车络绎不绝地驶上承天大道。镐京的臣子上朝所乘车辆是有规矩的。通常情况下,每日前往卿士寮、番士寮的朝臣也就一百来位,车加起来也不过四百多乘。

但今日是大朝会,按规矩,在京的官员、公卿和上大夫,以及在京无职位的诸侯都必须参与。在王畿三百里之内的畿内侯、方国主等统统都要入城参加朝会。如此之多的公卿大臣一拥而入,顿时将平时看起来宽大的承天大道塞得满满当当。

由外城进入内城,须得先经过皋门。皋门是通往库门前的最后一道城门。当年诸侯们进京时,都要将进贡天子的物品摆放在库门前,为此还专门修建了数座巨大的仓库,故曰"库门"。

和应门一样,库门有五座大门,诸侯、畿内侯、朝臣、执政等分别从两边的四门进入,中间的大门只有天子的车驾才能穿行。平日里,四道侧门都是大开着,任由出入,今日却被近畿卫和虎贲卫联合把门,进出车辆一律进行查验。今日进出的都是公卿,近畿卫和虎贲卫也不敢稍有放肆。一众轩车在库门前排列得整整齐齐,诸侯们倒多了点儿时间相互见礼,聊会儿天。

岑伯的车驾驶向库门,前面排得满满当当的车队像被分开的水流一般,自动让出一条道路,无论是子爵、男爵,还是高高在上的公侯,似乎所有的车辆都不敢和岑伯的车驾挨在一起,唯恐避让不及。

"岑伯!"

"那个淮北来的乡下疯子!"

"殿下仁义,居然没有拿下他?"

"他还要上朝!还嫌闹得不够吗?"

"监察御史在哪里？为何只抓些小鱼小虾，这罪魁却安然无事？"

"虎贲何在！"

"这……这嚣张的人！"

狭窄的车道中，窃窃私语渐渐变成公开的叫嚣，诸侯大臣纷纷投来惊讶、鄙夷、嘲讽的目光，亦有些许赞叹。

岑诺吓得在车中缩成一团，岑伯却闭目端坐，浑若不闻。忽然车身一震，停了下来。车前有人大声道："站住！"

御者大声道："此乃大行人岑伯之车驾！"

"哦，原来是大行人大人！"那人道。

车子依然没有动。岑伯忽然睁开眼睛，道："有钧令。"

岑诺吓了一跳，果然听见车外那人又大声道："有卿士寮下达的钧令，请大行人下车。"

岑伯冷哼一声，掀开车帷站出来，见自家的轩车已停在高大的库门前。库门下守备的一百多名虎贲卫站得远远的，另有三十多名近畿卫围在车前，将自家的车与其他诸侯隔开。当先一人，是一名卿士寮的上大夫。

以上大夫前来为少卿宣读钧令，这是很高的礼遇了。岑伯虽然倨傲，却也不敢失礼，下车一抖袖子，行礼道："行人岑暨在此。"

那名上大夫徐徐展开手中的帛书，念道："门下，卿士寮首卿，齐侯令：天子南巡经年，国事悉委卿、番二寮。臣下愚鲁，致国中多故，政事更迭。大行人宜兼程赴王行在，备陈国中事，并奏请天子还都事宜。"说完将帛书一卷，便有一名近畿卫上前，将帛书接过，递到岑伯面前。

岑伯是番士寮的官员，而且是仅次于列卿的高级官僚，卿士寮却仍然可以对他下达命令，只需在命令前加上"门下"二字，即是代表天子行使国家权力，朝廷官员都得听命。这也是大周两寮权力不平衡的关键所在。

　　岑伯此刻也不去计较这些，只深深一揖："行人遵命。"说着返身上车，"走。"

　　御者"驾"的一声，打马便要前行。那上大夫脸色一变，伸臂挡在车前，"大人意欲何往？"

　　岑伯拉开车帷，冷冷地道："自然是上朝。"

　　"卿士寮已有明令，"上大夫大声道，"大人宜即刻出京，倍道兼程去南方天子行在。上朝之事，恐怕太耽误时间了吧？"

　　"身为朝臣，王若没有允许我不参加朝会。我自当到朝会上向王若陛辞，才能南下。"

　　"大人……"

　　"大胆！"岑伯一声怒喝，"我要面见王若陛辞，谁敢阻拦！走！"

　　御者用力一抖缰绳，大声呵斥，两匹马嘶鸣着向前冲出，近畿卫不敢阻拦，库门前的虎贲卫则是一动不动，眼睁睁地看着岑伯车队隆隆地驶入了门中。

　　车中，岑诺一脸惊讶地看着岑伯："爹！齐侯怎么会在这个时候给你下令？"

　　"你要记住，"岑伯微微叹息道，"齐侯拼着失去周公的信任，也要给为父留下一条命。这番恩情，将来你须得报答。"

　　"啊……孩儿……孩儿不明白……"

　　岑伯微微摇头。这个儿子真是笨得要命，话说到这份儿上了，还是懵懵懂懂。他忽然一下热泪蒙住了双眼：这个儿子，将来真的能报仇、报恩吗？

　　车奔驰在宽阔的承天大道上，高大雄伟的应门已经出现在眼前。今日大朝,应门前整整齐齐排列了一千二百名全副武装的虎贲卫。他们分作三阵,呈雁翎阵分列门前——皆按战阵列队,前三排为弓手,中三排分别为戟、斧、剑,每人身背六支投掷用短矛,最后一排是高达一丈的革车。

这样一支做好了出击准备的军队列阵应门,平日里显得开阔、祥和的应门广场顿时变得拥挤、肃杀。

因为库门那里挡了一下,应门前便不再出现诸侯、官员拥挤不堪的场面。所有诸侯车驾一进入广场,立刻有近畿卫驾轻车上前引导,将其带到最近的入门地点,然后再将空车引导到应门右前方的侧巷停靠,在那里已密密麻麻地停放了不少轩车。

岑伯车驾驶入广场,便有三乘轻车上前,引导着向应门左首的方向驶去。不料走着走着,忽然前导车往左一拐,行过一座与地面平齐的小桥,向左首边的虎贲战阵驶去。

岑伯在车中顿时惊觉,拉开车窗,喝道:"这是干什么?!去哪里?"

御者也觉出不对,忙拉马缰。不料旁边两乘轻车紧紧逼上来,将岑伯的轩车夹在中间,车上近畿卫大声喝道:"不得喧哗!跟我们走!"

"主君!"

"冲出去!"

御者大叫一声,马鞭扬起——左边轻车上的近畿卫一枪刺来,将他从左肋刺到右胸,御者惨叫着滚下车,车轮弹跳着从他身上压过,那惨叫声顿时便被扼住,再也发不出来。

右边轻车上的御者熟练地跳上岑伯的轩车,拉起马缰便要用力抽打——他的动作亦一下子僵住,跟着软软地放开缰绳,从车驾上滚了下去,奔驰的马车又弹跳着从他身上轧过。

第六章

"唰"的一声，岑伯将剑从车帷中抽回，寒森森的剑刃上兀自滴着血。岑诺已吓白了脸孔，惊叫道："爹！爹！"

"不要闹！你是岑国的太子！"

"爹爹！"

拉车的双马失去了御者，顿时步调紊乱，马车颠簸着直向虎贲战阵冲去。周法，犯阵者死，虎贲阵中响起一阵急促的鼓声，中排持戟甲轰然齐步向前。跟在岑伯旁边的轻车加速超越，向虎贲阵冲去，到临近十丈处，车子猛烈刹住，一名近畿卫跳下车，双手高举禁杖，示意虎贲卫们停下。

跟在他们后面的轻车的御者不敢怠慢，加速超过岑伯车驾，那身材高大的车左猛地从车中跃出，扑到其中一匹挽马身上。马长声嘶鸣，已被那人挽住缰绳，两匹挽马一起收足，岑伯的轩车"咣咣当当"地在离战阵不到二十丈的地方停了下来。

轩车还未停稳，岑伯已经仗剑从车上跃下。几乎与此同时，从后面追上来的陆叔的乘车和七八辆近畿卫的轻车同时停下。近畿卫手持禁杖跳下轻车，将岑伯团团围起来。

岑伯更有何惧？他大喝道："尔等好大的胆子！竟敢劫持朝廷大臣！大周律法在此，谁敢造反？！"

众近畿卫围成一团，谁也没有说话。

适才冒死跳上挽马之人跳下马，将缰绳丢到旁人手中，一言不发地挤进人群。岑伯这才瞧清楚，这人身穿紧身皮甲，外披的罩衣已经撕破，露出紫色的袍袖。岑伯冷哼一声，道："近畿尉，你要造反吗？"

姬恶来随手从身上撕下破碎的罩衣，扔到一边，冷冷地道："恶来身负王畿之重，受殿下重恩，何来造反一说？"

"你劫持上朝的大臣,是何居心?!"

姬恶来抿着嘴,脸上肌肉绷得紧紧的,缓缓走向岑伯。岑伯"唰"地一剑刺向他,他身子微微一闪,这一剑便从他肋旁擦过。姬恶来手臂回夹,岑伯便再也抽不动剑身。他大叫一声,丢开长剑,姬恶来已经走到他的面前。

姬恶来身材高大,须得低下头来,才能看着岑伯的眼睛,低声道:"殿下已经改变主意了。"

"什么?"岑伯浑身一震。

"我说,殿下已经改变主意了,"姬恶来一字一顿地道,"殿下不想你现在就死。殿下决定放过你。"

"岑某没有觐见殿下,不知道殿下要拿岑某如何?又要如何放过岑某?"

"别再说无谓的话了,岑伯大人。"姬恶来冷冷地道,"就算你死志已明,难道就不为自己的家国,还有你的儿子想想吗?"

岑伯心中撕裂般地一疼,想要回头去看岑诺,脑袋一动,就忍住了。他定睛看着姬恶来,沉声道:"殿下还有何旨意?"

"殿下没有旨意。"姬恶来很快回答道,"通过我传递的,只是殿下的意思。殿下如果给你旨意,那你就必死无疑,所以——殿下要我来,传达他的意思。"

岑伯死死地盯着他,眼睛一眨不眨。姬恶来转过脸去:"你走吧。你和你的人,还有六个时辰出京。回岑国去,等待天子回京,说不定别有恩旨亦未可知。"

岑伯深吸一口气,后退两步,道:"拿来。"

"什么?"

"旨意。"

姬恶来猛地回过头来，脸色苍白得像流干了血一般。

"殿下给我的旨意，"岑伯咬紧牙关道，"拿来。"

"你若接旨，岑国就不复存在了。"姬恶来低声急促地道。

"拿来！"

姬恶来沉默了一下，脸色惨白地退开两步。近畿卫轰然后退，将圈子扩大到十丈范围。在这个单薄的圈子中只留下了岑伯、岑诺、陆叔和柒，还有一个手捧着一卷帛书、身穿紫衣的年迈寺人。

那寺人伫立在原地，一动不动，仿佛已在那里站了几百年一般。岑伯抖抖袖口，大步向他走去，陆叔跟在他的身后。岑诺煞白着脸，像游魂一般被柒牵着手，带到那寺人面前。

岑伯率先跪下，其余三人跟着扑通跪倒。岑诺发出一声模糊不清的呻吟，却也无人理会。

那寺人看也不看他们一眼，缓缓展开手中帛书，用平淡如水的口气念道："王若曰：嗟！大行宾天，国嗣多忧，洪惟我幼冲人，嗣无疆大历服，乃命百官辅政，以镇邦国，以拓土四方，以要遒四夷。尔大行人，岑伯，乃敢违命，所行不轨，党附巨遒。今可废岑国，尔小子诸臣，一并废止，令天下咸知孤意，明朝廷逆顺！予告！"

这是彻底废除了岑国。在周的刑罚之中，这几乎已是对诸侯的顶格惩罚，再往上就只有诛灭国嗣了。只是开国以来，历代天子从来没有像前商那般动不动就屠灭诸侯小国。

岑伯面不改色，却也不接旨，哽咽道："老臣有话要问。"

"老奴只管回奏岑伯接旨与否，王若没有给老奴回答的权力。"那寺人面无表情地道。

"如此也好。"岑伯道，"请复奏殿下，这不是给祸乱朝纲之罪臣的惩罚，臣切切不能奉旨。臣身为大行人，对殿下遣返孤发国太子一事不满，指派家奴，于北陇山中刺杀孤发国太子并随行卿士寮官员，犯下重罪。"他提高了声音，大声道，"此皆罪臣一人所为，为求保密，不曾与任何人同谋。如此重罪，非常刑可以加诸罪臣！"

那寺人以为他会说什么自请罪罚的话，他却说到这里便不再说话，深深地向那寺人一揖。那寺人哽了一下，道："岑伯的话，老奴自然是要转告的。这道旨意……"

"罪臣在此等候殿下重新发落。"

自昭王以来，一改康王时代的严政，优容诸侯，往往是重重拿起，轻轻放下，前面处罚刚下，后面追赦的命令就已下达。所以诸侯大臣根本不怕处刑旨意，那寺人也习惯了，点点头，转身径去。

走了没十步远，忽听身后一声凄厉的嘶吼，那寺人吓得浑身一抖，转回身来，只见岑伯的身躯摇摇晃晃地向着应门方向走了两步，然后僵直地一头栽倒在地。

周围的近畿卫都瞧得清清楚楚，只是谁也没想到岑伯如此决绝、毫无征兆地将匕首刺入了胸口，一个个惊到麻木，竟然没有人想到要上前阻止。

岑伯扑在地上，一动不动。很快地，暗红的血就从他的身下蔓延开来，顺着青石地面的缝隙淌开。

扑通一声，岑诺软软地一头晕倒在地。

陆叔面色从容，颤巍巍地站起来，柒忙起来扶着他。陆叔扶着他的肩头，在一众怪异、惊恐、不安的目光注视下，走到岑伯身旁，跪下，深深地磕了一个头。

柒心里一片茫然,在不知道该如何做的时候,他习惯跟着陆叔,便紧紧地挤在陆叔身旁,也磕了一个头。

"我老了,"陆叔低声道,"腰腿不方便,你帮爷爷多磕几个头。"柒更不答话,"砰砰砰"一连串的头磕下去,额头上顿时鲜血淋漓。

周围的近畿卫终于反应过来,大叫着冲上前。姬恶来一声怒喝:"站住!统统转过身去!"

众人大吃一惊,但见姬恶来脸色通红、怒气勃发,谁敢多话?一起转过身去,倒像是一圈护卫着岑伯的侍卫。

陆叔抓着柒的小手,不让他再磕,心疼地用袖口擦去他脸上的血迹。柒不敢稍动,隐隐觉得陆叔将一个又硬又凉的东西塞到他的手中。他低头一瞧,却是一块青色玉石雕刻的圭。

"这是……诸侯家……百年不易的……玉圭,"陆叔闷哼一声,全身重量都压在他的肩上,在他的耳边轻声道,"你要拿好……为公子……收好。只要……有这东西在……就永远是……诸侯。"

柒本能地用力抓紧这块玉圭,用劲之大,他的全身都颤抖起来。

陆叔缓缓地向一旁滑去,柒想要拉住他,一伸手,却又像被咬了一口般地缩回来——陆叔的右手按在胸口,手缝中露出匕首的把手,血正快速而无声地淌满他全身。

"柒……你要看明白……你看明白了吗?"陆叔面带笑容地滑下,"政争没有结局……如果……想要……结束……就只能……用血……来换……你……你须……记住……我……"

他的头接触地面的那一瞬间,便气绝身亡,握住柒的手,却始终没有放开。

周围响起凌乱的脚步声。宫里来的老寺人惊惶万状地逃开,近畿卫一拥而上，无数双腿淹没了岑诺、柒，将周围的一切隔绝在令人窒息的恐怖之中。

柒端坐在地，瞪大了眼睛瞧着，脑子里嗡嗡作响，他或许什么也没想，或许什么也不知道，他可能永远也不记得发生了什么，只知道今日天气不错，阳光灿烂。

广场上人们往来奔走，驻足交谈，或惊或怒，如疯如邪。虎贲阵列隐隐作响，像轰然的雷鸣。

在稍远处，明堂宫高高的阙顶，黑色的屋檐下，一缕不为人所察觉的青烟正在沸腾。

看上去，那似乎是在沸腾。但那青烟所在屋檐之角，所有的一切都被封冻在一片片鳞片般的冰晶中，粗大的梁木都被冻得开裂。

广场上的人越来越多，越来越挤，那团青烟便随之越来越大。屋檐上冻结的冰鳞渐重，大梁负重，发出"咯咯咯"的声音。

忽听梁下有人说话。

"大梁又在响！这阙是怎么了？这么好的料子，难道用了不到二十年就坏了？"

说话的是一名年轻人，穿着下层官员的蓝色袍服，袍服上还有代表封国的徽记，看样子大约是一名诸侯国派驻卿士寮的驻节官。

天下承平日久，开国及三监之乱时大封有功诸侯的时代已过去百年。天下封疆大略稳定，除去每代天子分封的嫡亲子弟，再无大规模的封国出现。天下诸侯繁衍近百年，子嗣自是繁盛，但除去继承封国的嫡长子，其他子嗣便只能在自己的封国担任中下层的乡大夫，连卿大夫都摸不着边儿。

为了推恩这些诸侯子弟，康王登极元年便下诏，诸侯国君可令庶子入京，在卿士寮和番士寮中担任驻节官，按秩晋升，正式成为朝廷官员。即便不在京师待一辈子，有了朝廷的品秩，回国后便可跳过中下品秩，担任大夫以上的官员。

这道旨意乃是康王仁厚，确实想要推恩于人，不料施行数十年后，反倒成了卿士、番士二寮侵夺天下大权的法宝——曾担任二寮官职的人，回国后依然兼职二寮，趁势便将诸侯国的事务攥在手里。为了扩大权限，昭王元年又下旨意，除诸侯的子嗣外，各国卿大夫的子嗣也可照此办理，只不过对没有爵位的大臣则必须是嫡长子。

对于大大小小的公卿、诸侯、朝臣而言，朝廷和封国乃是两个完全不同的境界。随着朝廷对天下大权的把控越来越得心应手，开国初年雄霸一方的诸侯早已没有了当日权势。除去那些拥有朝廷方伯、元侯职位的诸侯，其他诸侯不过是一群富家翁而已，任由卿士、番士二寮搓揉，毫无反抗之力——昭王初年处置无朝廷官职的小诸侯，甚至无须昭王旨意，卿士寮二指宽的书简所到之处，该国的臣子就乖乖将主君槛送京师。虽然后来众公卿以为如此一来，等于鼓励以下犯上，颠覆君臣之义，上疏昭王请下严诏禁止，但诸侯早已吓成惊弓之鸟，谁敢把朝廷的职位不当回事？进京入朝成为诸侯巩固权势的唯一选择，只要能将子嗣送入京中，历经数十年经营，何愁分不到天下权柄？

由此一来，镐京城中的官府便时刻都塞得满满当当的，哪怕是一座阙楼的奉行官，甚或是巡街的小官僚，只要是操着外地口音的，必然都是哪家诸侯的庶子、卿大夫的长子。在家乡都是有头有脸的人物，在镐京，便只是个躲在角落里的小虫子而已。

"大人说笑了。这座阙楼可是康王二十四年，由先齐侯亲自监造的。

齐侯家乃代天子征伐的元侯，行的可是军法，建造的人哪里敢有半点儿侥幸？"

赔笑着说话的，是一名弯腰驼背的老者，穿着下层小吏的灰短袍，腿上还扎着白布绑腿，毕恭毕敬地站在那年轻人身旁，看样子是这阙楼真正的管理者。

那年轻人哼了一声，显然不敢说齐侯家的坏话，过了一会儿忍不住又道："那便真是奇怪得紧了。前两个月，还一切安静呢，怎么这十来天上面总是响个不停？听声音又不是耗子，那会是啥？"

那老吏只敢嘿嘿赔笑："大人，咱们这里可不敢有老鼠。这阙里最忌讳的是老鼠，走水都算其次，嘿嘿……大人，您瞧这每个旮旯里都有药，老鼠不喜欢这个，轻易是不会进这阙里的。"

那年轻人被说得烦躁起来："有茶吗？端茶来。"

老吏忙不迭地去了。那年轻人在堂中坐不住，站起来转来转去，忽然打了个大大的喷嚏。

老吏刚巧回来，见状忙放下茶盏，赔笑着扶那年轻人坐下。年轻人坐回席上，大大地喝了口热茶，又被烫得跳起——这阙虽是明堂宫外围一座不起眼的小楼，却也属于深宫禁地，打喷嚏也就算了，要是当众吐漱，被御史参上一本可不是玩的。那年轻人倒也警醒，硬生生地把热水咽了下去，一时间烫得眼神都直了。

那老吏吓得不轻，忙上前接过年轻人手中的茶，又递擦嘴的布巾。那年轻人哆嗦着擦嘴，想破口大骂，没胆，想了想，气得将擦嘴巾扔在地下："怎怎么搞的……这这这还是盛夏呢，怎怎怎么总是觉得冷飕飕的？"

那老吏见他气得——或许是烫得——嘴巴都不利索了，忙赔笑道："可不敢吓到大人。大人……难道没听说过'阙观周天'的故事吗？"

年轻人摸着被烫歪的嘴："什么？阙观周天？难道不是……坐井观天？"

老吏笑道："大人真是雅人。小人就不知道什么坐井观天。不过这阙观周天嘛……说的可就是咱们现在坐的这个阙。"

"唔！"年轻人顿时来了兴致，"说来听听。"

老吏不动声色地将茶盏又递回年轻人的手中："大人学识渊博，可曾听说过周天之气？"

那年轻人皱眉道："周天之气？可是那凡界与仙界之间，虚空渺渺、无形无质、隔绝仙凡的鸿蒙？"

"大人说得很是。那周天之气，据说上古之时是没有的。自古仙凡未曾分野，天与地是相通的。咱们凡人都有形而沉重，跳起来不过一两尺就落回地面，可是修行得道之人却可以如那羽毛一般，从大地直向上升，直向上升……一直升到鸿蒙邈邈的地方，那便是升入仙界了。"

"喔！"

"自从伏羲大神在黄帝的辅佐之下，从凡界直杀到仙界，杀了大神昊阊，改了这天下，嘿嘿……"那老吏顺手也给自己添了一盏茶，笑道，"据说，伏羲大神登上神位的那一日，祥云缭绕，仙界宾服，他在神位上坐定那一刻，乃是元年元月元日元时，如今天下的时历都是自那时开始一直流传至今的。"

"我在辟雍馆学习时，也曾听过元年的来历，可是没有你说得如此详细。"那年轻人悚然而惊道，"原来明堂宫中，竟然还有如此博学之人，我真是失礼了。"

"大人说哪里的话，小人可担待不起。"那老吏忙摇手道，"大人有所不知。其实宫中的仆役,都是世代传下来的。打从黄帝时代起,宫中便自成体系。黄帝去了传高阳,夏亡了传商,商亡了传咱们国朝,无论哪朝哪代兴盛灭亡,这宫里头的规矩都是一代代往下传的。大人担任守阙官不过两个月,回头您问问其他十六阙的守阙大人,大多都是知道的。"

"唔,那么你说的'阙观周天',也是这么一代代传下来的?"

"那可不?"老吏抬头看了眼黑沉沉的藻井,"话说伏羲大神在元元……咳咳……在他老人家坐上神位的那一刻所下的神谕,便是隔绝仙凡两界。原先隔在仙凡之间那层鸿蒙,从此变得极其寒冷,据说能将龙息都冻结成万年玄冰——自此而今,仙人不能再像从前那样无所顾忌游走两界,更重要的是,从前一人得道,鸡犬升天,现在除了得道者自己,其他无关的人都完全无法穿越那鸿蒙。"

"那层鸿蒙便是俗称的周天之气?"

"正是。周天之气,将整个大地覆盖,所以称为'周',与咱们国朝的这个周字略有不同,金文写法,乃是上下各两个口,中间一个巫字。嘿嘿,听说啊,这个巫代表大地上的人,上下四个口就是周天之气。周天之气的流转,凡人偶尔也是瞧得见的。"

"那周天之气,我也曾听说过。在高天之上的气脉流转,怎么在人间也看得见?再说了,怎么明堂宫里面、正殿之上,没有这些传说,偏偏这座阙有个什么阙观周天呢?"

那老吏喝了一口茶,沉默半晌才道:"大人,传说中的周天之气,乃是'人气'啊!"

"哦?怎么讲?"

"周天之气,清而轻,飘浮于凡界之顶。凡界之中任何事情,大到战争中的万人呼号，小到蜉蝣那么小的生物的一口气，都会吹动周天之气。周天之气的流转，反过来又影响人间的云雨雾露……所以周天之气乃是凡界运转的关键，受凡界生灵的意志所影响。黄帝去后千年，夏桀当道，凡界不堪其辱，亿万生灵之愿，使得周天之气令天下冰封三十年，夏桀属火，最终灭亡。舜晚年昏庸，人皆咒之，周天之气便令天下洪水，直到大禹出世才拯救万民。夏桀无道，商纣荒淫，好好的天下数十年间便倒转乾坤，换了世界。这人间的大变故，表面上是人力所为，可是离了周天之气在背后的推波助澜，光靠人力岂能成事！远的不说，商高宗时，前商何其强大？别说云中族人，就连那以神裔自居的八隅巫族，也要退避三舍，比五帝之世也不遑多让。可是他死后不过百年，天下就换了。先武王在灭商之后心力交瘁，也说'商亡乃天德，非人力所为'，这说的便是周天之气的逆转啊。"

"这话，听起来倒有些难解。"年轻人皱眉道，"凡界的万事万物何其繁多，好比那蜉蝣，世间就不知几千万兆数。凡界每个活物出一口气，若都影响周天之气，那凡人的意志在其中又能起多大作用？"

"凡人、巫族人、妖族人，连那云中人、北戎的野人，甚至是南海的鲛人，虽然起源不同，但只摊上人这个字儿，便是开化之族。开化之族群聚而生，一人倡议，万人景从；一人呼号力弱，万众排山倒海——这岂是蜉蝣之类能比？在这世上，又以咱们凡人最多，从天南到地北，不下万万之数，这又不是其他种族能比。"老吏耐心解释，"当日夏桀何以亡？残酷天下，民不聊生，天下万民皆欲与之偕亡，由此周天之气便流转，令其夭亡。商纣何以亡？行人殉之道，酒池肉林，万民皆欲其速亡，商转瞬便亡。这些都是前朝可以循迹之事，大人不会不知道吧？"

那年轻人细细咀嚼着他的话，脸色愈发凝重，想了想，竟长跪起来，向老吏深深行礼。那老吏慌得避席而走，连连摇手道："小老儿哪里当得起大人一礼，折杀老儿！"

"今天真是学到了许多东西，"那年轻人诚恳道，"原来世间有如此多的学问。无论贩夫走卒，其中皆有学问通达之人。我之前真是惭愧！老丈，请坐，请坐！"

那老吏连连摇手道："不敢，不敢！小人只不过在这宫中当了四十多年的差，勉强知道一些有的没的传说典故，哪里敢当大人的礼？大……大人请坐，小的再去给大人沏一壶茶来。大人在此当差，但有时间，小人自可为大人将这些典故一一道来，以解大人枯坐之乏。"

见那年轻人皱眉思索，那老吏忙要轻手轻脚地出去，却听那年轻人道："那个，老丈你还未说，何以叫作阙观周天呢？和这奇怪的响动又有何关系？"

"大人，您一想，就明白了——若人间，有人能一言倡议，万夫景从，那会是何人呢？"

"……天子？"年轻人谨慎地道。

"天子居于何处？"

"明堂宫。"年轻人很快地答道。

"天子深居宫中，欲令万夫景从，又该如何？"老吏压低了声音。

"这……"年轻人眼光流转，"应门！"

"应门取的便是天子倡议，万夫应答之意，"老吏微笑道，"所以天子在应门听政。这里也正是天子与万民的意志交错融合的地方，所以……在整个大周之内，京师之气是最能影响周天之气流转的。而这应门方圆两里之内，则是整个大周之气聚集的地方。"

年轻人的眼光顿时亮了："原来……原来那咯咯作响的声音……"

"正是。那便是周天之气冻结了阙顶的房梁所致。整个明堂宫中,只有咱们和对面那座阙,两座阙里的阁楼是不准人上去的,连梯子也不备。那上面常年咯咯作响,据说,明堂宫在修建之初,是没有这些响动的,那时候商还未灭,天下之气在殷都。可是商纣王一烧死,明堂宫里就不清净起来。不管这座阙楼修建多少次,总要响。据说……"老吏声音压得更低,那年轻人耳朵都凑到了他的嘴边。"二十多年前先齐侯监工改造这两座阙楼时,有人上去过,大夏天的,那上面冻得像冰窟一样,连着上去数人都被活活冻死,后来是将整个阙楼的顶搬到新的阙楼上,这才罢了。"

大热的天,两个人同时连打几个寒战,一起抬头望着深幽黑暗的楼顶。过了一会儿,年轻人道:"还有热茶吗?"

"啊?啊!有!在小人的屋子里,小人这就去……"

"不必了,左右也无事,我去你的屋子里坐坐,听你讲讲事吧。"年轻人说着率先迈过门槛,"今天响得特别厉害,莫非真的因为今日是大朝会,天下万邦云集,所以……"

"这当然会引发周天之气,不过,大人,您来得太早,还没有听说今日早上岑伯上应门的事吧?"

"发生了什么?"

"您且听我慢慢道来……"

两个人扶着狭窄的楼梯,慢慢下楼去了。楼顶上咯咯咯咯的声音一直未绝,时而大声,时而断断续续,时而如隐隐雷鸣。终于,冰寒的空气从阙楼之上的缝隙中透出,向着天空升去。

那已是一日结束、月上中天的时候。月光纯洁如水,照得应门前的广场一片斑驳,白昼发生的一切如流淌在墙角的夜雾般,渐渐消失,不再被人提起。

气流仍在上升。

穿过稀薄的云霾，它上升到中天，月华之下，云层之上。在这个高度，空气已然冰冷，然而还是远远赶不上那足以冻结龙炎的周天之气。那股气流在高空中留下一条长达数千里的冰寒尾迹，向着镐京以南的方向而去。

在它的下方，是一片望不到尽头的被月华照亮的云层。云层像一片洁白的海洋，其尽头大概已经蔓延到东海之上。

气流稳定高速地穿越凡界与仙界之间的恢宏空间，快得世界上没有事物可以比拟，然而对这片无垠的云海而言，它还是慢得仿佛静止一般。

渐渐地，云层变得稀薄，湖泊一般的云洞接二连三地出现在下方。透过那些空洞，远远的大地上，真正的湖泊反射着皎洁的月光，闪烁着，将那气流引向更远更远的南方。

终于，一大片水面出现在大地上，连绵不绝地闪着光，仿佛月影从大海上升起。但那还不是海面……那是荆山以南的一大片与汉水相连的湖面。这片湖面是如此广阔，传说盘古大神自神界坠入凡界、用他那无比巨大的身躯形成大地时，其血液化为江河巨泽，此地便是其一，名为"云梦泽"。

在这片无边无际的湖泊边上，大片大片的陆地都沉睡在黑暗中，只有靠水边一座小小的半岛上，此刻还闪烁着微弱的火光。

不知为何，气流降低了高度，幽灵般划过半岛上空。它的寒气影响了半岛上空的云层，在这片秋初的天空中洒下了几朵雪花。

在气流离去之前，它听到从半岛之上传来隐约的呼喊声……那似乎是许多人正在呼喊一个名字……一个神并不关心,却被卷入周天之气中的名字。

第七章

大周域外云梦泽

穆王二年秋七月

"长宁！长宁！"

黑黝黝的林子里，亮起了十余支火把，在黑暗中晃动着。

这是一种形制怪异的火把，长约一丈，是在一根毛竹竿顶端插入松枝制成。火焰既高且亮，与中原常见的火把大不一样。

举着火把的男男女女，穿着亦与中原迥异。如今大周的服饰皆右衽，宽袍大袖，只露头脸、手脚，这些人却是左衽，布料贴身，满满的都是纹饰、刺绣，华丽而轻薄，头颈、手臂、小腿都露在外面。从衣服的形制上看，和楚人十分接近，但纹饰华丽古朴，又与楚人崇尚的张扬凤纹大相径庭。

人群举着火把，在青苔覆盖的林间散开，大声呼喊着。风刮过树林，火把猎猎作响，远处传来微弱的号角声，似乎还有城邑的喧闹声……

一个身着淡黄色长裙的少女仰躺在树枝上，四面八方传来的喧闹声让她懒洋洋地睁开了眼,打了个大大的哈欠,却还是躺着不动。

她长长的裙摆悬在身下,红色腰带上系着几个铃铛。夜风轻柔地吹拂,巨大的树冠都在微微起伏摇晃,她垂下的衣裙、铃铛,却像是凝固在空中一般,纹丝不动,亦不发出任何声音。

"长宁!长宁!"

纷乱的火把在树下晃来晃去,渐渐远离。

少女呆呆地注视着天上的星空、飘忽的云海,好像在想着什么。她的瞳孔反射着星光,一开始是迷糊着的,眼神渐渐凝聚……

忽然,她一下子翻身坐了起来,脸上满是慌乱之色。

"咦?已经这么晚了?!"

"长宁,睡得好吗?"声音从树下传来。少女探出头一瞧,一名身材高大的中年男子正举着火把,微笑着站在树底。

"哥……哎呀!"

少女手一滑,一屁股从树上掉了下来,好在她身手敏捷,长腿钩住树枝,再一个翻身落下来,正好落在那中年男子面前。

"大哥,父君呢!"

"父君,还有全族的人,"中年男子向远处努了努嘴,"都已经在等你了。"

"哎呀!"少女气得直跺脚,"这棵树真气人,人家一碰它就会睡着!"

中年男子抿了抿嘴,忍住笑,拍拍少女的头。

"走吧,大伙儿都等着呢。记住,今日你是大申祭,礼法不可废,待会儿你可别又别出心裁。"

少女满不在乎地一挥手:"放心吧,大哥,我何时在礼法上让父君挑出过错?"

中年男子一笑，举着火把走在前面。少女抬腿要走，却不知怎的又回过身来，有些留恋地抬头看了看大树。

"不知道为什么，"少女轻声道，"总觉得好像要离开你很久似的……嗯，一定是我的错觉。"

"长宁。"

"来啰。"少女大咧咧地拍拍树干，转身追了上去。

树林外，星光洒满连绵不绝的田野，田野上星星点点的火光似乎还没有天上的星空耀眼。在田野尽头，是海一般宽阔的大湖，湖岸边的小山丘上矗立着一座小小的城池，在夜空下像一团未燃尽的炭薪般发出微弱的红光。

中年男子拿出海螺，吹了三声。树林、田野上散布的火把，立刻向着湖岸边的小城移动。

"这么多人……都在找我？"少女有些吃惊地道。

中年男子微微一笑，没有说话。

少女吐了吐舌头，加快了脚步。两人顺着一条弯弯曲曲的山路下山，两旁的田野里，往年如浪般起伏的稻田，如今长得稀稀拉拉，一根根无精打采地低垂着头，倒是原本沿着田坎生长的芦苇势不可挡地疯长着，几乎淹没了田野。

那中年男子边走边看，眼中是掩饰不住的深深忧虑。少女却不以为意，边走边说："哥，你说，梦真的是预兆吗？"

"怎么了？"

"我又做梦了。"

中年男子回头看了少女一眼："又梦见什么大火啊，山崩的了？"

"不，"少女思索着摇摇头，"我梦见一个奇怪的地方，一个从来没有见过的地方……好高好大的宫殿,一眼望不到头的长街,还有从来没见过的那么多人……"

"哦?"中年男子不禁起了好奇心,"是记起了小时候去过的丹阳?"

"那不是丹阳呢,"少女道,"丹阳哪有那么高大的宫殿!丹阳宫前的场子,还没我梦里一条街宽呢!"

中年男子歪着头想了想,无奈地摇摇头:"好吧,然后呢?"

"我梦见有人在那巨大的场子里,死了……血流得遍地都是。"少女情不自禁地跟紧了中年男子,抓着他的衣带,"有一个我瞧不清面目的少年,一直看着天上……"

"他是在看着……你?"

"对,"少女打了个寒战,"我在天上一直默默地看着,他也在地下默默地看着。他脚边的那两个人,死……死了,血流得遍地都是……"

两人沉默地走了很久。刚刚还在远方的城邑,现在已在眼前。

"哥,我害怕。"

中年男子脚步缓了一下,继续走着。

"我的梦,究竟是不是真的?"

"听说世上有一种叫作梦貘的神兽,能知人间一切梦寐。"中年男子道,"将来你若能遇到,便可知真假了。"

"真的?"

中年男子笑笑不语,加快脚步。

"真的,真的,真的?"

"快走吧,大伙儿都到齐了。今夜你要是误了事,父君怕是要罚你跪通宵,还说什么梦呢!"中年男子走了几步忽觉不对,一转身,少女又没了影子。

"长宁，长宁！"

喊了两声，少女"哗"的一声从几丈之外的田野里冒出来，手里举着一大把芦苇，慌慌张张地跟上来。

中年男子疑惑地看了她手里的芦苇一眼，少女忙笑笑："这是大申祭上要用的。"

"大申祭……要用这个？"

"放心吧，大哥。"少女拍拍他的胳膊，得意扬扬地往前走。中年男子苦笑一声，摇摇头跟上。

沉睡在波涛边上的城池，忽然亮了起来。

大火是从城池正中的那座小山上燃起的。那是一座熊熊燃烧的柴山。自上古时代，黄帝祭祀岱山之后，这样巨大的柴山都不能再称为篝火，而是专用的名字——柴燎。柴燎祭天，无论放在哪个时代，大国还是小邦，都是最神圣的仪式。

在这座柴燎的旁边，数百人盛装打扮，围着火堆跪坐着。大火冲天而起，裹挟着无数火星冲上云霄，发出巨大的爆裂声，那数百人却一声不吭、愁眉苦脸地坐着。

火光映照在数丈之外那座高大殿堂的墙上。殿堂颇有些年代，墙面上的精美雕刻虽还栩栩如生，但颜色已经快要褪尽，门扇、梁柱也已有些变形扭曲。南方卑湿，百年的老屋子，比北方上千年的古宅看上去还要老旧。

十余名身着古怪朝服的男子分坐在大殿前的台阶下。他们的朝服是纯黑色，领口、袖口都用金线绣着饕餮纹，头上戴的冠也非大周的委貌冠，而是前商时代才有的章甫冠。

在大周已立国近百年的穆王二年，居然还有人着商衣、行商礼？

但这些人的衣冠和大殿一样，也已经十分陈旧。大部分人已是白发苍苍、垂垂老矣，大火映照在他们身上、脸上，他们神情凝固，仿佛一堆僵坐的雕塑。

坐在台阶顶端的老者须发皆白，皱着眉头，凝视着星空。今夜万里无云，是南方难得的好天气，星汉灿烂，似伸手可及。

眼看着斗柄来到头顶，老者终于点了点头。站在他身后的一名侍者立刻匆匆退开数步，大声道："吉时已到！"

身后传来沉重的轧轧声，两名侍女推开了大殿的门。适才那名少女换上了一身纯白的曳地长裙，头戴双翅高展的赤金凤冠，手里捧着那束芦苇，从殿内庄严地走了出来。

坐在台阶第二层的中年男子本来一脸肃容，待见到那少女真的把芦苇给捧了出来，差点儿忍不住笑出来。那坐在台阶顶端的老者把脸一板，中年男子吓得马上换回肃容。

少女走到第一级台阶上，她的面容、衣裳、手足，浑身上下都映着熊熊火光，令人无法逼视。在场众人一起恭谨地低下头。少女展开双臂，两名侍女上前为她除下披着的长袍，留下相对贴身的纯白中衣，少女便手持长长的芦苇，缓步走下台阶。

坐在台阶最底层的两名侍者注视着她的脚步，待找准了她的节奏，相视一眼，同时拍响了横放在膝上的小鼓。

鼓声清脆沉稳，少女下到平台上，立刻踩着那鼓点，以一种世间失传已久的舞步轻巧地跃下台阶。

大火已经烧了快一个时辰，原先堆得一丈多高的柴山已经烧塌了一半，离柴山较近的人被逼得不断后退。火势凶猛，火焰从柴山各个方向猛烈地喷出，火星四处飞溅，柴山周围数丈之内落满了火红的薪烬。

那少女踩着鼓点，围绕着柴山转圈，一开始还离得远远的，大火似乎在她的舞姿之下，慢慢地平息了不少。忽然，柴山无风自燎，火头轰的一下猛烈地向外扩散开来。周围的人都吓得忙不迭地后退，那少女却精准地踩着鼓点，一下子跳到了距离柴山不到一丈的圈子中。

坐在台阶上的中年男子吓得站了起来，坐在顶端的老者狠狠瞪他一眼，他也丝毫未留意到，只紧张地盯着场内——大火在那一瞬间几乎遮蔽了众人的视线，直到一阵风刮过，火苗散开，才看清那少女正在火边踩着圈儿，从容地舞蹈。

没有洪钟大吕的伴奏，只有熊熊大火那令人喘不过气来的燃烧声和若有若无的鼓声，少女的舞步却一丝不乱。她绕着火堆，亦行、亦趋，时而跳跃，时而摆动，舞姿翩翩——怪异的是，她距离火焰始终不过三五尺。如此大火，寻常人别说衣冠尽燎，只怕人都已经烤成了炭，她却仿佛只是个影子般，火焰根本无法对她产生任何影响。

在场数百人都屏息静气地看着她，神色愈发庄重。

那中年男子一边看着，一边悄悄挪到老者身边，凑近他的耳朵。

"父君，小妹年纪还小，现在主持大申祭，怕是……"

老者微笑摇头："咱们族已经快三十年没有人能主持大申祭了。你妹妹天生就是做这个的……你瞧那火，多纯正，多平和……说实话，我担心了快一辈子，如今大申祭后继有人，咱们郁代国，当可长长久久地延续下去了。"

"可小妹行事总是出乎意表……您瞧她手里拿的……"

"你就是缺乏你妹妹的出乎意表，我才把国家的未来寄托在长宁身上。"老者有些不满地瞥了他一眼，"你呀，太老实，又太憨厚。如今多事之秋,为父这把年纪了,还得想法子多活几年……"

中年男子尴尬地笑了笑,看着场中舞蹈的少女身影,忽然又想起什么,凑得离老者更近了。

"听说……上个月哺落合德已经正式被封为楚尹。"

老者雪白的眉毛一挑,盯着他。

"正式的行文还未传到,但已有刚刚朝觐过丹阳新君的方国主,亲眼见到哺落合德就站在楚君和天海贵女的身后,接受朝拜。"

一阵不知从哪里吹来的风,卷起了老者与中年男子平天冠上的冕旒。老者眉头连连抽动,显是紧张已极。中年男子料到老者会惊讶,却也没想到他竟是如此失态。

"父君?"

"你明日——不!你待会儿就派人去丹阳,一定要打听清楚这事!"

"不用如此紧张吧?"

"若是长宁当家,早就派人去丹阳了!"老者不满地道,"你呀——嗨!"

场中响起一阵喧闹——忽然一阵风卷起大团火焰扑向少女,在众人的惊呼声中,少女轻飘飘地踩着节拍躲过了火团,继续她的舞蹈——中年男子看了一眼,红着脸低声道:"是,儿子待会儿就派人去。"

"你心中定是不明白我何以如此紧张。"老者沉着脸道,"如今荆楚与大周势同水火,江汉之间,迟早一场大战。我原想着这场大战能晚来个几年,或许等到楚君年纪大了亲政,便能躲过这一劫……没想到天海贵女还是冒天下之大不韪,把哺落合德立为楚尹……唉……"

"此人不过是天海的奴婢而已!"

"是。可他是有野心也有能力的奴婢!比天海的野心还要大!"老者低声怒斥道,"若仅仅是个只懂溜须拍马的奴婢,那倒还好了!"

中年男子被老者一骂,灰溜溜地缩成一团。风大了些,吹起二人的衣角,中年男子不耐烦地用手按住。

"大商亡时,中原诸夏还触碰不到江汉。"老者雪白的眉头皱成一团,"如今楚国是主少国疑,天海之前虽然秉政,但她究竟只是个女人,手还伸不到军队里,现在……借着哺落合德,她便能控制楚国的军队……"

"楚国再强,不也乖乖臣服大周了吗?"中年男子有些不解,"昭王可只带了六千人,天海便带着弟弟,匍匐出迎!"

"你只看到那六千人,你可知大周随时能调动六万、十万大军!"老者冷笑道,"放眼天下,也只有两百年前大京武丁的时代,才能有昭王当日的威势。老熊艾都被活活吓死了,天海那个时候能怎样?"

被老者瞪了一眼,中年男子有些畏缩地往后坐了坐,但还是忍不住道:"既然如此,父君还在担心什么?哺落合德也不过是个幸进之徒……"

"因为天下已经没有昭王了。"老者沉重地叹了口气,望着场中的少女,"便如当年的大京武丁一样,那么伟大的君王一旦落幕,留下的弱孤,怎么撑得起这么大个国家?天海贵女和哺落合德不需要做什么,只消搅乱江汉之间千里之地,大周国的那个刚满十五岁的小孩儿,他管得过来吗?"

"总不至于……"中年男子低头嘀咕着。

"我族的祖训是什么?风起于青萍之末!"老者恶狠狠地训着他,"看不懂风,就看不懂大势!今年给楚国的贡物,准备好了吗?"

中年男子沉重地叹了口气。"牛、鱼干和布已经备好,就等收获了粮食一起……可是,父君!从冬至日到现在,滴雨未下,今年全族都得饿肚子了,还……还要进贡……"

老者眉头紧皱,火光在他眼中跳动着。

"咱们在这儿生活了近百年,儿子打生下来,就只记得暴雨、冰雹、洪水……何曾像如今这样,一年比一年旱。大前年,儿子从丹阳回来,还能乘船到西门台阶下,如今孩儿们去打鱼,出门都要走上一里地,这日子……"

"周天之气,"老者凝视着夜空,轻声地自言自语道,"真的逆转了吗?"

"我国立国已经快七百年,就算大商如此凶悍,也没能怎么样,"中年男子没听见老者的话,还在喋喋不休,"可眼下楚国这么逼迫,再过两年,咱们连下播的种子都快没了……父君?"

他这才留意到,老者正全神贯注地看着天顶。中年男子慌忙跟着抬头,却被垂下的冕旒扫到了眼睛,他忍着痛拨开冕旒望去,只见天空一片碧蓝,星汉灿烂,连一片云都没有。

"父君……"

老者猛地一抬手,阻止他说下去。

"风……"

中年男子一愣。正在这时,场上忽然又是一阵惊呼,大火不受控制般猛然一卷,那少女在众人的惊呼声中又灵巧地躲了过去。

老者和中年男子都不由得紧张起来。

"从来大申祭都没有这样的啊,"中年男子道,"小妹又不是第一次主祭。"

"风不对啊。"老者低声道,眉头已经皱成一团。

话音刚落,一阵狂风猛地刮上平台,坐在台阶上的众人猝不及防,一个个袍袖、冠带乱舞,好几人的高冠都被风顺势刮去。

那中年男子被风吹迷了眼,等他揉着眼睛再看场内,已经一片大乱。

从四面八方来的乱风,正在撕扯那团数丈高的火焰。这很奇怪,因为场中那个少女舞蹈的,正是御风之术。

这种拜火祭天的仪式,形式上与楚人拜火之术近乎一样,内里却是截然不同——楚人御火,能于无形中燃起冲天大火,这是借助了祝融的神威;而少女的舞蹈,却是在控制一团冲天而起的大火,她借助的是风,以风御火,若非她操控风力,柴山在一开始根本燃不到如此高度。

但现在显然一切正在向谁也不知道的方向发展——风失去了控制,确切地说,是不知道哪里来的风,打乱了场中少女所控之风。那座高度足有六七丈的火焰之山,也开始失去了控制。

一团团火苗仿佛有形的柳絮般从柴山上剥落下来,被乱风刮进附近的人群。人们发出惊叫,顾不上礼仪,纷纷躲避,场中顿时乱成一团。

"长宁!长宁!"

中年男子站在大火之外,大声喊着少女的名字。少女继续跳着,周围的人都看得出来,她是在尽力控制风,让柴山不至于立刻失去控制——平台位于城池中央的高处,一旦这座几丈高的柴山倒下,弥漫的火焰几乎立刻便能吞没半边城。

"把老幼都带走,取水来!"老者严厉地大声喝道,"敲响警钟!"

大殿旁悬挂的一尊赤金钟立刻被人敲响,铛铛的金属声刺痛了每个人的心。

但已经来不及了。

柴山上的大火被风撕扯,向各个方向漫无目的地胡乱喷吐,原先竖直上升的白烟也变得发黑,无数火星顺着黑色的烟柱向上升起,又向着四周飘落。无形的火仿佛变得具有力量,堆得严严实实的柴山被这股力量撼动得摇晃起来。

鼓声已停，风声凌乱，火头飕飕地扫过场地，少女的脚步变得略微凌乱，但仍坚持着在柴山边舞蹈。

"小妹！"

"给我站住！"老者怒喝一声，将中年男子喝止在台阶上。"长宁现在不能退……退不下来了！"

中年男子大喝一声，见脚边滚着一张鼓，抓起来便盘膝坐下，奋力地敲起鼓来。

鼓声如雷响起，少女浑身一震，有些恍惚的身形顿时又镇定下来。她不再舞蹈，而是踩着稳健的步子，围绕着柴山转圈。激射的薪烬已经在她的长袍上留下许多破洞，但对她似乎毫无影响……

轰的一声，数层已燃烧成炭的柴薪崩塌下来，高大的柴山顿时被黑烟包裹。中年男子心悬到喉咙口，但那柴山竟然奇迹般没有倒下，一股不知哪里来的旋风迅速地将黑烟卷走——当烟雾被卷走后，人们发现那风甚至撑住了摇摇欲坠的柴山。

"小……小妹？！"

少女终于停下了脚步。她站在离柴山只有三尺远处，双臂大大张开，仿佛要环抱住柴山与那冲天的火焰一般。束住她头发的凤冠已不知去向，满头秀发和裙角被风卷起，猎猎狂风仿佛要将她刮走，但她一双赤足稳稳地立在地上，反倒是她对面那堆高高的柴山，在狂风的冲击下摇摇欲坠……

摇摇欲坠？中年男子忍不住揉了揉自己的眼睛——柴山是在摇晃，但好像有什么不对劲？

啪嚓一声，柴山顶上一块一人多高的炭烬猛地脱离了柴山，裹挟着大团的浓烟和火焰向上飞起，瞬间冲上数十丈的高空。在场的人目光追随着那团火球，帽子都仰掉了，才见它又拖着浓烟，一头扎进了城外的湖中。

柴山崩裂了，一块接着一块地被旋风卷上天空。人们惊恐地奔走逃避，但那些燃着大火、裹挟着浓烟的木柴却统统飞向远方的湖面。湖面上波开浪裂，白汽蒸腾，受惊的鱼群跃出水面，暴雨般跳了好久好久。

"小……小妹……"中年男子惊骇地弯着腰，躲避从天而降的火烬。台阶下的老者都已经逃散，台阶上只剩他和玄冕老者。

"准备好。"老者忽然道。

"什么，父君？"

"救你的妹妹。"

中年男子一愣，顿时醒悟。他倒也干脆，双手将自己的袍服往两边一分，任由它挂在腰带上，露出精壮的上身，就这么顶着狂风，向那火、烟、旋风的中心奋力走去。

"张幕，张起幕来！"老者大声喝道。

平台周围，一张张巨大的牛皮幕布被撑了起来，人们在狂风中苦苦支撑着支架，艰难地向大火靠拢。更多的人拼命向牛皮幕布上洒水。当幕布接近大火时，大团水汽蒸腾而起，在火焰上方凝聚成了一团小小的云。

现在已经看不见少女的影子，只有火焰映照在云团之上的疯狂而扭曲的光影。光影在慢慢暗下去，蒸汽笼罩了整个平台，从平台边漫溢下去。

老者盯着场中那团嗞嗞作响的云团，紧张得脸色发白。终于，云团彻底地暗了下去，大火熄灭了。中年男子横抱着已经昏迷过去的少女，从牛皮幕布之后走了出来。

老者松了一口气，差点儿站不稳。旁边的人忙扶住他，却被老者一把甩开。

"继续浇水，不要让柴山复燃！"老者大声吩咐道，"收拾内殿，快把长宁送进去！"

几名女侍慌慌张张地冲下台阶，从中年男子手上接过长宁，将她抬进了大殿之中。

中年男子走到老者身边，他自己身上也有几处烧得发红，不过倒是满不在乎。

"父君，长宁已经尽力了，这不是她的责任！"

"我知道，知道。"老者沉着脸点头，"这是天谴。"

中年男子正要将挂在腰间的袍服穿起，闻言一惊，停下手来。

老者抬起头，目光之中尽是疲惫和绝望的神色。

"听……你听到了吗？"

中年男子惊讶地转过头。场中一片喧闹，警钟还在铛铛铛地响，震耳欲聋，听到什么？哪有什么特别的声音？

老者叹了口气，拍拍他的肩头："大申祭事关国运，你这辈子只怕还没见过真正的危机……去吧，人已经来了，是祸躲不过。我去瞧瞧长宁，你去见见楚国的使者吧。"

"啊？楚国使者？"中年男子茫然注视着老者走上台阶，步入大殿。

中年男子并没有等待太久。平台上乱成一团的人们中间，忽然传来了不同寻常的喧闹声。

一面赤色大旗从烟云中穿出，所过之处人群如水般分开，慌乱地匍匐在狼藉的地上。

中年男子心中大震，忙一振衣袍，迎上前去。

一名身穿赤色朝服、头戴元冠的楚使，在三名赤甲护卫和一名掌旗手的陪同下,走上平台。见到迎面而来的中年男子,那楚使傲然将手中赤荆令牌一亮。

"奉祝融之后楚君之敕,临尔小国,宣布威灵——尔国国君何在?"

中年男子深深地弯腰行礼。

"在下郁代国太子,上使降临敝国,敝国不胜惶恐。国君就在大社之中。上使,请!"

被人叫作"长宁"的少女,重新出现在郁代国外的山岗上,已经是三日之后的事。

此日万里无云,阳光肆无忌惮地炙烤着大地。站在百余丈高的小山顶极目远眺,目光越过山坡脚下那一大片花海,便是小小的郁代城池,城池被连绵起伏的丘陵、黄绿相间的稻田所包围。花海一直延伸到远处无边无际的湖边,再往远看,湖的尽头水天一色,已无法分辨哪里是上天,哪里是凡间。

"湖的对岸,"看着女儿一直注视着远方,郁代国国君轻声道,"在那边是另一个世界。"

"是大周吗?"少女随口问。

"是。但也有其他的国家。"

"我以为天下除了大楚,就只剩下大周。"

"天下大着呢。"郁代国国君笑道,在一块树荫下的山石上坐了下来。少女忙坐在他身边,用一面小小的扇子为他打扇。

"盘古大神的身体所创造的天下,东西八万六千里,南北九万九千里,大周、大楚,不过是这天下中小小的一隅。"国君抬头望着高高的天,悠然道,"远的不说,大周的东边有东夷的千里海岸,北方有一眼望不到头的北戎草原，西边有高耸入云的昆仑山和比海还大的西海沙漠……"

少女跪在国君的脚下，望着远方，可脸上、眼中没有一点儿向往，也没有数日前那快乐的神情。

"傻孩子，说了这么多，你也不想去瞧瞧吗？"

"孩儿一刻也不想离开父君和哥哥！"少女嘴巴一瘪，委屈地道。

国君轻轻抚摸着她的秀发，叹了口气。

"当年你出生之时，天降暴雨，一股旋风吹垮了城东头的阙楼。国人都以为是不祥之兆，所以我给你取名叫作长宁，希望国家能长久安宁……"

"是孩儿害了国家。"

"胡说八道。"

"那天晚上的大申祭，是孩儿……"

"是你救了大家，救了郁代，"国君轻轻地打断她道，"要不是你把火都卷出城外，那天晚上会死人……死很多人。"

"可是孩儿坏了柴山，毁了祭祀！"少女激动地道，"咱们郁代国本来就连年大旱，要是孩儿毁了祭祀，连累国家……"

"祭祀是死的，人是活的。"国君冷静地打断她道，"若柴山崩溃，烧死了人，那咱们郁代的大申祭，不就成了前商的人殉了吗！"

少女沉默了很久，才轻声道："孩儿一直以为，咱们的大申祭是从前商王室传下来的。"

"当然不是。"国君咳嗽一声，"咱们郁代国得封于夏王，比商还久远。商人以人殉恶道横行天下，咱们郁代的申祭，怎么可能是得之于商？"

"可大哥说，商王宫中世世代代都响着咱们郁代的歌舞之声。"

"前商恢宏五百年，天下何族不曾侍奉过商王？"国君雪白的眉头皱成一团，凝视着远方，声音低沉，"若不是以歌舞进献商王，得盘庚大王的赏识，咱们郁代人的骨头在五百年前就埋在商王宫的地下了。"

"商王暴虐，周才灭了商，可是父君……为何咱们郁代要逃呢？要逃到这远远的地方，离中原那么远？"

"你可听说过朝歌？"国君忽然问道。

"朝歌？"少女微一沉吟，"父君说的可是前商的国都朝歌？"

"朝歌不是国都。"国君微微一笑，"盘庚大王之后商的国都叫作殷。只不过是因为纣王常年巡幸在朝歌，后来又死在朝歌，所以天下人弄混了，都以为朝歌是商的都城。"

"朝歌……朝歌……"少女品味着这两个字，"多么好听的名字。商人暴虐，怎么会取这么好听的一个名字？"

"因为咱们的祖先，纣王把他最爱的城池命名为朝歌。"

少女惊讶地转回身来，看着国君："咱们的……祖先？"

"由今溯昔，六世之前，"国君缓缓地道，"咱们郁代七世祖之中，出了一名女子。传说那位祖先能歌善舞，其歌若九天鸣凤，其舞若白龙惊鸿……后世之人，难以想见她的惊天之技，只记下这样一件事：纣王巡猎河水，在水泽边建了一座新城。按商人的人殉之道，建城之前，已经杀了九百九十九个奴隶埋在宫城之下，待城池建成后，还要在第二日天亮之前杀尽建城的奴隶，埋在城墙底下。"

虽已是很久很久以前的事，但少女还是忍不住打了个寒战，双手抱紧了肩头。

"待到那日黎明之前，天色尚黑，纣王领着大军，将奴隶包围在城头下，准备等第一缕阳光出现就大开杀戒。而奴隶们暗中握紧了筑城用的版筑，准备跟纣王的军队拼个你死我活……正在此时，黑暗之中响起了歌声。

"歌声从高高的、空无一人的城头上响起,如泣如诉,如鸣如咽,如水滴冷泉,难以形容。在场的数万人都听得清清楚楚。纣王的军队和奴隶们都不由自主地跪了下来。那歌声像是唱进了每个人的心里,人人心里绷得紧紧的杀气,忽然间都消失不见。"

"是祖先……"少女脱口而出,"是……《扬朴辰尘》?"

"对了,就是《扬朴辰尘》,你从小听到大的儿歌。"国君展颜笑道,"随着这歌声,太阳升起,普照大地,咱们那祖先便独自一人在城堞之上舞蹈。城下十万人屏息目睹,连千古第一暴虐的纣王都看得如痴如醉。直到日上三竿,舞蹈才结束,此时吉时已过,纣王再也没法子下令杀人。为了纪念这个不凡的日子,纣王下令将新城命名为朝歌,而那侥幸活下来的数万奴隶,十余年后便在朝歌城下倒戈,烧了朝歌城,逼得纣王投火自尽。"

少女听得喉头发干:"那……那咱们那位祖先呢?"

"商亡之前,那位祖先就带着咱们全族离开了朝歌,一路向南,直到在这个湖边停下来。"国君长长地吁了口气,"她是凡人之中真正开了智慧、明白大势的人,所以后来传说她飞升成仙,是咱们族中三位御风成仙的祖宗之一,名讳风九。"

"御风成仙……"少女喃喃地道,"咱们一族,真的能成仙吗?"

一阵微风刮过,国君伸手抚摸身旁随风起伏的草丛,叹了口气。

"看得见风吗?"国君问。

少女点点头。

"抓得住风吗?"

少女伸出手,凭空一抓,"咻"的一声,风在二人头上打了个尖厉的呼哨，周围的草丛都深深地弯下腰来。

"穷你之力，可以将柴山扔进大湖，但像风九那样的祖先，却可以搬山填海，可以呼风唤雨，可以飞天遁地。"

少女瞪圆了眼睛，难以置信地看着国君。

"不信吗？可惜我也没见过。"国君自失地一笑，"你可知道我们郁代国历代传承，辗转千里，为何都是以风为国家祥符？"

少女摇摇头。

"因为我们祖上就是风啊，傻孩子，郁代就是风的国度！一代代郁代大申祭，就是在代天御风！我们的祖先在北方草原牧风，在西边的沙漠捕风，在东海之滨乘风而起，直上九天！"

一阵风，轻轻吹起少女的秀发，少女转过头注视那看不见的风离开小山，刮向郁代城池。

国君轻轻扳过少女的脸，看着她的眼睛："你可知道，为何近百年来，你是唯一真正能够御风的孩子？"

少女睁着大大的圆眼睛，想了想，又摇摇头。

"因为郁代停下来了。"国君一指远处的城池，"我们不再在夏国的边疆牧风，不再在商王的高台上歌舞，如今郁代沉沦在此……风停下来，就没有风了。你明白吗？"

少女忽然眼前一亮："父君，这就是你要我……去大周的原因？"

国君郑重地点点头。

三日之前的那个夜晚，随着楚使到来的，是一道征令：以楚君之名义，征召荆南方国之人前往汉水，向尚在庚城的天子进献楚地贡物，而具体到郁代，征令上只有冷冰冰的一句话——遣郁代歌姬、乐工三十进献，以娱天子。

世世代代以歌舞音律著称于世的郁代，在躲进云梦泽边缘一百一十年后，终于还是被人想起，再一次进献给统御万方的天子。

"楚国不怀好意，驱使小邦去给它当周王面前的挡箭牌。"国君冷冷地道，"可是长宁，这是你的机会。你得离开这里，离得远远的。风起于青萍之末，要吹到远方，才能横扫天下，你明白吗？"

"可是，父君，我担心……"

"你怕吗？"

"我怕的不是离开郁代，"少女忧心忡忡地道，"我担心楚国不会就此善罢甘休……我更担心这天气……连年大旱，父君，还有哥，你们……"

国君用力握住少女的手，少女抬起头来，泪汪汪地看着他。

"郁代不需要你担心，我和你哥更不需要你担心。"国君伸手抹去她脸上的泪水，"楚国一时半会儿不会对郁代怎么样……我们已经在此生活了近百年，以后也会生活百年。天气嘛，旱几年涝几年的，哪有永远大旱的？郁代一时半会儿还亡不了。我这把老骨头嘛……"

"不许胡说！"少女本能地伸手捂住国君的嘴。国君哈哈一笑，抓住她的手道："看看你手里，是什么？"

少女掌心冰冰凉凉的，摊开来看却是玉璧。再一凝目，她顿时大吃一惊——这玉璧直径只有一寸，却是晶莹透明，她竟能透过玉璧看清自己的手掌！

"父君！"少女惊叫道，"这可是传国之宝！"

"正是，"国君抓住少女的手，将她的手紧紧合上。"现在，它是你的了。"

"孩儿要去的，是大周！"少女紧张地道，"怎能带走传国之宝？"

"我说了那么多,你都不明白?你,风的孩子,才是郁代的未来。风在哪里,'穿髓流光'就该在哪里。把这句话记在心里,明白吗?"

"不!"少女盯着国君的眼睛,"孩儿越来越不明白了!"

国君避开她的目光,转过脸去望着远处云影之下的郁代城。

"你可知'穿髓流光'的来历?"

"孩儿只知道是先祖传下来的宝物,却不知……"

"'穿髓流光'能穿过人的皮肉,深入骨髓,让一切灵魂沉湎其中。"

少女像被烫到般一跳,玉璧差点儿跳出她手心,她吓得忙又双手握住,将玉璧紧紧贴在自己胸口。

"父君!让灵魂沉湎其中,不是那摸不到的周天之气吗?这东西……这宝物……孩儿不懂!"

国君苦笑着摇摇头。

"我也不懂。这只是我族世代口口相传的故事。自风九去后,'穿髓流光'不过是个普普通通的玉璧而已。风九临去时留下遗言:'风拂玉影光阴逝,碧落镜界数百年。'"国君苦笑着摇摇头,"这话究竟是何意,自风九去后,我族百年也未能参透。唉……风九一生传奇,却偏偏调教不出一个继承她衣钵的传人,百年以降,我族过去的荣光再也无人能记得起来了。"

"除了这个,风九先祖还留了什么下来?"少女小心翼翼地摊开手,看了看玉璧。阳光之下,透明的玉璧中似乎有一道光在隐隐流动。

国君举起手中的竹杖,指着数里外一座小山。那被葱翠茂密的竹林覆盖的小山矗立于湖岸边,与周围连绵的田野形成鲜明的对比。

"幽林常碧?"少女脱口而出,"那里不是禁地吗?"

"风九生前就居住在彼处。"国君道,"风九所在的年代,是周天之气逆转、小周灭大商的乱世，风九先祖所知道的、使用过的法术，统统都藏在那里。那不是凡人能触碰的东西，所以她老人家仙去之后，族人就再不敢踏足一步，只有'穿髓流光'代代传了下来。"

少女注视着玉璧中流动的光，忽然心中一动。

"父君，你是说，要我……"

"你聪明过人，远超兄长，为父更是远远不及。你必是已经想到了……失去了大夏、大商的庇佑，郁代就是一个普普通通的方国。"国君黯然道，"百年来，觊觎'穿髓流光'的人不知凡几，若你不带走它，迟早也会落入野心贼子之手，说不定还会给郁代带来祸害。"

"父君……"

"若你能保有御风之力，'穿髓流光'自会一直护佑你，若你不能……泱泱大周，总有可以托付之人。"国君拍拍少女的肩头，微笑道，"你离开之后，心中便只有外面的世界，郁代的一切都和你没有关系。不要再回来，不要与外人提起这里的一切……去吧，明天一早，你就出发。"

"父君！"

国君深深地吸了口气，闭上眼，不再看她。

少女脸色苍白地站起身，注视着国君，恋恋不舍地退了两步，然后下定决心猛地转过身去。

"长宁！"

少女停下脚步，却没有回头。

"离开郁代，你就再不是国君的女儿，是时候给你一个新的名字了。"国君道，"记住，你是风的后裔，从今日开始，你叫作风拂若。"

少女沉默了一会儿，头也不回地向山下走去。

国君注视着她的背影，在花草丛中起起伏伏，终于不见。他雪白的眉头皱得紧紧的，尽力压抑着心中的悲痛，双手不由自主地颤抖着。

忽然，一股看不见的劲风刮起，花海中无数花瓣打着旋儿向上升起，在空中结成一团团花的云朵，一边向着郁代城池的方向飘去，一边洒落花瓣。纷纷扬扬的花雨将国君的视线都遮挡住了。

"拂若……"国君强撑着站起来，徒劳地在花海中寻找着少女的背影，"风拂若……"

这股非是自然生成的风，不断地向上升起，升起，直到升至那冰冷的高空。一片花瓣被它带到高空，旋即被冻结在冰晶之中。被冰包裹的花瓣顺着高空气流，向北方飘去。

第八章

楚国丹阳

穆王二年秋七月末

远在郁代北方的楚都,丹阳城。

雨,哗哗地下着。

"阿保,我好像看见有一片花瓣落下来。"大雨中,一个稚嫩的声音忽然说道。

"国嗣,雨催花落,自然之理。"一个苍老的声音回应道。

"那花瓣……好像是从天上掉下来的,不是从树上。"稚嫩的声音坚持道。

"想是国嗣看错了。水在天则为云雾,在下则为雨雪,在地则为地气所蒸,化而为水,水入山川河流,东归大海,最后在无尽深海处,随周天之气而升腾上天,再化为云雨。此乃伏羲大神所定,天下的规矩。"

说话之人,声音又尖又干,身穿深褐色的长袍,神态恭谨,却是一名上了年纪的寺人。他站在竹亭的台阶下,似乎对置身蒙蒙细雨中毫不在意。

"规矩……可笑,要是真有规矩就好了……"

一名少年身穿玄色薄衣,背着双手站在亭中。他年纪尚小,应该还未满十五岁,稚气的脸上满是焦虑的神色,眉头皱得紧紧的。

老寺人似乎知道他会这么说,只微微一笑,并不接话。

那少年焦急地在亭子里转了几个圈,不时地向亭子东面望去。

这小小的亭子位于一座庞大的院子正中,这院子也不知建造了多少年,院子里随便哪样花木,都非人间寻常之物。花木多在百年以上,便是那缠绕纠结的根藤,也已是难得的景致,更难得的是冬季仍郁郁葱葱,开满花果。从亭子里望去,东边一条穿过古木的小路远端,能隐隐约约看见院门。

老寺人似乎也知道少年在等待什么,还是只笑笑,不说话。

"怎么,阿保觉得我是多心了?"少年见寺人都不怎么接话,忍不住问道。

"屈鸠大人是我国的上卿,"寺人终于咳嗽一声,接了话,"但他还是季连旧部的宰执,在荆山以西,是十万赤荆、三十万黄荆、百万黑荆的统领。在我大楚,地位仅次于国君。他要入朝,谁敢拦他?"

少年自然早就知道,但还是连连点头,仿佛寺人的话对他是一种额外的安慰。

"屈鸠大人既然今日入朝,那便……"寺人的声音又降了下去,"等吧。"

少年点点头,假装从容地吁了口气,转头看天。老寺人看了他的背影一眼,脸上浮现出忧色。

雨下大了，朱色亭檐滴下的雨水连成了细线。那少年这才意识到雨下得不小。

"阿……阿保，雨下大了，你站进来些。"

老寺人垂下眼帘，叹息一声，老态龙钟地行了一礼。

"老奴遵命。"

几乎与此同时，就在距离亭子数里之外。

丹阳城，金霄门。

传说楚国始君鬻熊年少时随母逃难来此，以手中荆杖插于泥中，荆杖随之散叶开花。鬻熊后来成为荆蛮之首，开创了江汉第一大国，后人便以他手杖长成的巨树为材，以手杖插入之地为址，建造了荆楚第一门——金霄门。

手杖传说是鬻熊和母亲登岸时所植，因此金霄门其实是一道水门，门下的水道直通一里外的荆江。这亦算是楚都丹阳的一大特色。丹阳城九门，七道都是水门，可谓一座水上巨邑。

此刻，大雨倾盆而下，高大的金霄门上，十六只石鲤首喷泄出的雨水如一道水帘般垂在门前。六艘艨艟斗舰，正在数百名身穿蓑衣的纤夫拖曳下，依次穿越水帘，进入丹阳城。

按楚制，金霄门地位尊崇，历来只有国君和宰执才有资格从此门入。这六艘船上统统竖立着大旗，赤色旗幡上黑色篆书"季连"二字，便是通行此门的证物。

荆楚先民，起自中原，自号是火神祝融之后，是黄帝亲封的真正以神为祖的六族之一，可惜历经五帝、夏、商，荆人零散飘落，始终未能建成世袭强国。楚国先祖自鬻熊起，经历四代百余年，才将散乱如星的荆楚部落归于统一。

收服荆人的第一步,便是承认季连旧部。

荆人自称祝融之后,传说当年神仙战争,是祝融的后人季连带着数百部下逃到了凡界,才传下荆人这一脉,其中世代负责祭祀祝融的一支,人称季连旧部。历经沧桑,这支坚持传统的荆人部族已被边缘化,躲在荆山深处。鬻熊立国之前,亲入季连旧部,以当时最强大的荆蛮首领之尊,自称为季连忠仆,从此担起了复兴荆楚的大义名分——顺从者皆祝融之后,反抗者皆大逆不道。荆人不敢忘祖,自然都慢慢归顺在季连的大旗下。

鬻熊之后的第四代楚君熊绎,宣称发现了记载季连遗言的《季连旧卷》,以旧卷之名义,将荆人按血统亲疏分为赤荆、黄荆、黑荆各部,次第统治,纷乱了千年的荆人终于渐渐安定下来。血统最近的赤荆,以靠近江水上游的西叟最为尊大,楚君熊氏虽然创立楚国,却只排列在黄荆之列,而更多的黑荆部落,至今仍散布在荆山到汉水的广袤之地。

堂而皇之地打着季连旗号穿过金霄门的,便是西叟国的国君、赤荆长老、季连旧部的统领屈鸠。世代宰执的旗帜,在楚国的疆域里代表着一人之下万人之上的权力,自是通行无阻。

船队穿过金霄门,沿着长长的城内河道行驶。河道两旁本是密密麻麻的街道、商铺,但今日河道两旁布满了身穿重甲、手持戈矛的赤荆武人,庶民根本无法靠近。偌大的河道上,只听得见大雨侵袭大地的轰鸣。

一双上了年纪但依然锐利的眼睛,从船上一扇华丽的雕窗后面注视着岸边。他一动不动地看了几乎快一刻钟,才缓缓地转过身来。

这是一名身材高大的老者,在荆楚中,很少有人能长得如此高大。他看上去已经很老,脸上是刀砍斧削般的皱纹,头发尽白,但背挺得很直,神色严厉,顾盼之间,目光如炬。

他缓缓走到这间精心装饰的船舱中央,伸开双手,站在四个角落的四名寺人同时无声上前,两人扶住他的双手,两人一左一右扶住他的腰,将他如同抬着一般慢慢地放到榻上坐下。

老者这才长长地吁了口气,表情如释重负。

"主君连日乘舟坐船,贵体可是承受不起,"一名寺人低声道,"要不要奏请国嗣,迟一日……"

老者忽然睁开眼,瞥他一眼,寺人立刻低头噤声。

"先君去的时候,老夫没有来丹阳,"老者淡淡地道,"时隔三年……国嗣当年不过十四岁吧?这三年不知道他怎么过来的……还要他等到明日吗?"

"是奴婢无知。"

"哺落合德。"

老者忽然说了一个名字,这无头无脑的一句话,寺人却听懂了。

"哺落合德为楚尹两个月来,已将先君生前国策尽行更改。听说,还……还以少主的名义,征调方国,被征调之国已超十数……"

老者沉吟了一下,忽然一挥手。

"再给老夫来一次。"

寺人惊讶地看了他一眼,忽然脸色大变。

"主君!内息之术,十日方可一用,您前日才……"

"老夫不能这么窝囊地去见国嗣,"老者厉声道,"群臣都在看着,那天海……还有哺落合德也在看着!他们一直不敢动少主,就是因为老夫……老夫还活着!咳咳咳……"

寺人们齐齐起身,给老者拍背、端水,老者忍着剧烈的咳嗽,一把将水推开。

"快点儿!诸方国主、大臣都等着老夫!今日必为国嗣夺回楚国!"

几名寺人对视一眼,只好一起向老者磕头,然后起身上前,为老者宽去华丽的长袍。

老者一动不动地闭着眼,任由寺人们将自己脱得一丝不挂,露出干枯得仿佛只剩下骨皮的身躯。

大雨轰隆隆地击打着亭顶,少年背着手,抬头望向瀑布般的雨帘。老寺人站在他身后,注视着他微微发抖的手。

"阿……阿保,"少年忽然有些犹豫地问,"这么大的雨,是不是……让屈国老等上一日,待天气晴好了……"

"屈国老是来拜见楚君国嗣的,就是天上下刀子,他也会来。"

"我……我就是担心他的身子……听说他很老很老了。巫祝说,他要硬撑着来,怕就没命了……"

"他不来,在楚国朝堂上,也就等于死了。"老寺人淡淡地道,"政治人物死也要死在朝堂之上。国嗣,你须记得,不上朝的宰执再强,也不过是个垂死的老头。"

"不上朝的宰执……"少年低头沉吟着这句话,忽然自失地一笑,"那不上朝的国嗣呢?"

"一个傀儡。"老寺人冷冷地道。

少年脸上带着假笑,双手捏成的拳头在袖中剧烈地抖动起来。

"阿……阿保……你觉得……今日屈国老入朝,一切……一切都能如你计划的那样吗?"

"国嗣不想当傀儡,别人也不想当阶下囚。这是场战争,谁赢谁输,岂可站在这里,用嘴巴去猜?"

寺人的声音越来越严厉，少年浑身都发着抖，脸上却不敢露出丝毫不悦之色。

寺人看着少年脸上强忍的表情，心中不禁长叹一声。

"其实……以老奴看来，国嗣这次的计划，太仓促了。"

少年猛地转过身来，惊讶地看着他。

"你手抖吗？"寺人问。

少年慌忙将露出来的双手藏回袖子。

"什么时候你不抖了，才是好时机。"

少年一下子慌了，脸上强装的镇定顿时飞到九霄云外，换上了茫然恐惧之色。

"那……那阿保……你……你还……"

老寺人闭上眼睛，不去看少年慌得发白的脸庞。

"国嗣做事，冲动、没算计、说干就干，"寺人喃喃地道，"不过，你没准备好，别人也没准备。说到底，政争就像打遭遇战，难道还要挑日子？干到底吧！"

"阿……阿保……我怕……"

"怕有什么用，"寺人不耐烦地道，"看着院门口。看看是谁先进来。这是决生死的时候，盯紧点儿！"

被寺人一吼，那少年浑身一激灵，倒是稍稍镇定了一些，转过身去，死死地盯着小路尽头那被雨雾遮得看不清楚的院门。

船身轻轻一挫，停了下来。

船舱中，老者浑身赤裸地躺在床榻上，四肢大开，瘦骨嶙峋的胸口放着一尊小小的赤金熏炉，散发着浓烈的药气。四名寺人用软软的鹿皮，正在往老者的四肢上使劲地擦着某种药酒。

"停……停了……"半昏迷中的老者忽然道。

一名寺人探头看了看窗外,低声道:"主君,到丹阳宫前了。"

"扶……扶我起来。"

"主君,"年纪较大的寺人小心地道,"还没完呢。"

"他们要来了。"老者叹了口气。

"主君在船上休养,大臣们等着便是,谁也不敢催促主君。"

老者不言,双目紧闭,似乎是又昏了过去。

忽然,舱外传来脚步声,一人在舱外大声道:"主君!楚尹哺落合德率楚国百官,在船下求见!"

年纪较大的寺人一惊,看了眼老者,大声道:"请楚尹稍待,主君在更衣!"

传话的人不敢多言,匆匆退去。

年纪较大的寺人这次喘了口气,不料一低头,却见老者已经双目圆睁,正盯着自己。寺人吓得脚一软,一下匍匐在地。

"主君!老奴见主君正在安息,斗胆……"

"扶我起来。"

"啊……是!"

几名寺人慌忙扔下手中全是药酒的鹿皮,换成干净的布巾擦拭老者。那药酒不知是什么做成,又黏又腥,仓促之下,哪里擦得干净?

老者咳嗽一声,年纪较大的寺人扔下布巾,先将他扶坐起来。

"别擦了,穿……穿衣。"

"啊?是,是!"

舱外又传来脚步声,这一次显得十分急促,来人"扑通"一声跪在舱外，气都没喘过来便匆匆道："启……启禀主君！楚尹哺落合德已亲自上船迎候主君！"

众寺人同时一怔，赶紧飞也似的找来衣衫。刚刚将内衣套上老者的身体，舱外便传来一声惊叫，跟着便是凌乱的脚步声。

"拜见楚尹大人！"

舱内众人都是脸上一白，愣了一瞬，立刻同时赶紧给老者穿衣，不料刚刚将中衣披在老者的肩头，舱外就传来了一个轻柔恭敬的声音。

"小臣哺落合德拜见宰执大人。"

年纪较大的寺人手一抖，给老者披好的中衣滑了下来，他忙要捡起，却忽然被老者一把抓住手腕。

"让……他进来。"老者轻声道。

"主君，您还未着衣……"

"让他滚进来！"

寺人不敢再说，满头大汗地扑到舱门边，拉开了门。

新晋的楚国令尹、宗伯、丹阳尹，楚国而今一人之下、万人之上的哺落合德一身鲜艳锦袍，端端正正地站在门口。门刚一拉开，他便一脸笑容地抬脚走入船舱。这是万分失礼的行为，但在场寺人地位卑微，正眼都不敢瞧上一眼，一起惶恐地匍匐在地。

老者已经坐起来，却非正坐，而是背靠在垫子上，双腿岔开坐着。对外人而言，这是极度的失礼，更何况老者只穿着中衣，甚至连下裳都没有穿上！

哺落合德走入船舱，见到老者如此，脸上的笑容更甚，连一丝一毫的犹豫都没有，便十分娴熟地跪坐在老者面前，从一名惊呆了的寺人手中接过老者的下裳，很自然地给老者穿起来。

"贵女早上还在说,老宰执身体不适,还以为要再等上几个月呢,您可巧就来了。"哺落合德的声音轻柔,便如子侄辈在跟家中老人说话一般,"您老身体不好,还是该好好歇歇。这大楚的千里江山,可一日也离不开您啊。"

老者冷冷地注视着他,并不答话。众寺人都惊得浑身麻木,见哺落合德毫不迟疑地又抬起老者一只脚,给他穿足衣,年纪较大的寺人慌忙一挥手,众人一拥而上,此时也顾不得什么失礼、讲究,众人连搓带揉,赶紧给老者穿戴整齐。

哺落合德也不跟众人争,轻轻拍了拍手,就那么微笑着坐在一旁,目光中尽是尊崇、孺慕之色。

"既然老宰执来了,那真是再好不过。"哺落合德笑道,"左安宫早已经洒扫干净,老宰执这便住进去,贵女、百官才可安心哪。"

"国嗣呢?"老者终于淡淡地开口问。

哺落合德脸上的笑容更是灿烂:"您还不知道?国嗣最盼着您来呢!您还没住进左安宫,国嗣怕就要缠着来了。"

"国嗣是少主,是江汉千里之君,"老者一口打断他,"岂能以孩儿视之?"

哺落合德收起笑容,一脸庄重,道:"宰执教训得是。贵女正打算请宰执帮忙进谏国嗣,请他不要再耍小孩子脾气,早日亲政——这国家究竟还是得正儿八经的国君来治理,贵女老是越俎代庖,能管得了多久呢?"

老者心中一动,第一次认真地看了哺落合德一眼,长长地"哦"了一声。

寺人拿来了老者的靴子,那是用牛皮制成的厚底靴,哺落合德随手接过，小心地捧起老者的脚，给他穿上。

“堂堂楚国令尹为老夫穿鞋？”老者言语中虽充满讥讽，态度总算没有适才那般剑拔弩张。在场的几个寺人都听了出来，不由得松了口气。

“宰执于公是楚国的擎天一柱，于私则是合德的尊长。服侍宰执更衣，那是合德的荣幸。”

“你倒是荣幸了，可把楚尹的面子给丢到江里头去了。”老者冷哼一声，口气又转不善。

“楚尹是干吗的？还不是给国嗣、给宰执鞍前马后效力的吗？”哺落合德笑容不改，“宰执身负百万荆人与天相通的重任，可惜常年不在丹阳……贵女与国嗣盼星星盼月亮，总算把您给盼来了。”

老者冷哼一声，脸上神色变幻不定。

身为季连旧部的统领、赤荆长老、楚国宰执，屈鸠的权位其实在前代楚君的时代就已经衰落不少。历代楚君都奉同时代赤荆长老为师，以父事之，但随着荆人大规模离开荆山前往以丹阳为中心的江楚平原，赤荆长老再如何尊崇，也难逃逐渐边缘化的下场。反过来，丹阳的楚尹地位虽名义上一直在宰执之下，但因楚国立国已久，楚尹辅佐楚君运转国家，权力自然一直向他靠拢。宰执的话在丹阳是否能够比楚尹更管用，这个问题其实早就有了答案。

前代楚君在周昭王的逼迫下含恨而死，临死前念及少子年幼，害怕楚国又陷入当年主少国疑、四分五裂的情形，终于想起这个德高望重的宰执，遗命屈鸠辅佐太子熊黓。然而其长女天海贵女仗着昭王的宠幸，实际上控制了楚国的大权。

彼时屈鸠正在大病之中，不欲搅和楚国的政争，倒也安安静静过了两年。但当天海贵女幽禁熊黓，欲立她与昭王之子为楚君的消息传来，他终于坐不住了。

堂堂荆人之裔，江汉千乘大国，竟然要立敌国之君的儿子为主君？如此一来，季连旧部、赤黄黑荆诸部落，岂不成了大周的属国？！

从年初开始，屈鸠就一直借口参拜国嗣熊罴，要入丹阳。以他在荆楚的地位，一旦率百官朝拜熊罴，君臣地位立时便定，天海贵女布局再深也难一把翻过来。因此，天海贵女与楚尹哺落合德拼了命地阻止他入朝，也是应有之义。

按制，若无楚君的手书相召，堂堂赤荆长老也是没法随随便便入丹阳的。因此，屈鸠此番突然出现在丹阳城中，想来对天海贵女与哺落合德而言，无异于晴天霹雳。

他本来很想看看哺落合德是如何失魂落魄地面对他的到来，然而看着笑容仿佛凝固在脸上的哺落合德给自己亲手穿靴，这位当了快五十年赤荆长老的楚国耆宿，心中也不免起了疑惑。

"但宰执来得不巧啊。"亲手给屈鸠两只脚都穿上了靴子，将他的双脚轻轻放在地板上，哺落合德终于慢慢敛起那牢不可破的笑容，轻声叹息着。

屈鸠一直在等着看他的表演，心中冷笑一声，随口道："可是老夫人老心不老，碍了什么人的事了？"

"宰执哪里的话？"哺落合德忙摇头，"只是正好朝中出了一件大事，这……合德正在为难呢。"

说了半天，终于说到关键了。屈鸠禁不住抬眼冷冷打量了这位一大早来给他捧脚的楚尹一眼——如此装腔作势，是要说什么呢？

他今日已做好了万全的准备，要硬闯丹阳内宫，引百官上殿，当众废了哺落合德，罢黜天海贵女，处决她与昭王的孽子，扶国嗣熊罴亲政；

却没想到哺落合德竟会亲自来码头迎接,更没想到他会有这番近乎子侄的殷勤……如此一来,倒不便当场翻脸发作。沉吟了一下,他有些厌恶地闭上了眼睛。

"什么事,你……说说看。"

"天海贵女……"哺落合德小心地道,"决意向大周称臣,已经写下了待罪伏诛奏。"

屈鸠猛然坐起,围跪在他身遭的寺人们吓得同时一屁股坐在地上。

屈鸠双目圆瞪,须发皆张地瞪着哺落合德,默默地伸出手。哺落合德苦笑一声,伸手入怀,却不急着把怀里的东西掏出来。

屈鸠低声道:"滚出去。"

哺落合德微微一笑。众寺人面面相觑,忽然反应过来屈鸠是在说他们,忙一起匍匐行礼,然后翘着屁股慌慌张张地倒退出船舱,将舱门小心拉上。

哺落合德这才从怀中掏出一卷皱巴巴的帛书,膝行到屈鸠面前,双手呈给他。屈鸠一把抓过,匆匆扫视着帛书上的文字。

"待罪伏诛……这个天杀的疯女人,在想什么?!"只看了几行字,屈鸠就低声吼了出来。

"贵女想要与大周交好,以诸侯的名义上待罪疏,自是应当应分。"

"岂有此理!"屈鸠苍白的胡子激烈地抖动着,"我大楚与周国自然是要修好,但岂能如此卑躬屈膝!这疯女人一时要挑起战争,一时又要拿我大楚的尊严去换取周国的怜悯吗?!可恶的女人……"

他一边低声怒吼,一边顺手就想撕毁手中的帛书,但毕竟双手虚弱无力,使劲挣了两下都没有撕开。

"混账女人……拿火来!"

一时陷入狂怒之中的屈鸠没有留意到,哺落合德不知何时已经悄悄站起，走到了他的身后，眼神冰冷地从上方俯瞰屈鸠剧烈抖动的苍白头颅。

"拿火来，我要烧了这卑躬屈膝之物……喂……"屈鸠吼了几声，忽然发现哺落合德已不在面前。他惊恐地转过头来，哺落合德立刻又换上一副牢不可破的笑容，恭谨地从旁边的灯台上取来了油灯，跪在屈鸠面前。

屈鸠呼哧呼哧地喘着气："你不错……你……等我废黜了天海，扶正国嗣，你……你……"

"大楚才是合德的主人。"哺落合德微笑着将屈鸠手中的帛书接过，放在火焰上，"天必佑大楚，天必佑国嗣。"

"对……对对。"屈鸠连连点头，目光一瞬不瞬地盯着帛书。可奇怪的是，帛书放在油灯上只冒起一股青烟，却始终未能燃起明火。

屈鸠有些焦急地抹了一把汗。他没有注意到自己何时起已然满身大汗，也没注意到手持帛书放在火焰上的哺落合德悄悄将脸转到一旁，不去看那股在帛书上盘踞不散的青烟。

青烟越来越浓，像一团小小的云盘踞在帛书之上，火焰的光芒在云团中跳跃，仿佛雷暴来临之前的闪电。屈鸠已经茫然，注视着那诡异的烟云……火焰在烟云中跳动，慢慢地浮现在屈鸠那已经混浊的瞳孔中……

忽然，火焰变蓝，帛书一瞬间烧得精光。哺落合德来不及丢开，被烧得一声惨叫，疯狂地甩动双手，手心已被烧黑了一大块。

哺落合德痛彻心扉却不敢再叫，将双手夹在腋下，疼得在地板上缩成一团。

屈鸠还是木然地坐着，看着那盏静静燃烧的油灯以及已经不复存在的烟云、帛书。

舱门外传来寺人紧张的声音："主君！尹相大人！"

哺落合德想要喝令寺人退下,但刚一张口就疼得眼泪汪汪,用手臂堵着嘴巴才忍住惨叫。

舱门外,寺人们忍不住敲起门。眼看再不回应,寺人们必然破门而入。哺落合德挣扎着看向屈鸠,屈鸠仍然僵直地坐着,下巴已经不受控制地垂落下来,流出的口涎甚至淌到了胸前。

"主君!"

门发出咯咯的声音,马上就要被推开来,哺落合德忍不住狂喊一声:"你还在等什么?!"

"什么人?"门外寺人忽然一声惊叫,紧接着便是锐器破空之声,一片片黑色的污渍喷上了窗纸。门外惨叫之声不绝,但每一声惨叫都只短促地响一下便终止。不过几息之间,门外再度陷入一片可怕的沉寂。

油灯灭了。哺落合德呼哧呼哧地喘息着,等待着。

门终于缓缓滑开,一大股血腥味混合着死亡的气息、湿润的雨水扑入舱中。一个人影出现在门口,他浑身都陷在阴影之中,只有手持的短刃不时发出寒森森的光芒。

"快……快来帮帮我!"哺落合德忍着疼道,"快看那老东西怎样了?"

"他死了。"门前那人简单地回道。他的嗓音极其沙哑,口音混合了楚地、中原音调,听上去远比周语和楚语更加古老。

哺落合德顿时忘记了受伤的疼痛,一下子翻身爬了起来。

"死……死了?"

那人走入舱中。他身着简单的黑色劲装,脸上戴着一个奇怪的白色面具,只露出一双满是血丝的眼睛,乱糟糟的头发随意挽结在头顶,既非周人的发式,也与楚人相去甚远。他走到屈鸠身前,弯腰探了探他的鼻息，顺手一掀，将屈鸠面前的小几掀飞，哺落合德惨叫一声，差点没躲开。

"辛六乙！"哺落合德厉声警告，但辛六乙理都不理他，径直在屈鸠的尸体面前盘膝坐了下来。

辛六乙走入舱中时，并未关上门，船舱之外大风大雨，混合着雨水的血水顺着地板淌了进来。哺落合德有些狼狈地在舱中躲避着随船起伏到处流淌的血水，却又不敢过于接近那兀自僵坐在舱室正中的屈鸠——积年的威严和恐怖的死相，让死了的屈鸠比活着的时候更加令人毛骨悚然，哺落合德已经没法再维持刚进来时的镇定，浑身上下抖如筛糠。

他靠在舱角，看着辛六乙毫不介意地坐在遍地的冰冷血水中，从怀中掏出一个白色缣帛扎就的小人。这小人扎得极其精细，穿着精心制作的白色袍服，脸上还用笔墨细心地勾画了眉目。

哺落合德看了一眼小人的脸，慌忙转过脸去——那小人的面目是一个邪恶的笑容，仅仅只看了一眼，哺落合德就觉得心慌头晕，喘不过气来。

不过很快，他又忍不住转了过去，一下子就再也挪不动眼球。

没有火石，也没有油灯，辛六乙不知何时已经点着了一堆火，火苗在他与屈鸠之间的黑色血水上跳动，那火燃烧的竟然是血水！

用血水点燃的火苗，正在吞噬辛六乙手中的白色小人儿。首先燃起来的是小人的双腿，两圈几乎看不见的火舌慢慢向上吞噬着缣帛和裹在里面不知是何物的黑色绒团，燃尽的部分化作青烟，什么都没有剩下。

盘膝僵毙的屈鸠，忽然浑身上下抖动了一下，正在屏息观看的哺落合德吓得"砰"的一声撞上舱壁。抖动的是屈鸠的双腿，那双盘着的干瘦的腿，失去控制一般疯狂抖动起来，不停地踢在坐在对面的辛六乙的双膝上。猛然间"咯"的一声，屈鸠的大脚趾头踢得折翻过来，看得哺落合德差点没有吐出来。屈鸠的双腿仍然疯狂地踢着。

"按着。"辛六乙冷冷地说。哺落合德愣了半天，才明白过来这是在跟他说话。看着面色死黑的屈鸠和仿佛另一具身体上的抖动的双腿，哺落合德支支吾吾半天，终于大叫一声扑下来，用力扳住那双失去控制的腿。

火，继续烧着。虽然离他的双手只有不到一尺的距离，但哺落合德根本感觉不到热浪，反倒是手上传来冰冷的感觉，时时刻刻在提醒他这双腿属于一具尸体。

哺落合德胃里翻涌，不敢说话，被恐惧和恶心吓出来的眼泪倒是不争气地淌了下来。现在，小火已经烧到了小人的躯体，就在这时，屈鸠那干瘪的肚皮开始呼哧呼哧地鼓动起来。

哺落合德吐到了自己的双手上。堂堂楚国千里江山的尹相、实际上的统治者，一边呕吐，一边哭泣起来。

小人的两只手也着火了，火苗无声地向上涌动……忽然一双冰冷的手，僵硬地放到了哺落合德的脖子上。

哺落合德白眼一翻，"咚"的一声栽倒在冰冷的血水中。

辛六乙小心地挪动着手指，耐心地让火苗将小人吞噬干净。终于，最后一点缣帛也在他的手中消失得干干净净，连一丝烟都没有留下。

辛六乙的双目一刻也没有从屈鸠那死气沉沉的脸上挪开。他盯着那双紧闭的、干瘪得深深内陷的眼睛。只不过死去了片刻，死亡的黑气已经遍布屈鸠的脸，虽然他的手脚正在不受控制地挥舞踢打，肚腹在呼哧呼哧地假装呼吸，但脸上暗沉的死亡颜色，仍旧没有变化……

"十七。"辛六乙喊出一个名字，打破了船舱内死一般的沉寂。

随着这一声，屈鸠猛然睁开了眼。

大雨似乎已经失去了控制,倾盆而下,花园中的草木花卉都被连成溜的雨线打弯了腰,蒙上一层厚厚的雨雾。八角亭仿佛被笼罩在八道水墙中一般,从任何方向看出去都模糊一片。

八角亭比地面高出近两尺,可现在亭内也已被雨水完全打湿。那少年与寺人站在亭中,两人的衣袍下摆都湿透了。

少年一动不动地望着花园尽头的小路,口中无声地念叨着什么。

"国嗣,"老寺人终于叹息一声,"回去吧。"

"屈鸠说了会来,就一定会来的,对吧?"

"这么大的雨,宰执大人也是上了年纪的人了,不一定……能站得起来。"

少年紧紧咬着嘴唇,脸色发白地转回头来。

"这么大的雨……"老寺人叹了口气,"只怕……"

少年双手笼在袖子中,但仍掩饰不住剧烈的颤抖。

忽然,园门方向传来一声沉重的开门声,少年和老寺人同时眼前一亮,转过身去。

大雨模糊了视线,过了好一会儿,才看见一个高大却微微佝偻的身影慢慢穿过大雨走来。他没有打伞,浑身上下都被大雨浇透,只一双眼睛仿佛穿过了雨雾般炯炯有神。

少年惊喜地上前一步,老寺人却一把抓住了他的手。

"国嗣,快跑。"

"啊?"少年一脸错愕,"那是宰执伯伯,是宰执伯伯啊!"

"不再是了。"老寺人将少年往自己身后一拖,从袖口中拔出一把闪着寒光的匕首。

"阿保，你疯了？"

大雨中的屈鸠越走越近。他脸上带着从容的笑容，仿佛不是独自穿越滂沱大雨，而是在百官的簇拥下登上楚宫正殿的台阶一般。

少年再笨，也看得一身寒毛尽竖——大雨打掉了屈鸠的发冠，他苍白的头发如同乱草一般披散在肩头，那笑容有多从容，便有多诡异。少年缩在老寺人身后，发着抖唤道："阿保……阿保！"

"楚国已经不再是您的了。"老寺人淡淡地道，"跑吧，能跑多远跑多远，忘了'国嗣'这两个字！"

老寺人猛地将少年的手甩开，大喊着扑出亭子，向数步之外的屈鸠扑去。不料已经老得站不直的屈鸠敏捷地一闪，老寺人踉跄着扑过他的身旁，重重地摔倒在地。

少年转身便跑，然而从右手腕传来的剧痛告诉他，已经太晚了。一股巨大的力量将他拉转回来，屈鸠那张可怕的笑脸顿时撑满了少年的全部视界。

"屈鸠！你好大胆！放手！"少年惨痛地吼起来，但屈鸠那瘦得仿佛只剩骨头的右手却拥有无比巨大的力量，少年清楚地听见自己手腕传来可怕的咯咯声。

"屈鸠！"

"国嗣，你倒是跑啊，跑啊！"屈鸠咧嘴笑开来，露出满是血的牙床，发出的声音却又尖又细，根本不是他这个年龄能发出的声音。

少年疼得眼前发黑，已经分辨不清屈鸠发出的究竟是什么声音，只徒劳地想要挣出几乎被屈鸠捏扁了的手腕。忽然，屈鸠停下了动作，少年忍痛转向他，却发现他脸上那可怕的笑容正在一点一点消失……不，不是消失！他那诡异上翘的嘴角，一点一点地向下拉，整张脸上松松垮垮的皮肤和肌肉都在往下伸展，这可怕的表情将他的眼角拉大，两只眼珠子失神地俯瞰少年。

"屈鸠！屈鸠！你放手！你大胆！"

忽然，屈鸠左手猛地抽出一把匕首，在少年的惊叫声中，他毫不迟疑地挥下匕首，将自己的右手齐腕砍断！少年顿时失去支撑，重重地摔倒在地。

遍地的雨水混合着黑色的血液，变得无比溜滑，少年吓得双腿双手发软，在地上连撑了几下都没撑得起来，反而又重重摔倒在地。

园门口传来分辨不清的吆喝声，似乎有大批人正挤在园外。少年忽然间清醒过来，看着屈鸠。

"屈鸠……你……"

"快……跑吧……"屈鸠强露出一丝难看的苦笑，"去找你的师傅……"

"屈鸠！"

"不要忘了我……的……"屈鸠浑身发抖，声音变得无比嘶哑，"快……快跑……跑！"

一声惊雷滚过头顶，屈鸠的怒吼甚至都盖过了雷鸣。少年浑身一哆嗦，猛地打了个滚，从亭子里滚出去，顺势站起来，头也不回地冲进了大雨中。

屈鸠望着少年远去的背影，脸上的肌肉剧烈地抽搐，一会儿露出笑容，一会儿哭丧着脸。伴随表情的变化，他浑身上下也猛烈地抽搐起来，看上去就仿佛一个坏掉的扯线傀儡在亭中剧烈地晃动。

园门终于打开，十余人冲入园中，来到亭前。屈鸠已经恢复了平静，转过身来，将断掉的手背在身后，冷冷地看着浑身湿透的大臣们。

十余位楚国大臣不敢造次，在亭前深深的积水中跪了下来。

"宰执大人，您……"

屈鸠慢慢伸出断掉的手腕，那手腕已经被雨水冲刷得发白，已经没有血再流淌出来。

"宰执大人？！"

"都听着。主君……国嗣突发狂癔之症，已经杀了丹阳宫监，斩了老夫的右手，逃出宫外。"

"什么？国嗣？"

在屈鸠严厉目光的逼视下，惊得跳起来的诸位大臣一个个又惶恐不安地跪进水里。

"国家有君如此，老夫不得已行伊尹之事。"屈鸠缓缓地道，"找到国嗣，护送回宫，任何人不得伤及先君血脉，违者诛九族。"

"谨遵宰执之命！"

"国不可一日无君，"屈鸠步下亭前阶梯，匍匐在积水中的众人立刻让出一条通道，"都随老夫去面见天海贵女。"

众人谨慎地跟在屈鸠身后，跨过早已冰冷的阿保的尸身，走出园子。

那雨下得更加猛烈，狂风和暴雨无处宣泄般在天地间奔腾，仿佛要将整个丹阳都没入水中。

第九章

> 大周汉水神龙山
> 穆王二年冬十一月六日昼

已近深冬。北方已经下起大雪了吧?

卿士寮中士、扈国水监、天子行在奉行官石斛,停在陡峭险峻的山崖边,注视着北方那一片浓重的雨云。

他心中踌躇着,这片云会不会带来雪花?事实上,他已经整整三年没有见过雪了。

天下的雨雪,据说是以淮水为分界的,以北降雪,以南落雨。这当然是指冬季。但是,近十余年来,北方的气候年年转暖,连淮水以北现在也要到深冬才能看见飘雪了。据说因为连续三年无雪,鲁国、邴国等诸侯国,冬天竟然无法采冰,以至于到了盛夏,卿大夫们没有消暑的冰块可用。这是石斛在镐京的同僚、卿士寮将作中士陆闻青亲口所言。

当然,气候转暖对于北方来说,确是好事。气候转暖,雨水便多起来。

北方雨水增多，便可开辟新田，扩大国家的领土——开国近百年了，北方诸侯国的版图却始终没有相交，想想真是一件奇怪的事。封国的疆界，虽然一开始就在册封书中言明，可是城邑、村落、聚落始终是要随着人口、耕地的增多而扩展的，而要在北方增加人口与耕地，雨水便是决定性的因素。若天气能再如此热上二十年，或许扈国的边界会和邢国接壤吧？

这一点，身为水监的石斛理解得自然比普通人深刻得多。

只是他现在只能望着北方的雨云，叹叹气而已。

身在三千里之外，现在故乡是什么模样了，他都不清楚。在汉水漫灌的这片大地上，他不知还要生活多久。

他是将近四年前跟随先昭王南征时来到汉水流域的。当日昭王为了威压荆楚，进行了空前的动员，他的玉辇所到之处，诸侯、士伍、官吏、扈从等从全国云集而至。每一处天子行在，都会留下大批人员，后继者甚至在昭王驾崩之后还在源源不绝地向汉水集结。

昭王在汉水意外驾崩，朝廷对荆楚的征讨暂时搁置，于是又陆续大批遣返来自全国的人员。来来往往荒废多少农时，已无从计算。但是天子行在的行宫一日存在，就仍需众多官吏留驻管理，称为留后。石斛被留后，等待第二批遣返。

不料一年多以前，当今天子穆王再度南征，在汉水流域集结大军。虽然此次规模远逊于上次，但也征集了十余万军民。作为留驻行在的官员，石斛自然失去了返国的机会。

石斛被征召到汉水时，刚满二十岁。他见过穆王，甚至一度充任天子虎士。但是穆王与昭王不同。昭王统御天下垂十九年，朝中公卿大臣、天下诸侯百官都是他一手栽培任用的，恩威所在，无不景从。穆王不过刚满十六岁，御极又短，连天下诸侯的面都没见全，恩信不彰，自然无法像先昭王那般自如地统御群臣。

好在穆王倒也知道藏拙,对辅佐的召公信任不疑。来到汉水,只匆匆见了诸侯两次便不再在群臣面前露面,基本上将南征的所有事务都交给了召公,自己住在唐国的国都庚城,半年多不曾出都门。

年幼的天子驻扎不动,年迈的召公却没有闲着。为了对蠢蠢欲动的楚国形成威压,汉水流域的三十多诸侯国在几个月内进行了数次大规模军事调动。来自朝廷卿士寮、番士寮的官员自然是居中调度的主力,一个个累得四脚朝天。

楚国方面,比天子年纪还小的楚君只是个傀儡,一切都是他的姐姐天海贵女做主。这位贵女如今在大周的政治中地位尴尬。一来,她是先昭王最后宠信的女人,地位相对尊崇;可是二来,昭王南征不返,世间皆视此女为妲己,令她无法以昭王良人的身份返回镐京,更无法令世人相信她所诞之子乃昭王遗腹子。

楚国先君熊艾死后,天海曾一度靠着与昭王的关系,统领荆南数十诸侯。但昭王死后,楚国内传言不休,究竟是天海,还是她的弟弟——当代楚子、在荆人中人称"国嗣"的熊黵——主政楚国,一直都是个谜。

但谜归谜,楚国与大周的关系日渐恶化,却是不争的事实。只要天子一日不承认天海之子的身份,抑或楚子一日不来汉水天子陛前参拜,这种恶化就没有改善的趋势。

此时此刻,在汉水周围的二十多个诸侯国、一千多里疆域内,共有来自天下各诸侯国的数万官员、士伍和徒役,还有人员源源不断地从全国各地奔赴而来。天子年幼,无法管事,召公又常年统兵在外,防备北戎,对南方诸侯国粮草、后勤补给的调度亦不熟悉。现在已经不是昭王时,祭公、窦公等执政大臣对天下臂举手指,调度从心所欲的时代,连镐京的九卿在内,谁也没有一次就聚集数十个国家人力物力的经验。

天子召见方伯,曰:"啧!天下征讨,朕自为之!汉水之滨,卿其自为!"将这一大挑子无解的难题扔到了方伯唐侯的身上。

唐侯倒也干脆,直接就将这人见人躲的重责交托给了汉水城宰谢昌,自己也跟着天子、召公躲进了唐都庚城。

谢昌乃汉水小国谢国的国君,也是卿士寮的少卿,先昭王将姬庶封为汉水方伯,便由他出任汉水城宰。此人的睿智,在整个汉水流域可算首屈一指。

针对天子、召公和唐侯弄出来的一锅糊涂粥,谢昌倒也不客气,上任伊始就进行大刀阔斧的改进,提出诸侯轮役制——受到征召的诸侯国,不再由国君领队,全副武装地开进到汉水,而是将诸侯国分为上、中、下三品:上品出人,只派出相应的官吏、士伍;中品出物,提供相应的军械、补给;下品出役,负责动员国内的徒役,将上、中二品征发的人员和辎重,运送到汉阳诸姬事先准备好的服役地点。抵达后,军队服役六至十二个月后离任,由下一个诸侯国的军队来换防。这样每个诸侯国都不至于伤筋动骨地消耗国力,而朝廷也无须向汉水运送大量粮草,减省了光是运送辎重就可能导致的巨大浪费。

此事说起来容易,但光是想想其烦琐复杂的调度,便足令镐京卿士寮目瞪口呆。这半年多来,谢昌端坐城宰府邸,将汉水方伯治下的全部事务分解成一份份详细的任务,每夜签发数百份甚至上千份调令,指挥正在服役以及正在赶往汉水流域的数万军民,其事务之庞杂、调度之精准,天下诸侯莫不叹服。更夸张的是,据说谢昌每日只在夜间坐堂办事,白天则携歌姬,在汉水畔的府邸中醉饮高卧,如此夜以继日,居然一点儿也不耽误国事。

同时，谢昌为了提高在汉水服役的军民的士气，每日总要将一些最危难险重之事，冠以朱砂写就的"王事"字样，贴在城宰府外墙。任何愿意接下这些任务并完成的人，可以根据功绩大大缩短服役时间。以大周与楚国之间日益紧张的关系，汉水诸侯国域外的蛮荒世界，要派出"王事"任务一点儿都不难。

三个月前，天子的使臣驾临楚都丹阳，以天子在汉水狩猎的名义，要求楚国提供"楚乐"。这是一种政治试探，逼迫楚国向天下臣民做出臣服天子的姿态。

楚国十分桀骜，并不给使臣应有的礼遇，这在预料之中，使臣离开庚城时，甚至都留下了遗书。若是楚国斩杀使臣，驻扎汉水流域的数万军队立刻就要开始伐楚。使臣到达楚都丹阳的前后半个月内，汉水流域气氛紧张到极点，已经开始有流民逃离前线诸侯国。

说起来真是笑话。此时此刻，庚城（唐都）、彰城（权都）、安城（郜都）等汉水大城邑及其邻近的小国，数万大军环伺，比之当日昭王率六千甲士渡江、坐而驯服荆楚时不知多了多少倍力量。然而没有了昭王，大周便已没有了当日气吞万里如虎的信心，竟然开始害怕起楚国的进攻。召公被迫将三个旅的亲军调到庚城部署，以安人心。

六日后，情况又急转直下，楚国使臣忽然在汉水边上的权国叩关，声言去岁天子登基，楚国因为荆南方国动乱不安，未能及时送上朝贺之礼，此时贺礼已毕，特意奉上，以贺天子万年。

楚国置尚在楚都的天子使臣于不顾，却另派人前来朝贺，看似可笑，实则是另一番政治博弈。楚国此举意在向天下表明，其并无不臣之心，但是进贡朝廷，朝贺天子，出自楚国自愿，绝无接受城下之盟的意思。

楚国的臣服中夹着桀骜不驯，却又令人找不出错来，年幼的天子、年迈的召公一时不知如何是好。明眼之人都看得出，若是昭王在，只怕雷霆之火早就击下来，烧得楚国君臣灰飞烟灭了——现今时过境迁，连昭王都死得不见尸身，众人徒叹奈何，只能不了了之。

让天子和朝廷伤脑筋的还有接下来的事。

楚国以年近岁末，难以劳动车马为由，在权国的港口卸下进献的贡物之后便扬长而去。另有通告：鄘国接连国丧，昭王又系在汉水驾崩，楚国君臣已经连续一年未曾歌舞，但楚国又不得不服从天子之意，因此由其属下的郁代方国向天子进献女乐——楚人处心积虑，在这里又小小刺了天子一下。据说穆王接到奏章之时，不得不离席，面北而称罪。

但楚国并不负责护送这些女乐，理由是郁代位于云梦泽的下游，与楚国不通。

《乾坤堪舆图》载："云梦泽，江之府（江水的肺腑）也，广六千里，为神浴所。南方多精怪，多夷人，多雨，多雾，雾能食人。"

其实云梦泽就在汉水流域的下游，北通汉水，西接江水，为众多沼泽、湖泊构成的一大片湿地。主要的水域在南面，过了云梦泽再往南走，就是所谓的西南夷出没的地域了。那里远远超出了大周的疆域范围，连楚国也不曾将其势力延伸到那里。

郁代国，据说立国于夏代，是前商时代著名方国，以文物、音乐著称，世代为商的乐官，在大周灭商之前，其名字就多次出现在周人的史书之中，是实打实的古国。周灭商战争中，郁代国与前商贵族一起南逃，一直逃过荆楚，躲入云梦泽，据说在云梦泽遭遇大变，国人死伤三分之二，于是再度南逃，好容易才在云梦泽南边、楚国与西南夷交界处存活了下来，自然而然地又成了楚的属国。

此次天子令楚国交出楚乐，便是逼迫楚国献礼，以示向天子臣服，楚国却交出了郁代——郁代便郁代吧！郁代名声太盛，前商都亡了快百年了，周人还知道有一个文物、音乐出众的郁代国。

可是郁代远在云梦泽之南——谢昌颁布"王事"之令，共有三支诸侯国的队伍联手接下此任务，远赴莽荒。经过一个多月接力，终于将其送来的女乐、器物，平平安安地护送到了离庚城六十里的地方。

石斛今日在此，便是前来确保那群穿越了云梦泽的郁代人能顺利安全地抵达庚城。

冷冽的风卷过山顶，带着浓浓的水汽，又有一丝浸骨之意。随从们都光着小腿，冻得瑟瑟发抖。看来今年冬天会比想象中寒冷，石斛不由得想。

"大人，"一名随从忽道，"来了。"

石斛回头，望向山路。一面绯红的旗帜出现在山脊下方，片刻不到，两名骑士便纵马跃上山脊。大周国抑骑重车，但是自疆域扩展到汉水流域，兵车在这片河道、沼泽纵横的大地上无法施展，康王被迫于康王十一年专门颁发诏令，"汉水以南，可屈畜力"，允许直接乘骑马匹。只是马具仍未仿效前商形制配备马镫和马腹带，骑士也就无法乘骑作战，战时需要下马成列。

这两名骑士都身穿猩红色长袍，外罩赤金片拼接的胸甲，头盔上两根三尺长的雉鸡尾迎风飘扬——这是汉水流域常见的使臣卫队的打扮。两人双马，长途跋涉，都气喘吁吁的，人和马身上都冒着一股股白烟。

见石斛的中士旗帜立在路边，两名骑士慌忙下马，向石斛抱拳行礼道："中士大人，久等了！"

石斛下马，拱手道："什长、伍长辛苦。"

两名骑士穿着的都是由朝廷的将作所造的赤金甲，但内里的袍服则是诸侯小国的服饰，他们以中士称呼石斛，而不是他更高的扈国水监的头衔，是因双方都在受朝廷征召服役，须得以朝廷的官衔对称。

山路下传来轧轧车声，一队队人马不停上来，有三匹马拉的大车，有身着奇怪服饰的蛮人，有头挽发髻的楚人，还有手持兵器的护卫。小小的山岗上顿时被挤得满满的。

石斛背着手，向那当头的大车走过去，后面两名卿士寮的小书吏手捧书记用的木板跟上——这木板是块一尺长、三寸宽的薄板子，可用蘸墨的硬笔在上面临时书写，回城后再誊录到可长期保存的竹简上。

一共驶上来六辆车，前面三辆车上都堆满了漆箱，用牛皮索捆得紧紧的，还上了油脂封印。后面三辆则是篷车，车上坐满了异国之人——石斛来南方一年，已经能分清楚国及其荆南属国繁杂的服饰，这些人的衣服和楚服较为接近，精美与大气丝毫不输于楚人。

随同大车步行的，还有四十多人。坐车的异国人多是年轻女子，步行的则是壮年男子，身穿的也都是仆役的服装。

随队而行的还有二十多名护卫，见到石斛一路过来，忙一起躬身后退。石斛的品秩为朝廷中士，在镐京或许只是个守城门的小吏，但在汉水诸国，这个中士身份已算得中层官员了。

那什长一直殷勤地跟在石斛身后，每一辆车，车上所载人、货，一件件都介绍得清清楚楚："这是楚国贵女天海送与天子的礼物：乐女二十六，乐工三十人，仆役十六人，乐器七十件，起居、食器一百二十件，南绢一百二十匹，珠一斛，器物一批。这还只是第一批，还有两批，预计今夜就能抵达权国，后日便可抵达此处了。"

石斛按他所说，一一看过，两名小书吏一人负责点数，一人负责书写。

这年头，识字之人不多，能书会算的更少，在汉水流域这片大周新拓之地，那更是凤毛麟角。这两名书吏职位虽卑，却是北方诸侯国大夫家的儿子，从小就受到严格教育，能写会算。当时诸侯国大夫之子，只要不是嫡子，便无继承家业的权利，所以大夫们会想方设法将这些庶子送到卿士寮担任下级小吏，以图步步晋升，相当于更低一级的"驻节官"。若能被派往边境参与征讨、大蒐礼等重大行动，则更有出头的机会。

物品财货清点完毕，石斛又往那一排排恭敬站立的郁代人看去——他见过的南蛮不少，大部分南蛮据说都是蚩尤的后裔，长得黑而矮，许多部族还要漆身、黥面、断发，以大周的目光看来，自是十分丑陋。但这些郁代人却一个个身材颀长、皮肤白皙，男女的模样都十分耐看，那些只有十二三岁的小小乐女还未长开，便颇有些惊人之貌。

郁代人中一名中年男人迎上石斛的目光，鞠躬道："在下郁代国梓义，敢问大人——"

"此乃朝廷卿士寮中士石斛大人！"

"中士大人，在下有礼了。"

他的官话中带着浓重的前商口音，听起来糯糯的。虽然已被灭一百余年，可是大周的公卿大臣们仍旧将前商的官话作为"正音"来崇拜。镐京的官僚操一口流利的前商口音的不在少数，石斛早就听惯了，只是乍在南方听到，还真是有些诡异，顿了一下才道："足下一路前来，辛苦了。"

"我等乃是前来侍奉天子之人，"梓义不卑不亢地道，"岂敢谈辛苦二字？在下静候大人吩咐。"

明明是被楚国征发，献给天子作礼物，可是话说得漂亮，气度也甚从容，丝毫看不出背井离乡的仇怨，再加上"梓"又是前商时代的贵姓，说明此人在郁代国中地位不低。石斛不敢拿大，忙还了一礼道："劳烦贵使远行了，城宰大人已经命人洒扫庭院，等待各位到来。只是今日还有三十多里的山路要走，且山路崎岖，又不能乘车，还得劳烦诸位再行一程。"

"既然如此，还请大人明令，我等自当遵从。"

石斛好言好语慰劳了几句，转过来又慰劳跟从的护卫。他带来的随从早已煮好了热汤，此时已近深冬，爬了一大早山路，这些人都冻得受不了，一碗热汤灌下，顿时暖和起来。

随从们也抬了几大釜热腾腾的汤过去，给围在一起的郁代人。郁代人却不似护卫们这般哄抢——所有人都站得笔直，只有四名年纪最幼小的女子，一人盛汤，三人依次给每个人端上热汤。一直到所有人都喝上汤了，这四名女子才给自己盛汤。

不料，只盛出来三碗，那盛汤的女子便停下不动了。她年纪似乎是最小的，等待三个姐妹开始喝了，她才从容地退到一边，笑吟吟地坐在车旁。

石斛一直观察着她们，待到此时才叹了口气，道："国小出贵种，真是至理名言啊。"

"大人，在下……"

石斛摇摇手，亲自盛了一碗汤，绕过闹嚷嚷的护卫，走到马车旁。

那少女两手放在膝上，一动不动端坐着，见石斛过来，一双大大的眼睛望着他，也不言语。直到石斛走到她面前，她才起身从容地行礼道："奴婢见过大人。"

石斛将手中的碗递到她面前："每个人都有。"

那少女的脸一下子红到耳根，却不伸手接碗。石斛微微一笑，将碗放在车架上，转身走开。

在山顶休息了一刻钟，天色就变了。不知何时一阵阴冷的山风吹来，整个山顶顿时被包围在一片茫茫的云中。太阳看着还老高，可是冬日昼短，只要一西斜，不久天就黑了。石斛不敢再耽搁，下令立刻将车上的物品卸下，分派人手负责搬运。

他是个有心的，亲自分派，一件一件地清点齐了，眼见梓义也集合好乐工队伍，男人扛着乐器、箱笼，女人则挤在队伍中间，那几个年纪最小的少女挤在最里面。看见石斛过来，最小的那个又是面红过耳，但仍向石斛微微低头行礼，显是已经接受了他的好意。

石斛一笑，这才转身回来，亲自牵起自己的马，发令："起行！"

从此刻起，道路转而向下。一开始，他们还在山脊上走，下了两道坡，便从云中钻了出来，视野骤然开阔。向东眺望，连绵了六百多里的武当山脉在脚下终结，前面便是一望无际的江汉原野。深绿的森林，浅绿的田野，弯弯曲曲的河流连绵到天边。在极远处——几乎就在那片雨云的下方——葱翠中一片黄色的方块，便是庚城的所在。虽然目力能及，但真要走到那里，最快也是后天的事了。

不久之后，山路转向内山，从陡峭的山脊下到森林中。那森林遮天蔽日，大白天也伸手不见五指。队伍不敢深入山林，而是沿着林线边一条小路前行。树荫正好罩在头上，晒不到太阳。在他们的左边，是一条深深的峡谷，峡谷下方水声潺潺，却深幽不见水色。峡谷对岸的山间密林一直向上蔓延，直到积雪的山顶。

因全是下坡，路又滑，队伍走得极慢。石斛带队走在前面，什长也一路殷勤地跟着。

"大人是第一次走这条山道吧？"

石斛看了什长一眼:"何以见得?"

"大人入神龙山,却没有携带菖蒲袋。"什长笑道,伸手将自己的袖口往上撸撸,露出一个用草绳捆在手上的小袋子。

"这是何物?"石斛惊讶地道。

"大人有所不知。"什长道,"这座神龙山,乃江汉一带有名的神山,山上多有精怪,听说还有修仙的洞府。"

"哦!不知仙人的洞府在哪里?可否拜谒?"

什长摇摇头:"这,在下可就不知道了。在下来汉水已经六年,之前也曾遇到许多荆蛮之人,问了问,就是本地的人也知之甚少。只听说,在这座山上修行的仙人,不是荆蛮的祖先,也不修行祝融神的法术——咳!这些荆蛮这么多年来只知道一个祝融神,其他的神一律斥为邪门歪道。咳!依我说,荆蛮都是未开化之人,天子哪里需要跟这些蛮子客气?早该大军压境,将这些化外之人,统统……"

石斛扫了他一眼,什长顿时惊觉,赶紧闭嘴。

"天子和朝廷自有计较,"石斛倒也不生气,"咱们身为小臣的,只管遵照旨意钧令去做就是了。"

"是是是,"什长迭声道,"大人是卿士寮长官,所见所言果然非我等小民所知……"

"别说这些无用的话,我也不过是卿士寮一名小小跑腿的罢了。"石斛心中暗笑,忙打断他道,"咱们还是说说这修仙之府——"

他忽然停下,什长忙也停住。站在他们这个位置,恰好能穿过林冠的间隙,看到一座嵯峨的雪顶,矗立在数十里之外的群山之巅。

那雪顶高得出奇,神龙山诸峰都已是难得一见的峻岭,那雪顶远远超出诸峰,甚至在它与底下相形见绌的诸峰间,一共隔了三层云霾。

太阳已然偏西，一大半群峰都陷入了阴影之中，唯有雪顶傲然矗立于世，反射着万丈光芒。

只不过一转眼间，风向转变，一大团云霾遮蔽他们的头顶，雪顶和诸峰都消失在一片虚空之后。

两人相视一笑，摇摇头，继续领着大队人马下山。什长说话更带了小心，道："……说起这洞府，荆蛮之人倒是说，至少已有数百年之久。只是雪顶高峻，其下有六十里冰川，吞噬生灵，凡人绝无可能登上，所以从来未曾有人得以登顶，一窥仙人风采。"

"有冰川倒可能是真的，"石斛道，"要说无人登顶，倒不见得。那么仙人又是如何登顶的？再说，还有浮空舟可以飞到其上呢。"

"这些荆蛮化外之人，哪里有什么浮空舟？"什长啧啧道，"再说这山里，天气一日十变，风向也捉摸不定。就是陛下的寄风号来了，只怕也不敢降落吧？"

石斛默默点头。南方的山区，气候变幻莫测，他倒是深有体会。在镐京时，他也曾与数名浮空舟船长有交情，知道浮空舟最怕的便是山区中的乱风和多变的天气。这南蛮之地，唉……

大队人马已经下到一处稍微平坦的谷地之中。石斛放慢了脚步："也不能一味说荆蛮乃化外之人。楚国虽名为荆蛮，其文物风貌，可是兴盛得很呢！再说荆蛮人的祖先祝融，那是正儿八经的神，荆蛮人继承其神格，倒是颇有些门道。"

"可不是吗？"什长笑道，"大人可知，就连庚城的建造之地，也是请教了汉水大巫指点，才建起来的。"

"噢！"石斛惊讶地道，"确未曾听闻！"

"汉水南接云梦泽，再南则与江水相连。云梦泽、神农岭、盘龙城这些地方，都是自黄帝时代以来便有名的修仙洞府，再加上楚国人近年来盘踞江汉——楚人好巫，会秘术之法的大巫不在少数。"什长耐心地道，"差不多六七十年前，先成王幼弟丹受叔虞桐封之变牵连，也受封一地，便是在汉水之南。那时候先武王去世还不到一年，成王不过才十一岁，叔虞九岁，幼弟丹尚在襁褓之中，先周公旦便命毛公亲自前往太行北麓修筑桐城，又到汉水以南修筑庚城。

"大人当知，毛公当年辅佐先周公旦殿下，兴建了镐京，又营造了洛邑，因为建造得极为宏伟壮观，成王才命名为'成周'，他可是天下有名的筑城大家，可是来到汉水，却连续三次建城失败。"

"哦？"

什长见石斛一脸惊讶，笑道："大人，这里可不是周原沃野，更不是成周洛邑那样扔块石头在地下就能筑城的平原！这里平虽平，却河流、沼泽纵横，这也就罢了，乱七八糟的东西也多。便说那毛公第一次筑城，是在现在庚城以西一百里的地方，动员三万人力，连续劳作一百天，也没能造起一道城墙，统统都陷入了沼泽。第二次，在现在庚城以南一百里，动员五万人力，筑城两百日，耗尽物料无数，眼看要成了，却接连遭遇大火，危急时连毛公的胡须都燎尽了，最终烧个干干净净。

"第三次筑城，便是在现今庚城的所在。成王下令调集了数十个诸侯国参与，总算将庚城的城墙建起。可是，古怪得紧，外面建在沼泽上的城墙都屹立不倒，内城的诸殿却一直立不起来，屡建屡倒，连两丈长的梁都上不了柱。当时毛公万念俱灰，据说已经上表，要自杀以谢天子。"

石斛默然点头。无论何朝何代，建城都是关乎国运的大事，而其中围绕主殿展开的一系列内城建设更是重中之重。建城先殿而宫，而后内城，而后外城，而后城郭。若真如故事所言，外城毕而内城无法完工，那么最终也只有放弃修好的外城，另寻新址建城。成王年间不比现在，天子对大臣严苛，浪费了无数人力物力的毛公哪怕是成王的亲叔叔，也只有自杀谢罪一条路了。

什长讲得口沫横飞，十分来劲。"却说那时候，毛公手下的谋臣都纷纷猜测是不是冲犯了什么汉水的神祇——大人知道，咱们周人来汉水，不过就是这百十年间的事，汉水这边荆蛮、南蛮、鸟夷部族众多，随便惹了哪一家的神祇，都不是开玩笑的事。

"彼时众说纷纭，都不知是冲犯了何方神圣。毛公的副手随侯却有见识，专门请深谙东夷之道的齐国太史来汉水。齐太史来到庚城，围着新建的城池转了那么一圈，便说，这事儿与神祇无关，乃人力使然。

"毛公豁然领悟，立刻便下令大索四野，花了半个月的时间，在庚城周围的荆蛮村落中，抓到了三十多名巫祭。原来汉水流域的昌都、临水等数部，都是荆蛮中最古老的赤荆，憎恨周人侵占他们的祖地，于是联合起来，用古老的人祭之法对庚城下咒。几个月下来，光是用来进行人祭所牺牲的人口便多达百余人。对这些古族来说，也实在是逼到绝路，再也承受不住了。

"周人愤怒之至，纷纷要求灭了作祟的古族，毛公却在大营中吟唱《南山之芹》，以示无灭族之意。于是古族人心大定。毛公命人将古族迁往淮水以北，分赐给淮北诸侯。

"到了那一年的七月十五日，毛公下令将半成半毁的大殿挖开，地下挖出一口十余丈深的旱井，将这三十多名巫祭统统填埋进去。埋一个，填一尺土，一直埋到接近地面，才算埋完。"

石斛听得心惊肉跳，但也不觉太意外。大周朝廷虽然公开禁止人殉，但对于那些不识相、拒不臣服的蛮族一向不曾手软。这些巫祭既然搞鬼，那一窝蜂地埋了，朝廷也无话可说。况且如此一来，盘踞在庚城周围的古族等于是被完完全全抹去，斩草除根，毛公做得实在漂亮。

"毛公殿下吉人天相，他放逐了古族，活埋了巫祭，大殿就稳稳当当地建起来了，也就不用自杀谢罪了。齐太史临走的时候说，那三十多巫祭都是有真本事的，只不过面临大军压阵，他们自愿被活埋，以免灭族之灾。所以将来庚城无论怎么修建，内城是不能改建的，否则后患无穷。他又说，汉水以南的蛮族受百神所制，实在不能以中原的礼法来统治。所以，大人，这地方可是盘龙卧虎，与咱们中原淳朴礼仪之邦不同啊。"

石斛默默点头。他在汉水三年，其实这还是第一次步出庚城。汉水之滨的唐、曾、权、鱼等国组成的汉水诸侯国，完整地带来了周人的文明、礼法和制度。在这些封国组成的城邑群落中生活，几乎感觉不到身在异域外邦，可是这次出城仅仅一百里，所见到的村落、人物便大不相同，令他恍惚间有了去国万里的错觉。

一路说说行行，沿着林线走了足足一个时辰，却始终见不到道路的尽头。道路一直向下延伸，已经下到峡谷底部，眼见一条白练从十丈外的谷中隆隆淌下，天空已经被山脊与树冠遮蔽了。

石斛回头瞧瞧队伍，心中暗自焦急。他奉命来此地接应郁代国的人，却没料到全是年轻的歌姬。按照这种走法，只怕天黑了也到不了山外的营地。看队伍中已经有些女子走得摇摇晃晃，就知道无法一直这样走下去。天已见晚，怎么办？

"大人！"

前面探路的斥候匆匆赶回来："前面有一处河滩，请大人示下，是否在此休息一下？"

"出山还有多远？"

"大约还有二十里地，还需翻过前面的半岭。"

石斛皱紧眉头。前面的山岭名为"半"，实则是座高大的山岭，说是二十里，其实一整夜都不一定翻得过去。

什长道："大人，看样子，还是得休息一下。那些郁代的小女子可比不得咱们老爷们儿……要是强行军走出毛病来，咱们辛苦了几百里，可不要在这儿出毛病。"

"说得轻巧，必须要翻过半岭！若是天黑前出不了山，怎么办？难道夜宿山中？"

什长不由得打了个寒战，不敢再说。

"大人……"来报信的斥候小心地说道。

"什么？"

"那河滩处，另有一队人马，似乎是从镐京来的大人。小人不敢惊动，所以前来报信。"

"哦？镐京来的？"石斛惊讶道。

"从服饰上看，是京师的官袍。"

石斛沉吟一下，道："既如此，且去看看。"

前行了大约两里路，水声越来越大。溪谷中水花飞溅，小路都被水溅得湿透，众人尽量靠着小路的一边走，还是被那冰冷的水雾蒙得一头一身的水汽。绕过一块长满浓密藤蔓的巨石，果见一片开阔的河滩，满地乱石，中间有一小片被河沙覆盖的平地。几匹马缚在石边，大约八九名身着青袍的廷卫在平地上或坐或站，正在休息，另有十余名身穿黑色麻衣的人蹲在靠溪水的乱石边。

石斛立刻便认出青袍廷卫正是从镐京来的"囚京"。那是由诏狱派出的狱吏，负责将十恶以下的罪犯流放到边远的疆域。而那些身穿黑色麻衣的便是"流徒"。

周制，只有十恶以下、徒刑以上的囚徒，才会被发配千里，到边远蛮荒之地，一般来说除非遇到大赦，终生不得返回。诸侯国没有流放之权，因此天下的流徒都是从镐京、成周二都流放出来的。能犯下如许重罪，又没有被当场砍掉脑袋，那须得是有身份地位之人不可，所以流徒毋庸置疑都是公卿贵族出身。

国朝初年，诸侯大臣获罪，动辄族诛国灭。康王即位后，以"亲亲、尊尊"为国策，亲近亲族，礼尊尊者。公卿大臣们获罪，一般罪只及身，不诛三服以外，能流放者，绝不轻易处刑。对于这样的人，囚京们一向是不敢轻易得罪的，所以那些流徒身上都没有带械，还能坐在一边进食。

看到石斛等人出现，囚京们一跃而起。什长跨步上前，大喊道："我等是汉水方伯麾下，奉命前往庚城。带路的乃是卿士寮中士石斛大人！"

囚京中一人站起，恭敬地拱手道："我等廷卫，奉命押送流徒前往权国，在下扈定。"

石斛走上前去，与扈定相互一揖。卿士寮权倾天下，其官员普遍比平级的官员高上一头，一般情况下平级的官员须得向卿士寮官员行礼，后者只需点头即可。不过石斛为人谨慎小心，不敢以卿士寮压人。

扈定见石斛如此客气，心中甚喜，道："大人辛苦。原来是奉的天子诏令？"

石斛笑道："也不是，天子垂拱而治，一向很少下达诏令。兄弟奉的是谢城宰的钧令，跑腿而已。"

"我等自京师来，沿途听闻谢城宰如今已是天子面前第一幸臣，那可真是大大地有名啊！"

"谢城宰确实大才，居中调度，十万余人如臂使指，这份能耐确是难得。"

扈定笑道："不敢瞒大人，在下将这批流徒送到戍所，便也得到谢城宰那里去报名待诏，到时或能一睹城宰的风采。"

石斛眼角瞥向那些蹲在一边的流徒，见他们一个个形容消瘦、衣衫褴褛、满面尘土，被石斛看上一眼，许多人吓得手里捧着的麦饼都掉落了，忙忙地又捡起来，转过身去吃。

几个月前，都还是王孙公子、朝廷大臣，转眼便沦落到如此地步。石斛心中暗叹，转脸不去看他们。

两人闲扯几句，后面大队也到了。扈定见来的人多，又有大批女眷、器物，知道石斛等人执行的定是不得了的差事，忙道："大人的差事重要，这些流徒在此，恐坏了大人的差事，小人这就把他们赶开。"

"那倒不必了。"石斛道，"说来都是些落难人，只是我这里多有女眷，让流徒到下游去歇一歇，咱们各走各路的，也就是了。"

扈定道："是，是！"说着要走，石斛又道："等等。你们是在此宿营吗？"

扈定眼中闪过一丝犹豫："……不。小人等在此歇息，稍等片刻，便要继续上路了。"

"难道你们今夜打算连夜翻山？"

扈定不再犹豫："是！"

"此山非良山，"石斛也不再掩饰，直截了当道，"山上说不定有些什么不合常理之事……为安全起见，还是明日天亮了再翻山为好。"

扈定行了一礼，道："多谢大人的提醒！只是卿士寮的钧令说得清楚，这批流徒十月二十日之前必须解到权国戍所。这都十八日了，紧赶慢赶，今夜也得翻过山去，否则误了期，小人承担不起。"

周制，押送流徒行的是军法。军法，失期者斩。石斛倒也不好说什么，想了想，又道："晚上翻山，倒是迫不得已，我等原也打算连夜过山，既如此，那待会儿可以一起上路，彼此有个照应。"

扈定看了乱哄哄的郁代国人一眼，有些犹豫道："这……小人所带的，都是穷凶极恶之徒，怕是会给大人添乱……"

"哎，瞧瞧他们的样子，哪有什么穷凶极恶的？"石斛满不在乎地挥挥手，"晚上翻山，还是人多点儿，可驱野兽猛禽。"

扈定沉吟一下，恭敬地深深弯腰行礼。"在下职责在身，实在不敢以凶徒连累大人，不敢奉命，请大人恕罪！"

那什长顿时勃然大怒，要上前呵斥，被石斛一把拦住。

"既然如此，那倒是我多事了。"石斛无所谓地笑笑，"廷卫大人请自便吧。"

扈定面色惶恐地再行一礼，转身慢慢退下。

那什长十分不屑，看着他的背影唾了一口。他这样的廷卫当面得罪一名卿士寮上官，要付出的代价很少有人承担得起。但石斛依旧是笑笑，直到扈定走得远了，才沉下脸来。

"咱们也连夜翻山吧，但离他们远点儿。"

"啊？是，大人！"

扈定走到流徒中间，流徒吓得慌忙闪避。石斛叹了口气，又对什长道："再拿一些火把给他们——他们翻山，可没我们这么多的人手。"

"大人仁心！"什长连声道，自去找人拿了些火把，给扈定等人送去。

一时便见众廷卫连踢带打，将一众流徒赶到溪水下游。石斛见那些流徒都空着手，没有带刑具，连一条绳索都没有，心下微一思索，便知自己多虑了。这里距离镐京已有千里之遥,又处在南方荆楚蛮荒之地,根本不用担心流徒跑掉,若真是跑了,那等于是给朝廷省了粮草。

后队人马纷纷到来,原本开阔的溪边空地又塞得满满的。走了这大半天,众人早已疲惫不堪。男人们忙不迭地找乱石坐下,松散松散腿脚。那些女子见到清澈的溪水,一个个眉开眼笑,纷纷跑到溪水边饮水,撩起水来洗洗脸上的浮尘。

这条溪水是从山顶上一路流淌下来的。这水不寒,已是十一月底,触之却如春水般温暖。水在乱石中奔涌,却没有泡沫、泥沙,透明得一眼便能见底。

上游不知是什么野花,在这冰寒之际开放,溪水中到处都是星星点点的白色花瓣,在乱石围成的小凹凼中汇聚成团,顺着水流打转。

一只白净的小手伸到水中,轻轻地撩着花瓣。透明的溪水从那手上滚过,好似在冲刷着溪中的玉石一般。

风拂若蹲坐在溪边,浑身裹在素色的麻裙中,满头浓密的秀发没有挽髻,只在头顶用一只赤金小环将一半头发挽住,另一半秀发自然垂下,遮住了她半边脸,只露出侧脸和一只微翘的小鼻子。

她似乎很喜欢这水,两手一起浸在水中,也不撩水起来洗脸,只来回搅动水中的花瓣,看着它们在水里打转。溪谷中微风习习,总是将她的秀发吹到脸上,她拂了几次,不耐烦地顺手一指,微风一下子就停止了,原先随着风势在溪水上空乱转的落叶僵直地落下来。

风拂若哼了一声,从溪水中撩起水来,擦洗着一双小小的手。溪水不停地扑打上岸边,打湿了她的脚,她便用手擦擦——草鞋倒是好好地放在水打湿不了的地方。

忽听身边不远处"扑通"一声，什么东西掉进水里，风拂若一怔，随即便听见一个少年的声音道："别动！不要紧，我不要紧，这就上来！"

声音是从身边一块大石头后面传来的，是她不太熟悉的官话，显然不是她们队伍里的人。风拂若皱了下眉，起身打算走开，却听另一个声音泫然欲涕道："柒……对不起，我……我这么笨……笨死了……"

前一人哗哗地打着水："没什么，没什么，我这里还有一个小碗。你去再求一些粥来，你刚才没吃什么……"

"我吃不下……"后一人哭哭啼啼道，"全……全是泥……呜呜呜呜……"

少女实在忍不住好奇，从石头后面探头望去。但见石头下方的溪水中，一个和她年纪差不多大的瘦小男孩站在齐腰深的溪水中，在他们前方一两丈外，溪水深处，一个破破烂烂的小木碗正顺着水流缓缓漂远。

另一个年纪要大上两三岁的少年，全身缩成一团蹲在岸上，苦着脸看着溪中的少年。两人身上穿得都极单薄，粗麻布衣服又脏又烂，几乎无法蔽体，头发也乱蓬蓬地扎在脑后——那年纪大点儿的已经是成年人的发型，小的那个还是童子头。

一瞧他们的样子，少女顿时想起刚才队伍里流传的"流徒"的传言。想不到居然是如此之小的流徒。转头想起自己也不过这般大小，却也要离家千里，被奉献给什么周天子，她不由得心头跟着一缩。

这水虽不甚寒，毕竟已是冬十月的天气，那年纪小的男孩子在水里踩来踩去，试着找一个可以下脚的地方，去追那个平时扔在地上都没人捡的破木碗，试了好几次也不成功。他浑身上下都冻得发青了，那年纪大的一再催促，他终于叹了口气，转身蹚回来。

那年纪大的男孩忙笨手笨脚地拉他上岸，两人一起坐在乱石上。那年纪小的冻得瑟瑟发抖:"你……瞧你,连吃饭的家伙都掉水里了。那些囚京本就打算活活饿死我们,你这不是给他们好机会吗?"

那年纪大的眼泪止不住地往下淌:"我……我饿极了……我手抖抖……抖得都拿不住东西……柒,不需要他们饿,我马上就要死了……"

"别……别胡说,"柒道,"死哪有这么容易?最多还有三天,我们就要到戎所了,到了戎所,咱们一定定定……"他连接打了好几个寒战,抱紧大男孩的肩头,"可以活下去的……"

年纪大的岑诺只是摇头。

他们二人从镐京出来,已逾两月。

当日岑伯、陆叔拒绝周公姬瞒的赦免,在应门自尽,血流遍地——大周开国以来,处刑诸侯都在镐京西门外,以免血污了天子的德政,这是头一次有血洒在应门之内。淋漓的血,是在向周公表示承担一切后果,还是在赤裸裸地表达决不妥协的意志?无论如何,这都是周公姬瞒应门听政大典上一道抹不去的血痕。姬瞒想要粉饰天下太平、大权在握,却被生生抹上了不干净的血。姬瞒的暴怒,可想而知。

自岑伯、陆叔在应门自尽后,整个岑府的人都被下狱,窦公借助岑伯、陆叔之力在京中经营的势力被一扫而空。岑诺二人在诏狱中待了将近一月,监察御史才奏报朝廷:岑伯谋刺朝廷命官,大不敬,论斩,株连三服以内。周公特别加恩,念岑伯已自尽,其妻已卒,其子岑诺流三千里,国除。

世人都以为周公姬瞒睚眦必报,绝不会放过岑伯一族,却不料他再次加恩,赦免了一干人等的死罪。京中传言,此乃齐侯、晋侯等执政大臣进言,姬瞒才不得已放岑伯之子一马;也有传言,姬瞒当日不欲双手沾血，可是岑伯等人硬以血相逼，姬瞒受此死硬逼迫，反而不能再对岑诺下毒手……

京中一向飞短流长，倒是不必一一赘述。周公究竟如何想、如何做，既无人敢问，其实亦无人关心——窦公倒台，岑伯身亡，镐京的公卿们赶着去给追随姬瞒而重掌朝廷大权的省尔六卿拜贺，谁还顾得着那帮政争失败的倒霉鬼的下场。

岑诺获流放之刑，柒便自狱中上书言：身为岑伯家人，愿随岑诺同赴流放地。获得批准后，八月二十日，二人被从诏狱提出，直接送往镐京外的青狱，与流放者关押在一起。九月二日，三十一名流放者、十三名囚京开始了漫长的行程。

他们从镐京出来，一路向东，过蓝田后，进入终南山，穿越天埕关，上密松道，一路翻山越岭，穿越了四百多里长的终南山余脉。等到在箐香谷下山时，只剩下了二十五名流放者、十名囚京。

下到江汉原野后，他们掉头向西南渡过汉水，渡河后又少了六名流徒、一名囚京。流放这种事，本来就是九死一生，即便对于负责押送的囚京来说都是件可怕的事，至于流徒——囚京的任务，是将流徒流放到三千里之外的权国戎所，最后能有多少人到，根本不在他们的考虑之列。

昨天夜里，他们才踏上神龙山的山路，夜空之下，还曾远远地眺望了江汉平原上庚城的万千灯火。但是柒隐隐觉得，或许他们注定看不到权国戎所的灯火了。

岑诺已经越来越虚弱了。虽然有周公的吩咐，岑伯一案的罪人不得用刑，可光是在幽闭的诏狱中熬日子，便差点儿要了岑诺的小命。出狱以来，一路流放，几乎不停地走了一千多里，翻山越岭，风餐露宿，囚京们也没把流徒当人……原先微胖的岑诺已经瘦得两颊内陷，形容枯槁，目光迟滞，如入暮年。

柒一路吃尽苦头，只为能将岑诺平平安安送到戍所。这世上或许真有所谓的劳碌命。他拼尽力气，为岑诺打点、奔忙，甚至许多时候用他小小的身躯拖着岑诺前行，付出数倍于岑诺的心血精力，相比岑诺反而身子还算旺健，只是也瘦得如猴子一般，两只本来就大的眼睛显得更大了。

岑诺已经有些神志恍惚。每日不间断的行路、难以下咽的食物，都已令他身心难以维持。就在片刻之前，他只不过是到水边来打碗水喝，便将手中的破木碗掉入了水中，而他并不自知，失神般地坐在水边，直到柒找来了才骤然惊觉。

"柒……"

"唔！"

"我饿……"

柒从怀里掏出一块被压变了形、刚刚又被水泡过、已经看不出是什么东西的麦饼来，拉过岑诺的手，塞在他手心里，低声道："赶紧吃吧，别让人瞧见了。"

岑诺失神地举起手，看了看，忽然眼睛大亮，一口塞进嘴里，大嚼起来。

柒裹紧身上不多的衣服，往后挪了挪屁股，靠在山石上，扭头看着溪水，小小的身躯瑟瑟发抖。忽然，他眼前一亮。

不知为何，那只已经漂远了的碗，竟然又从溪水下游晃晃悠悠地漂了回来，仿佛有只看不见的手在推动着它，一直漂到他们面前的岸边才停下来。

岑诺只管吃饼，浑然不觉。柒慢慢地挪动屁股蹭到溪边，有些惊讶地左右看了看，然后猛地将碗抓起，顾不得擦干，一下塞进自己的怀里。

"扑哧"一声，山石后面传来笑声，柒大吃一惊，回头看去，只来得及看见乱石顶上露出半张小脸,一头乌黑的秀发一甩,便不见了踪影。

柒忙撑起身来,手却按在一个软软的东西上,拿起一瞧,却是一块做工精细的馕饼,还微有热气。他大吃一惊,心思却甚是清明,忙一把塞进怀中。

这东西绝不能现在就拿给岑诺,得等到今夜……或者明天早上,岑诺再也支撑不下去的时候。

他的心里从来就没有想过要独吞——不,根本没有想过要吃这东西。岑诺快要活不下去了,这东西能救岑诺的命。至于他自己的命,从来就没有出现在他考虑的范围内。

如果要死,死的必然是柒,而不是岑诺,这就是他心中一以贯之的想法。

天色向晚,太阳移出了头顶的山崖,溪谷里由下而上,渐渐昏暗起来。

"咚咚咚",三声不大的鼓声响起。零散在溪谷下游的流徒像被抽了一鞭子似的跳起来,向着鼓声响起的地点跑去。那是囚京队长扈定在敲小腰鼓,第一通鼓响起,便是召集的命令,无论白天黑夜,睡觉还是行路,只要第二通鼓响起时还没有赶到,等待的就是一场鞭刑。在出发的第三天,扈定将一个曾经的子爵打到当场晕厥失禁,不得不由司寇派人来重新拉回镐京收监,之后就再也没有人迟过第二通鼓。

柒扶着岑诺赶到场中时,人已经到齐,他甚至看见扈定的手已经又要摸向腰间挂着的鼓。一见到他二人跟跟跄跄赶来,扈定脸上滚过一丝不悦,拉长脸看他二人入列。

"听好,今晚我们要翻过这座山。在旁边休息的那些大人说,翻山至少还有二十里地,所以要明天下午才能完全翻过山去。"扈定的目光在一干流徒脸上慢慢移动,满怀快意地看着他们瑟瑟发抖、惊惶、绝望的表情。"路上艰辛难走,那就不必说了……为免各位受惊,走错了路,本官少不得要多担待点——来呀!"

众廷卫齐声答应。

"给我把他们分作两人一组,"扈定歪着头,狰狞道,"手绑在一起,给一根火把。"

众廷卫哪管流徒们个个吓得脸色死白,拥上来不由分说,两个两个地绑在一起,再给其中一人手中硬塞进一支火把。众流徒都知今晚绝对凶多吉少,一个个吓得瘫软在地,哀求连连。

柒将岑诺的手死死抓着,撑着他的身体,低声道:"公子,不要怕,不要怕,我们……"

蓦地左手被人抓住,柒本能地一挣,已被一个五大三粗的廷卫用力扳到身后,紧接着手腕上一紧,已与一条粗大的手臂绑在一起。柒惊慌回头,却见自己的胳膊和一名中年胖子绑在了一起。

"不!不不!"柒尖叫起来,"我和他是一起的!我和他——"

耳边"唰"的一声,柒只觉得脸颊一热,跟着便是排山倒海般的剧痛,血顺着下巴滴滴答答地滴落下来。

扈定慢慢收回鞭子:"看什么看?快绑!"

众廷卫更不搭话,将众流徒按倒在地,一个个捆狗一般将两人的手捆在一起。岑诺被人拖到一边,他无力挣扎,只哭喊着:"柒,柒!柒!"

捆他的廷卫兜头一巴掌,岑诺往后一仰,顿时昏厥。倒是跟他捆在一起的那人慌了手脚,苦苦哀求别打死了,那廷卫怒喝道:"这是装死!想死,哪有那么容易!"

柒沉默着,任由捆他的廷卫粗暴地将他按在地下捆扎,咬紧牙关一言不发。在场的廷卫眼中都起了杀意,他必须强迫自己冷静下来,冷静……

即使是不免一死,也要冷静……

因为离那些郁代人近,流徒们的哭喊已经引来不少好奇的目光。扈定迎上前去,朗声道:"抱歉。我等乃诏狱廷卫,公干如此,不得不动点儿手脚。"

石斛见不得廷卫们对流徒作威作福、生杀予夺的嘴脸,面对那一地的流徒,心中虽然感慨,却也无可奈何,只朗声道:"廷卫大人们先忙!天晚了,咱们也早点儿动身,翻过山向北回庚城。"手下众人齐声称诺。于是空地上一起闹腾起来,这边列队、挑担,那边杀猪般地惨叫、哀号,小小的溪谷中闹成一团。

扈定知道石斛恶了自己,只好呆着脸站在一旁,待石斛等人走过,深深地鞠躬行礼。石斛一言不发,径直而去。廷卫在大周中地位独特,不属于朝廷卿士寮的春官体制,也不属于大司马属下的夏官体制,更不属于番士寮的诸侯体制,而是直属于天子,负责刺探、监狱、流放等事务。但大周朝权力向执政倾斜,天子直属的廷卫、宫监、寺人等地位低下,石斛乃卿士寮官员,身份贵重,自是惹不起,只好装作看不见。

众廷卫如狼似虎地将流徒们按倒在地,眼睁睁地看着大批骑士、护卫、男女乐工从身旁默默走过。柴梗着脖子,拼命抬头,目光从那些衣着秀美、对他而言仿佛另一个世界的人脸上一一扫过。

忽然,排在中间的某个个头矮小的女子,稍稍在队伍中露了半张脸蛋。昏暗中,柴却瞧清楚了她一双发光的圆眼睛和一头黑瀑般的秀发,正是在河边赠饼的少女。他心头一热,再看时,那女子已经走过,他的头再也扭转不过去。

扈定待郁代人等一走过,立刻一努嘴:"都弄起来!"

众廷卫一起动手,将流徒们扯起来。因为手臂被紧紧地与另一人捆在一起，众流徒都站立不稳。和柒捆在一起的那中年胖子比他高出整整一倍，柒几乎是被吊在他手上，两人都疼得龇牙咧嘴。柒在人群中寻找，却见岑诺失魂落魄地与一个个头相当的人捆在一起，他忙叫道："诺！别说话！跟紧——"

"唰"的一声，他又挨了当头一鞭子，疼得他几乎闭过气去。岑诺吓得要哭，柒拼命咬牙忍住，死死地盯着岑诺。眼前忽然一红，血淌下额头，将眼睛都糊住了，柒任由血涔涔淌下，眼睛始终不离开岑诺。

在他严厉的眼神安抚之下，岑诺煞白着脸，勉强安静下来。

扈定见众人都已安排妥当，开口道："我只说一遍，你们有耳朵的听着，没耳朵的也得听着。今夜要翻过山去，再南行一日，后日才能赶到戍所，否则按照大周律法，一个不剩，统统处决！"

好似一股冷风刮过山谷，所有流徒都打了个深深的寒战。

扈定从一干人等面前慢慢走过，厉声道："今夜本官打头阵，后面的两人一组，一组一根火把打着，排着队走。我只管走前面，谁死了，谁趴了，我不管，天亮时，我在山的那一头数人头。你们只管跑！这里方圆千里的军民，都已得到命令，只要不是我带队，你们所有人一露面即就地正法，原籍诛尔等九族。想逃的，尽管逃！"

流徒们的脑袋同时往下一沉，有个年纪老迈的直接一头扎在地下，把和他捆在一起的人也拉翻了。扈定瞧也不瞧一眼，一挥手道："既如此，都听得明白了，那就走吧！"

刚刚还在喧闹的溪谷，很快安静了下来。天色渐晚，群鸟归林，溪谷上空尽是晃动的鸟影。

一双穿着奇怪皮靴的脚，踩在了凌乱的空地边。

辛六乙还是那一身黑色劲装，双手抱在胸前，冷冷地打量着四周。

两队人马都去得远了，山谷中已经听不见他们的喧嚣。地上散落着的杂物混在一起，已无从分辨。辛六乙蹲下来，看了看地面的车辙、脚印，皱紧了眉头。

"两路人？"辛六乙自言自语道，"都要翻山？"

他站起来，望向前方。

透过密密的林冠，嵯峨的雪顶反射着强烈的日光。辛六乙的目光甫一接触到雪顶，就像被烫了一下似的缩回来。

他的目光顺着溪流向前。溪流在一里之外，猛然转了个弯，再往前，苍翠的山体在暮色中仿佛一道直立的巨壁，拦住了一切视线。

辛六乙冷哼一声，不再犹豫，紧随车辙而去。

第十章

> 大周汉水神龙山
> 穆王二年冬十一月六日夜

　　一开始，流徒的队伍与运送贡物的队伍，前后只拉开不到半里。等到穿出溪谷，开始登山时，贡物的队伍只能沿着百年来开辟的舒缓驿道前进，囚京却是又踢又打，将流徒赶上了另一条山路。两支队伍很快便各自消失在莽莽丛林之中。

　　即便是流徒与囚京，等到开始攀登山崖时，队伍也无可避免地渐次拉开距离。天还未黑尽，落霞还挂在天顶，但丛莽之中已然漆黑一片。在囚京的喝令下，一对接一对的流徒点燃了火把。

　　山路陡峭得许多地方需得手脚并用地攀爬，很快，流徒队伍已经拉得老长。和柒捆在一起的胖子，爬起山路来简直痛不欲生，大冷的天，那人满头大汗，浑身上下像烧熟了的螃蟹一般发着红光。柒自流放开始，就不曾与岑诺以外的人说过话，不过这胖子在队里倒是蛮显眼。一来，流徒们都是从诏狱中提出来，个个面黄肌瘦、神情寥落，这胖子倒是红光满面，甚是精神；二来，走了一千多里路，流徒们大多数已经从人变成了鬼，可是这胖子却一直未曾有变。柒只知道他姓东野，来自某个谁都没听说过的边鄙小国。

这胖子能吃能睡，唯一的弱点便是不能爬山，行动起来又慢又气喘，两人很快就落到了队伍的最后，离那四名断后的廷卫只有几十丈远。

岑诺凄惨的呻吟声，从头顶不远处不断传来，和他捆在一起的男人似不耐烦，不停地低声咒骂着，有时候还踢岑诺一脚。每当这时候，柒就大声喊："忍着！忍着！"

那胖子走得奇慢，几乎将一半的重量都压在他身上，别说走快，就连每迈一步都无比艰难。柒小小的心中已大有觉悟，知道今夜必然是活不过去了。但是——忍着，还得忍着！只要岑诺还活着，他就不能死。

跟在身后的廷卫一开始还在看笑话，每当那胖子在沟渠中绊一跟斗，或者平地里踢到石头，他们都哈哈大笑。但每一次，那个几乎被胖子压垮的瘦小身躯都会以惊人的力量将胖子撑住、顶住，发疯般将他从地上拽起来，推着他前进。

四名廷卫的脸色变得很是难看，其中一人忽道："这小子，据说是自愿来流放的？"

"为了前面那个不争气的小子。"另一人懒懒地道。

"可惜了。"再一人道。

四个人一起摇头。

山下的某个地方也亮起了火光，四个人一起望去，都发出嘲讽的笑声。

"这帮家伙，得后天早上才到得了山那边吧？"

"还好他们有老有小，带着东西，不会碍我们的事。"

四个人对视一眼，一起点头。

"再等等吧，"其中一人抬头看看天，"太阳还未落尽，这事儿只适合在夜里做。"

石斛并不知道自己碍了何人的事，但他现在确实在苦恼。

来接人的时候，石斛走的是另一条狭窄的山路，十余骑，半日便翻过了山。但他没料到，回去必走的另一条古老驿道竟然如此难行。

只有六尺宽的驿道，歪歪斜斜地沿山势而上，不少地方已经被泥石和植被覆盖得不见踪影，在靠近山崖的地方，更有多段长达数十丈的道路是在崖壁上用石柱、木梁搭建出来的。在潮湿阴冷的神龙山脚下，年久失修的栈道上已瞧不见木梁，只剩数十根光秃秃的石柱。

石斛没有退路，只得指挥众人连夜抢修栈道。整个队伍中，除去那十余名少女，全都投入了抢修。粗粗伐下的树木，铺上一截走一截，慢慢地沿着栈道往前蹭。

风拂若和其他女孩子一起，站在队伍的最后，静静地看着众人忙活。她和别人穿着一模一样的服饰，行动举止亦和郁代征来的少女们没有差别。整个队伍之中，竟然无人知晓她真正的身份。

这是郁代国君的特意安排。派出来的人都从未见过国君之女，她也再不用长宁这个名字。等到抵达大周，她是郁代国君之女、御风者的事，估计再也不会有人知晓。

父君的这个决定，风拂若打内心里欣然接受。从一国之君的女儿，沦落为天子的歌姬、玩物，不管父君因何做了这个决定，都是风拂若心中一道血淋淋的伤口。国君之女从前于她是荣，如今于她是辱，若是真的生来是歌姬，那倒还好了！

临离开郁代前，越来越多的噩兆正在逼近这个三代古国。父兄匆忙安排她远离，是想要保住郁代的血脉，对于这一点，经过两个多月风餐露宿的风拂若越来越明了。

　　这世道要乱了。御风者风拂若只消从头顶吹过的风声中，便可隐隐感觉到这乱象。周围的人乱糟糟地忙着，风拂若悄然躲在一个安静的地方闭上眼，倾听峡谷中乱风的声音。

　　风，从身后的溪谷方向吹来，还带着一缕淡淡的水汽。

　　她猛地睁开眼睛。

　　风中有一股恶臭，杀人的恶臭。

　　风拂若心头狂跳起来，不禁向前走了两步，离纷乱的人群近了点儿。

　　"闪开一点儿，闪开点儿！"一名下士呵斥着少女们，"让车先通过！"

　　二十多名男子在已被踩得泥泞不堪的地面上铺上还带着树皮的粗木，乱哄哄地推动大车。众人手中乱晃的火把，映照着一众脸色发白的少女。

　　空气中充满了松油燃烧的味道，冲淡了那股子刺鼻的血腥味。风拂若心中稍定，但接着又担心起来——刚刚经过溪谷时，明明没有这样的味道，这不是无缘无故来的……

　　她紧张地注视着身后的黑暗，风有些紧了，仿佛黑暗之中有一个什么巨大的怪物，正在借着风慢慢靠近。

　　"起！起！起！"在火把疯狂的晃动中，男人们拼尽全力，将大车推上了摇摇晃晃的栈道。沉重的大车在栈道上艰难地前进，车轮不停地陷入缝隙中，众人在号子声中用尽全力，一次次地将车轮拔出。每一次拔出车轮，都会给路面带来无可挽回的破损，大团大团腐朽的木板不断地跌下深深的河谷。

　　石斛就站在栈道尽头。这里地势更高，两旁的山崖如倾倒下来一般悬在头顶；风也更大，火把被风刮得几乎看不清火焰。他拼命睁大眼睛，注视着木桥上混乱的人群。

"东皇太一在上，"什长站在他身边，忍不住低声嘀咕，"这要是掉下去，可就是死罪了。"

"休得胡言！"石斛严厉地道，"做好自己的事！"

"是！"

"嗯？"石斛忽然指着队列的最后，"那是……"

"郁代来的女孩子们，"什长忙道，"等大车过了桥，就接她们过来。"

石斛心不在焉地点点头。他所见到的，其实是那一个留在最后、看着身后溪谷的女孩子。看着她的背影，石斛心中忽生疑惑。

"让他们快一点儿，这辆车过去，就把女孩子们都接过来。"

"是，属下亲自去接！"

不知是什么时辰了。似乎就在不久前，还能看见山崖顶端之上的一抹黄昏天色，现在抬头再看，连天在哪里都瞧不见，只有数十点寥落的火把在前后左右的黑暗中摇曳着。

岑诺在前面哀哀地哭泣，声音时断时续。一开始，还能听到廷卫们的呵斥声，现在整支队伍中都是哀号和哭声，廷卫们反倒没开腔了。

死亡的阴影已然笼罩在流徒队伍上空。对所有人来说，这并不是意料之外的事。囚京冷漠的眼神早已说得清清楚楚——他们不管流徒的死活，只管走。能活着走到戎所，对于流徒来说，只不过是从一个黄泉地狱走到另一个黄泉地狱，又有何区别？这些人死在路上，死在戎所，又有何区别？

距离大周最边远的权国戎所只有不到一百里了。这一百里有可能成为没有流徒能蹚过的死亡之海——柒觉得，和他捆在一起的这个胖子，连一里地都走不了了。

"走……快走啊，死胖子！"柒一边吃力地推着胖子走，一边急得直骂。

"急什么？"胖子气喘吁吁地道，"急着投胎吗？"

"反正都是一死！"

"那可不一定，"胖子懒洋洋地道，"老子已经到了这座山了。早就算过归藏，到此山则生，嘿嘿……"

身后的某个地方，忽然传来一声惨叫，接着，一支火把熄灭了。

本来还在懒洋洋耍赖的胖子，猛地拔腿就走，倒把正在拼命推他的柒吓了一大跳。

"走，"胖子小眼睛在火光下闪闪发光，"快走！"

"怎么了？"这下子，轮到柒不解了。

"杀……开始杀人了！"

柒那黑漆漆的瞳仁在火光下一闪，一瞬间就明白了。

"他们真的敢杀人？！"

"你傻啊！"胖子不知哪里来的力气，爬得越来越快，"只剩最后一站，现在不管死多少人，都没人管得了！"

"为何要杀人？"柒不解道，"按律，囚京将流徒递解至戎所，可转功一级，帛一匹！"

"只怕是队伍里头，有不得不杀之人。"

柒心中一寒，仿佛一道闪电掠过心底。

"诺……"他惊叫了一声，又马上捂住嘴巴。

两人捆在一起久了，彼此倒也起了默契，一边说话，一边走得越来越快。胖子甚至爆发出惊人的力量,一路拖着柒往上爬。

"为何是现在?"黑暗中,柒忍不住问道。

"千里赴戎所,每过一个诸侯国都得记录在案,"胖子喘着气道,"你当这些心狠手辣的囚京是傻的?"

"按律,戎所也是要在囚京的回执上,写上到达戎所人数的!"

"哦,是吗?"胖子冷笑道,"到达戎所的人,十个里只有半个有回去的命,谁管你到了多少,要他们写全数到齐都行!"

"嘘——"柒忽然停下脚步,胖子也忙趴在陡峭的山壁上。两人一起侧耳听去。

不远处的山下,一声惨号,又戛然而止,一团闪动的火苗消失了。

胖子额头上的汗水涔涔而下,站起来就开爬。

"快!快!"

风越来越大了,数十支火把都被吹得猎猎作响,富含水汽的风透过衣料,浸骨般寒冷。

在场的男人们全都浑身大汗,头上冒着团团热气,喊着号子,终于将最大的那辆车推过了栈道。

本来就狭小的栈道,现在更是挤得放不下脚,众人在石斛的指挥下发出惊天动地的吆喝,推着大车直往前冲,直到快撞上悬崖才停下来。靠着这么一冲,总算又在狭窄的栈道上为最后那辆大车留下了通路。

留在栈道后面的女孩子们,开始小心翼翼地过桥。栈道已被压得支离破碎,踏上去摇摇晃晃,女孩子们不时发出惊叫声。

什长站在栈道口,见到女孩终于都过去了,长长地松了口气。在他身后还有二十人,等着把最后一辆车推过栈道。

"快！加把劲儿！"什长挥舞起手中的火把，忽然，透过火光的间隙，他看见还有一个女孩子，站在远离队伍的地方。

"喂！"风里已经开始夹着冰雨了，什长吃力地跑到风拂若身后，"姑娘，该过栈道了！"

风拂若转回头来，火光之下，她娇嫩的容颜苍白得可怕。

"姑娘，赶紧走吧，今儿啊，怕是要在山上耽误一宿呢！"什长浑然不觉，举着火把给风拂若照亮地下，可是一回头，他又愣住了。"喂！你们怎么搞的？！"

大车已经被推上了栈道，晃晃悠悠地将整个栈道都堵住了。这时候总不能再退下来，什长只好抱歉地对风拂若笑笑，自己举着火把上前去查看。

风拂若忽然打了个透心凉的寒战。风在向她诉说着什么，呜呜咽咽，难以听清，她只觉得不妙，大大地不妙。眼见什长还有几步就要走到栈道边，风拂若大喊一声："等等！"

什长疑惑地转过身来。就在这时，他身后那一大团围绕着大车的火把，忽然疯狂地晃动起来。

仓促搭起的栈道，终于顶不住沉重的车辆和人畜的踩踏，靠外侧的数根粗木同时断裂，在众人的惊呼声中，庞大的车身猛地向着悬崖边倾侧过去。车上的数人来不及跳车，被大车带入了谷底，惨号声和撞击声不断地从深深的谷底传上来。

石斛根本顾不上那些已经跌落的人，他与什长同时从栈道两头向里冲——栈道上还有十余人，正在疯狂地向前方的栈道口爬去——用来捆扎木板的藤条已经断了，木梁咯咯作响，一根接一根地向下坠落。

石斛冲到栈道口，抓起冲过来的人就往身后扔，后面的人纷纷上前接住,一个,两个……栈道开始沿着石柱边向下滑动,栈道上的人越是挣扎,下滑得就越快。谷中一片惊慌的喊叫声。

什长大叫一声,扑在栈道口上,想用自身的重量稳住剩下的几根木梁,混乱中,他的火把也不知道掉到哪里去了。

忽然,眼前一亮,什长愕然回头,便见风拂若拿着他的火把,木然站在他身后。

"啊!姑娘!"

他身下的木梁猛地一沉,将他带着往谷中滑去,什长顿时魂飞魄散。正在此时,不知道哪里来的一股旋风,从底下将木梁猛地向上掀起,什长拼死转身一扑,堪堪地扑在了悬崖边上。紧接着那根木梁彻底与栈道断裂开来,轰隆隆地滑下深谷。

什长浑身发软,但木头撞击谷底的那一声沉重的闷响,让他忽然间又来了气力,拼命爬上了悬崖。

回头看去,十余丈之外,火光熊熊,数十人举着火把,目瞪口呆地望着这边。不知何时下起了冰冷的雨,在火光中只见无数纷飞的雨丝漫天飞舞。

什长瘫在地下,呼哧呼哧地喘息着。一把伞出现在他眼前,风拂若默默地用伞给他遮住了飘落的冰雨。

"捡、捡了条命……多谢……姑娘……"

"快,快走。"

什长一愣,看着风拂若。

"快,"风拂若脸色苍白地道,"我们快走!"

"至少还得一个时辰,才能把栈道重修好。"

"来不及了!留在这里不安全,我们……"风拂若焦急地咬着嘴唇,忽然眼珠一转,"我们去追他们!"

"啊?谁?"

"刚才分开的那些人!"

"这怎么成?姑娘少安毋躁,中士大人绝不会丢下咱们。"

从栈道另一头传来石斛的声音打断了什长的话。

"来不及再修栈道了,夜里山上不安全,"石斛大声道,"你们马上去追镐京来的因京,让他们带你们翻山过去,咱们山那边见!"

"大人!"

风拂若上前一步,向石斛点点头,转身便走。什长绝望地看看石斛,又看看风拂若,眼见风拂若举着火把就要将他丢在黑暗中,什长哀叹一声,随即一拍大腿,转身追了上去。

一名亲卫靠近肃然不动的石斛:"大人,除了掉下山的六人,其余都齐了,咱们走吧?"

"……"石斛有些疑惑地看着渐渐远去的火光,"刚才那阵风……"

"大人?"

"没什么,"石斛摇摇头,"今天见到的怪事够多了。咱们走,今夜一定要翻过山去。"

"是!"

微雨已在山脊上淅淅沥沥地下了好一阵子。

石斛等人走的那条驿道已废弃多年,流徒所走的这条垂直上山的小路倒常有过客,道路还算完整,只是被雨水打湿的路面极其滑溜,每走一步都要付出很大的力气和代价。

一口气不知道爬过了多少道岗,柒发现自己现在每吸一口气,都仿佛是往肺里吸了一团火。他耳朵里嗡嗡地响，已经听不清胖子唠唠叨叨的话。

忽然，还在哼哼唧唧的胖子浑身一震，沉重的身躯停了下来。好家伙，他这一停，将柒扯得几乎倒仰一跟斗。

"走啊，走！"柒大声嚷道，"快走！"

胖子呼哧呼哧地喘息着，火光之下，他的脸肿得发紫。

"快走！"柒用力一拖，不料胖子就势一滚，直接躺倒在地，把柒拉得差点儿回身撞在他身上。

"你——你疯了！"柒压抑着声音怒吼道，"被囚京们赶上，就是死路一条！爬过山去才能活！"

"小……小崽子……你瞧清楚了……"胖子上气不接下气地道，"再走上一步……老子……寡人……用不着挨一刀，就死了！"

柒回头望向山上——岑诺的哭声已经听不到了，星星点点的火在山中时隐时现，离他们已经很远。山的下方，一团明亮的火光正在接近，四名囚京说笑的声音顺着风传了过来。

柒将手中的火把往地下一插，翻身骑在胖子身上，照准他的胖脸就狠狠地扇了下去。胖子万没想到这小崽子扇起人来竟然如此狠毒，两耳光过去已是眼冒金星，再扇得几耳光，被打蒙了的胖子才反应过来，一把抓住柒的小手。

"你疯了！"

"你才疯了！囚京已经来了！"

胖子呼哧呼哧地点点头："对，我疯了。"

他忽然伸腿一踢，将火把踢翻在地，那火把滴溜溜地顺着山石滚进了岩缝中，一下子就熄灭了。

黑暗掩去了柒惊讶的表情。胖子蓦地猛然一挣，双手双脚同时将柒的小身子紧紧抱住。没等柒叫出来，忽然间天旋地转，等到回过神来，两个人已经重重地摔进了一个小小的岩坑中。

这一下摔得柒眼冒金星，周围一片漆黑，也不知道是摔到了什么地方，身下硌着湿滑坚硬的岩石。他刚要挣起来，一只比他整个脸还大的手将他的嘴死死捂住。

立刻就传来了几名廷卫的声音。

"谁？！谁熄了火把？"

"好大胆！"

"该死的东西，火熄则斩！"

"咻咻"两声，两支火箭掠过柒的头顶，射到山石的另一边去。

柒一下停止了挣扎，扑倒在地。

脚步声渐近，还能听见利器破空的声音。廷卫们显然是在一边前进，一边用利刃搜寻火光透不进去的灌木丛。

一名廷卫大声道："两个贼子，滚出来！否则格杀勿论！"

另一人立刻接口道："流徒逃亡者、失踪者，一律入十恶之刑，格杀勿论！"

第三人道："无灯无火，谁也别想在此山活过今夜！你们等死吧！"

第四人道："你们已经死了！"

四名廷卫举着四支火把，紧靠在一起，一边吆喝一边慢慢走远。在雨中，火把的光能照出去的距离急剧缩短，没走几步，他们火把的光芒就微弱得几乎看不见了。

岩坑中的二人默契地沉默着。从火把熄灭的那一刻起，二人已成了真正的"死囚"，做什么都是挨一刀的结果。对此，柒心中即便有一万个不甘心，也只能认命。黑暗中，他的身体微微抖动，牵动胖子的左手也跟着动，忽然，捆在他们胳膊上的绳子一松，原来柒晃动着，将自己的小胳膊从绳套中解了出来。

囚京们捆绑的手艺都是祖传下来的，据说能"想捆成什么样就捆成什么样"，一旦捆死了，神仙都挣脱不得。只是柒个头太小，手脚都瘦得皮包骨头，胖子却又太肥，全身都是软软的肉，实在没法将这两人的胳膊牢牢地捆在一起，这么一路狂奔下来，绳结早已松动，柒摇动几下，便从绳套中挣了出来。

胖子甩了甩手，压低声音哈哈一笑。

"幸亏老子机灵，得脱大难！"胖子舒适地往后一靠，在嶙峋的石头上蹭了蹭，仿佛是躺在了鹅羽填充的靠垫上一般。"舒舒服服睡一觉，等到天亮厄运自消！小子，感谢老子吧。"

柒从草丛中站起，放眼望去，前面山路上已经只剩下了不到一半的火把。除去最前面领头的扈定和后面四个廷卫，中间的光芒已如虫萤之光，微不可辨。

"你要……去找你那个小兄弟？"胖子忽道。

"你怎么知道？"

胖子嘿嘿笑道："这一路上，你对你那小兄弟真是照顾有加，他的命，差不多都是你换回来的，人人都看在眼里。不过，他活不了多久了。"

黑暗中，柒的眼睛闪闪发光："只要我活着，他就得活！"

"可惜得很，"胖子叹了口气道，"小子，要是人能想什么就是什么，我……寡人还在近狐国做国君哩！"

"近狐？"柒低声喃喃道，"这是前商的名号吧……我国传统，没有以兽名为国号的诸侯国。"

"哈！"胖子喷了一口出来，"哈！哈哈！小小的东西，你懂什么！咳咳……我……寡人金口一开，岂能骗人？只不过……只不过……唉！往事已矣，就不用再提了呗。"

柒抹了一把脸上横流的雨水，在黑暗中默默地系紧脚上的鞋——所谓的鞋，早就已经在路上穿坏了。他用自己带的衣服给岑诺剪了包脚的布，用剩下的一丁点儿也给自己做了一双，勉强裹住脚，用布带系住。

"上面的火把已经不剩几支了，"自称近狐国君的家伙懒洋洋地道，"你的那个小兄弟，嘿……说不定已经死了。你别嫌我说话难听，不过今天晚上翻这座山的人，只有两个能活下来。"

柒回头看了他一眼。近狐国君冷笑一声："怎么，你不信？你以为寡人是说笑的？寡人活了三百多年了，世上又有几个人赶得上寡人的卜算之法？嘿……你若不信……"

"你活了三百年，却在这里当流徒？"柒冷哼道，"好个国君！"

"国君的命运与国家联系在一起，又不是自己能决定的，有什么办法？"近狐国君撇嘴道，"有的国君机关算尽，还不是把自己赔了进去？五十步笑百步，有何可笑？"

黑暗中，静了片刻。

"你那好兄弟，就是把自己算进去的国君之子吧？嘿……小孩儿，我劝你，你那好兄弟的爹也好，国也好，都已经灰飞烟灭。国运连着主君的命运，你那好兄弟再好，也是亡国之君。今夜大凶，大伙儿都熬不过去，那亡国之人，更是一丁点儿机会都没有，你信不信？"

"我信。"

"信就好。"近狐国君道，"留下来，等到天亮，总有你一口饭吃……嘿嘿，寡人得脱大难，必有后福！"

草丛中"嚓"的一声，柒弯下腰，向前跑去，一转眼就消失在黑暗中。

"嘿！"近狐国君跳了起来，"死小子！不信老子……寡人的话是吧？！回来，嘿！回来！若没有你，寡人怎么办？！"

一转眼间就没了动静。柒已经窜出去数十丈远。黑暗和飒飒的雨声笼罩了一切。

近狐国君静静地坐在黑暗中。过了好久好久，忽然间，雨停了，头顶的黑暗散去，明亮的星空出现在天顶，照亮了大地上的山川、原野和河流。大半个江汉原野骤然显现在脚下。

国君的眼睛在星空下发出闪闪的银色光芒。他挪动肥大的身躯，转向山麓。包裹住整个山岭的云层向上升了大约一百丈，更加浓密地包裹住半岭之巅。

国君吁了口气，摸着肿胀的脸，口中喃喃道："王八羔子，那么小的个头，打人可真疼……怕是真的能活下来……要是你活着，还有一个会是谁呢？"

几乎就在同时，有人目睹了同一片晴空。

站在山崖边，风拂若皱着眉头，注视着远处的夜空。云气正在快速合拢，将夜空笼罩。她本能地举起手，想将遍布天地的云霾抹去，却又无力地放了下来。

"御风者可以御风，但只有天地能生风。御者，驾而驰者也……"父君的话在她心底一闪而过。她或许可以令眼前的云霾短暂退开，但真正令天地产生云雨的力量，她是战胜不了的。

那一片晴空很快便消失在厚厚的云霾之后。

风拂若低下头，看看自己的双手。

她现在很是疑惑，既不知道自己的能力是什么，亦不知道自己的极限在哪里。从小到大，这个问题一直在困扰她，但最近两个月来，心中的疑问愈来愈清晰，折磨得她夜不能寐。

父君兄长不知道用了多少前商时代的例子来告诫她，慎用自己的御风之力。那是上天赐予的神力，非到紧急之时不得擅用，若是被人知晓，她必陷于危险，且置家国于危难。

可是……

她忍不住又回过头去，看那一片已消失在云层后面的天空。就在刚才，有那么一瞬间，她真真切切地感觉到，只要自己伸出手去，说不定真的可以……触摸到那片湿冷的云，拨开它，令天地沐浴在星光之下。

多么清晰而梦幻的感觉啊……

"姑娘？"

什长在两丈外停下脚步，回头看着她。风拂若一下从恍惚中清醒过来，尴尬地笑了笑，提起裙角，艰难地跟上。

山路越来越陡峭，对常年生活在山湖之间的风拂若来说倒并非不能走，但离家之后穿的这身几乎及地的长裙却令她步履艰难。好在什长体贴地走得很慢，两人一路磕磕绊绊，慢慢地，地势趋于平缓，似乎上到了一片缓和的山坡上。

但现在看不到周围的一切。他们已经步入无边无际的大雾中。浓重的雾气将火把的光压迫到很小的范围之内，两人在湿滑坚硬的地面上走着，忽然，昏暗的前方出现了一团影影绰绰的亮光。

风拂若一惊，停下脚步，什长却立刻喊了起来。

"喂，喂！"

风拂若一把抓住什长的袖口。什长冲她笑笑："咱们总算是赶上了！"

风中有血腥的味道。风拂若顿时浑身都绷紧了,什长却是浑然不觉。

"喂!"

光在云霾之中晃晃悠悠,时而远离,时而飘近,不过片刻之间,光亮迅速增强,应该是更近了。

喊了几声,对方一直沉默地接近着。即便是什长那么迟钝的人,也已然有了些警觉。

忽然,火光一分为二,同时从左右两边靠过来。风拂若正要叫出来,眼前一亮,什长将火把递到她的面前,风拂若忙接过火把,什长轻轻用手臂将她往自己身后一拢,极慢极慢地拔出腰间的长剑。

只瞧了一眼他拔剑的姿势,风拂若就觉得自己处于更加可怕的危险中。

"喂!"什长尽全力发出威胁的声音。仍然没有回答。

就在两团火光接近到十丈以内之时,风拂若手中火把的火焰猛地向下一压,一股旋风陡然刮起,如墙的云霾瞬间以他们二人为圆心退出去数十丈远,周围变得无比清晰——左右两边,两支火把,四名弯弓搭箭、拔剑在手的廷卫也完完全全地暴露在他们面前。

一阵令人窒息的沉默后,什长长出一口气,将剑收起。

"咳!吓了一跳,原来真是你们啊。"什长哈哈笑起来,迎着当先一名拿着弓不知所措的廷卫走去,"我们一路紧赶慢赶,差点儿就赶不上!"

那名拿弓的廷卫茫然不知该如何作答,旁边一名老成的廷卫迎上来:"原来是什长,我们还以为是流徒——怎么没见中士大人?"

"我们离……"

"中士大人应当是在前面,"风拂若打断什长的话,"小女子走得慢,拖累了大叔,所以咱们落在后面。哎,诸位大人在前面,没有瞧见中士大人一行人吗?"

四名廷卫对视一眼。他们本来接到密令,杀死上山路上碰见的所有人,适才大雾之中其实已经听出声音并非流徒,但借着大雾,便动了杀心——这鬼天气,怎么雾忽地就退了?而这小女孩话里话外,都在说他们并非只有两人……众人一时反应不过来,直到带头的廷卫咳嗽一声,众人才有些尴尬地将剑和弓收起来。

"这狗日的雾,狗日的山,"带头的廷卫尴尬地笑了笑,"别说中士大人了,咱们头儿也不见了踪影。"

"那是,那是,这山上多雾,"什长浑然不觉在鬼门关走了一遭,"我常在这山上走,倒还熟。"

"哦?那咱们一起走?"

风拂若将火把递给什长,借着火光,在众人脸上扫了一眼。不出她所料,这些人虽然还是一副凶恶之相,但杀气已经收敛。

从郁代一路来到大周,花了将近两个月,其中一半时间都由什长为首的一帮周人陪同。哪怕这些人只是大周官制最底层的蝼蚁,只要有心,亦可从他们闲谈之中,知道周国的官制是如何运作的——风拂若十分清楚,今日见到的那位卿士寮中士,地位绝对在所有人之上,是这帮廷卫得罪不起的。果然,只要搬出中士的名号,这些人立刻便将杀气隐藏在满脸横肉之下。

风拂若暗地里松了口气。什长虽然迟钝,但好歹没有笨到拆穿她的谎言,否则这几人若是杀心已起,岂当轻易放过两个落单的人?

当头的廷卫举着火把,让开路,什长带头便走,风拂若紧紧跟上。那四名廷卫对视一眼,跟在他们身后。

什长果然是走惯了这路,曲曲折折的山路隐藏在大雾中,他却走得十分轻松。风拂若紧跟在他身后,两人走了数百丈,回头一瞧,四名廷卫不紧不慢地跟在十余丈之后。

"这山哪,就是多雾。"什长微微喘息着,不时牵一下风拂若,"咱们中原的山,哪来这么多雨啊雾的,瘴气又多,咳!这破地方……"

"水润而浸下,"风拂若不卑不亢道,"共工触不周山,地倾东南,南方地势低,自然水汽充盈。"

什长一愣,忽然想起风拂若的出身,尴尬地笑道:"对,对!也是!哈哈!也得这水汽充盈的地方,才能生出姑娘这么水灵的妹子,哈哈!"

风拂若不动声色地将手从他手中抽出,硬着头皮自己爬山。两人又走了一里,后面四名廷卫的火光,再次没入雾中。

忽然,风拂若心中猛地一紧。一股前所未有的浓烈血腥味从前方扑鼻而来。

"等等!"

什长回过头来,却见风拂若的脸都白了。

"咋了,姑娘?"

"咱们……要不要等等那几位大人?"

什长还没来得及回答,一声撕心裂肺的惨号,猛地从数十丈外的大雾中传来。

云层越来越沉重。在浓密的云雾中迈步向上,柴觉得整个肺都像要烧起来一般灼热。他的手脚在崎岖的乱石、刀锯一般的荆棘中割得伤痕累累,每走一步,都要付出可怕的精力,用上十足的勇气。

他不知道现在是什么时候了。距离他从胖子那里跑开已有多久了?

他不知道。从那山麓往上，又爬了多远了？他也不知道。一切都蒙蔽在浓重的云层中。

这云厚重得好似棉絮一般，世间很少能见到如此密不透风的云。这根本不是什么云，世上不会自然生成如许云雾。

在撕裂心口般的呼吸中，柒路过了第一名死者。这是一名流徒……哦，不，是两名。他们并排躺在一处嶙峋的乱石坑中，面目狰狞地背对而亡，两只被捆在一起的胳膊还连在一起，都已脱臼。

是从上面某个地方摔下来的吧？柒抬头望去，头上流云低低掠过，什么也瞧不见。或许流云的后面就是一面绝壁？这两个人已经攀上了绝壁，却活活地摔了下来……

柒只看了他们一眼，转身便走。

向上行了大约一百丈，柒就瞧见了第三、第四位死者。这二人死在一片灌木丛中，灌木丛惨白的枝叶上沾满了星星点点的黑色汁液，其中一人的身体还在微微抽搐，带动灌木"嚓嚓"地响。柒看了一眼，确定这二人中没有岑诺，继续默默走开。

如今他也算是已死之人，只是还在走动而已，早已没有了看顾除岑诺以外他人的慈悲之心。不！没有仁心！他只想岑诺和自己活下去，如果做不到，那么岑诺得活下去。除此之外没有任何东西能挤进他那已经被恐惧和死亡塞满了的脑子。

他发现自己走进了一片略显平缓的林地。林子里长满杉树，稀疏的林冠被云雾吞没，只留着满地粗大的树干，像一座诡异的立满柱头的宫殿。

林子里没有灌木，没有人迹，却有一层满溢的淡淡青光，照得林子里清清楚楚。一个人四肢张开，呈"大"字躺在林子正中央。柒乍一见到，立刻闪到树干后面，等了等。林子里静悄悄的，他壮起胆子，慢慢绕到离那人不远处，只看了一眼，就禁不住浑身发抖起来。

死在当地的，是一名廷卫。袭击者一刀斩在他胸前，从左肩到右胸，整个劈开，肋骨断口刺出胸外，肌肉和层状的脂肪向外翻出，巨大的伤口已经停止流血——他身下已是一片乌黑，该流的血都流尽了。

柒背靠着树干，寒冷的雾气四合，他却出了一身大汗。

每一个翻山的流徒，原先都没料到会真的死在这座山上。待开始上山时，从囚京们那一脸肃杀之相中，有人隐隐意识到不是每个人都能活着翻过这座山。待得大雾弥漫时，一半以上的人已感到死亡近在咫尺。

但是大概从来没有任何一名囚京会想得到，自己会和流徒一样冰冷地躺在这座荒山上吧？那名廷卫僵硬的脸上全是错愕之色，显然死前见到下手之人时，只来得及看上一眼便遭斩杀，连表情都凝固在了脸上。

原来以为，流徒是要与这座山、与黑暗、与心怀歹意的囚京抗争，谁能想到现在连囚京都遭到斩杀……柒一颗心禁不住不停地向下沉——岑诺呢？如果连囚京之命都无法保全，那些走在前面的流徒岂不是一个个都难逃一死？

难道刺客的目的是来解救流徒中的人？很有可能……不过刺客心狠手辣，前面已经毫不犹豫地放倒了四名流徒，看来只要不是他解救之人，便得一个个杀光灭口。柒突然想起，那个什么近狐国的胖国君说，今夜只有两个人能活下来。他自己自然是一个。那么，还有一个，自然是刺客要解救的同党。

"哼……"

一声闷响从前面的迷雾中传来。跟着又是一记金属锒铛之声，有什么东西"砰"的一声倒下。数人吆喝之声同时传来。

柒一激灵，本能地扑倒在地。传来零乱的脚步声，一人大声喝道："好贼子！竟敢劫杀朝廷廷卫！"正是之前曾经搜寻柒与近狐国君的那四名廷卫之首。

另一人大喊道："六哥！十一哥手断了！"

"先别管他！"

"六哥！"后一人已声带哭腔，"十一哥的手臂……不见了！"

"不要慌！老十三，把老十一放下，拔剑！"

"六哥！"

"大胆贼子！"那六哥不答惊慌失措的老十三的话，厉声道，"有本事就现明真身，出来一对一，我姬乘陪你走上几招，死活勿论！英雄豪杰，躲在雾里偷袭，算什么孙子？！"

柒趴在地下，一面听他们吼叫，一面向林子的另一头慢慢爬去。断后的四名廷卫已经一死一伤，剩下两人估计也凶多吉少。不过他们在林中摆明了车马，自会吸引刺客的注意。

林中的雾气像一团团白色的幽灵，飘忽来往，一会儿弥漫得伸手不见五指，一会儿又乍然退却，露出一二十丈方圆的空隙。这样的雾气充满险恶，既可让刺客隐匿其中，又能随时将毫无防备的自己暴露在刺客眼中。柒紧盯着雾气的聚散，尽自己最大的耐心等待，一面又忧心着岑诺的生死，等他好容易爬到接近前方山壁时，已是满身大汗。

远处的两名廷卫自是明白这道理。刚才叫喊几句，不过是为了重振士气，待得云雾撩起，那二人立时便隐身雾中，只留下一个半死不活的老十一，在林子中有一声无一声地呻吟。

这倒不能说是那二人无兄弟之情。被人卸去一条胳膊，又在荒山野外，除非有神仙驾到，否则这人其实已可算是个死人，若不忍心一刀结果，带在身边便是极大的累赘。柒一边爬，一边竖着耳朵听着林子里的动静，听那老十一哀哀呻吟，心中不由得问自己，若是岑诺被人砍成这样，自己会如何？

会丢下岑诺，独自逃跑吗？

这念头一掠过心头，柒便觉得心头一阵绞痛。打从记事开始，他就跟在当时已经会跑会跳的岑诺身后，从他的奶弟弟，到五六岁就正式领取俸禄的侍从，到十岁正式穿上罩衣的持剑护卫，他基本上是岑诺的影子。这个影子没有生命，一切都是主人的。主人生，则生，主人死，则死。

柒的眼中没有一丝犹豫。

身后不远处微微一声，好像树叶落地般，柒骤然惊觉，一回头，只见一条黑影已站在自己身后不远处。

柒全身僵硬，那人也在雾中站立不动。雾气浓重，甚至只看得清他一双用麻布好好包裹的脚。忽然，雾气中猛然破开一个洞，黑影一闪，那人身子动都不动一下，"啪"的一声，一支箭被他劈成两段。

一箭之后又是一箭，"嗖嗖嗖"，从雾中射出的箭前后相继，"啪啪啪啪啪"，那人身子终于动了一下，这一动便再也无法立足原地，被后面的箭逼得连退两步。

"啪啪啪啪啪"，被他劈开的箭满地滚落，柒从地下蹿起，一面不要命地向前飞奔，一面默默数着被劈开的箭数——这四名廷卫身上的箭筒，每人十二支。除去被砍翻那人的和射他与胖子二人的四箭，还有三十二支箭。以这箭射来的速度，定是那剩下的二人在全力速射，这一轮估计就要射完，到那时——

"啪啪啪"三声响过，便听兵刃铮铮作响，脚步声凌乱，几个人已经交上了手。廷卫虽然地位不高，论作战能力更是与虎贲相去甚远，但能担当王城治安的重任近百年，自有其不外传的功夫，特别是单挑近战，那又比落单的虎贲强得多。

六哥姬乘手下不弱,与那黑影战成一团。老十三则在旁边掠阵,大呼小叫:"六哥!我瞄准他了……嘿!好贼子!六哥!小心他的下盘!"伴随着"嗖嗖"箭声,那人跟姬乘斗得甚欢,还好整以暇地将老十三的箭一一拨开,笑道:"廷卫果非浪得虚名!本人偷袭一把,满以为至少可以放倒三个,却只放倒了一个,嘿嘿……可惜了,若你两人立刻便跑,说不定还能活下一个,现在嘛,嘿嘿……"

"不要以为你能耐得紧!咱们可不单单只是四个人!"

"哦,哈哈,本人知道啊,"那人哈哈笑道,"本人也没说只有本人一个人啊?"

姬乘心头一紧,手下稍慢,"嚓"的一声,被那人伤了右肩。老十三尖叫起来,姬乘换剑左手,忍痛道:"老十三,我没事!你……你们究竟是什么人?朝廷的流徒都敢劫持,真的不要九族了吗?"

"你们周人,只懂得诛九族。"那人冷冷道,声音是一种廷卫们从未听过的语音,柒却心中一惊——这是陪岑诺上前商"正音"课时听过的语言。"你们可懂得真正的恐怖……乃是力量!"

他声音突转低沉,姬乘全神戒备。那人前踏一步,脚尖刚一触地,猛然间身体向后倒去,几乎与地平行,然后箭一般后射,钻进了云雾中。

"啊"的一声,老十三嘶声惨叫。这一击来得太过突然,雾中闪电般的一击,那老十三不死也必遭重创。姬乘脸色大变,叫道:"十三!"仗剑冲进了雾中。

柒一直静静地趴在地下,对身后几丈外的生死决斗看也不看上一眼,只当自己已经死了。待得那二人都消失在雾中,他才猛地爬起,不要命地向前狂冲。身后兵刃相交之声大起,和着老十三凄厉的惨叫,声音随着雾气来来回回，好似在汹涌的波涛间起伏。

老十三的叫声骤然停顿，柒心头一紧，以为他已被杀，谁知立刻又听见他尖叫起来："六哥！六哥！六哥六哥六哥……！"

柒心中一沉。姬乘死了，老十三也活不了了。果然，老十三的尖叫声越来越小，最后戛然而止，像被什么生生扼住了咽喉。

林中顿时陷入一片恐怖的沉寂之中。

柒才堪堪跑出数十丈，眼见前面出现一片矮矮的断崖，不过一二丈高，断崖下方一团乌黑，似乎是一处洞穴。此刻来不及思索，他一头便扎进那洞中。

却不料那洞远比他所想的要浅得多，其实不过是崖下一处碎石垮塌后留下的凹坑。南方的山岭表面大多是这种土黄色石层，只要稍有水浸泡，便塌陷成一摊摊碎石。这处凹坑还是新形成的，不过向内凹进两尺而已，柒于黑暗中瞧不分明，一头撞在内壁上。

内壁上"哗"地垮塌下来一大片碎石渣，倒也减去了柒正面直撞之势，只把他的头皮擦破点儿小口子。他一看这洞毫无躲避之处，立刻转身便要冲出去，蓦地里被人拦腰抱住，一下又将他拖回了洞中。

柒感到自己整个身子都压在一个软软的躯体上，还没等他骇然叫出声来，一只冰冷的小手死死地捂上了他的嘴。

柒刚要挣扎，眼前一黑，一张披头散发的脸挡住了他的视线，黑暗之中，只有一双发亮的眸子盯着自己。

这双眸子……柒紧绷的身体一下子松了下来。

一片死一般的寂静。

只听见两个人的心跳，"咚咚"，"咚咚"，不是从耳朵里听见，而是紧贴在一起的两个瘦弱躯体上传来的。但两个人并没有在意这声音，不约而同地，他们的耳朵在寂静的树林中搜寻着……

大雾在林子中沙沙地移动，不知是什么虫鸟在啼鸣，一只夜枭咕咕地飞过。

姬乘、老十三的声音已经彻底消失。那刺客更像是融入了大雾之中。林子里诡异的白光，浪潮般的大雾，都没能让他显出半点儿痕迹。他走了，还是正在这附近慢慢地提着剑，等着什么人出来送死？

如果刺客找不到自己，应该就会沿着山路向上，去杀死走在前面的人吧？柒的心顿时又乱成一团。冲出去，吸引刺客的注意？但是那人杀死自己估计连一剑都嫌多，自己死了，岑诺一样跑不了。

必须活着，抢在刺客之前找到岑诺。他深深吸气，耳边也传来了呼吸声。那少女的脸和他的脸几乎贴在一起，呼吸都喷到了对方的脸上，但两个人本能地越靠越近。

夜枭咕咕地在林中飞来飞去。

黑暗之中，一股甜香充满了柒的鼻翼，他这才惊觉少女正整个贴在自己身上，她那身华丽的长裙，跟自己这脏烂得没眼看的破衣烂衫挨在一起。柒忍不住稍稍往旁边一让，忽然，几粒小石头从头顶的崖壁上滚落下来，两人的身体一起僵住，"噼里啪啦"，又有几颗滚落下来。

刺客在头顶的崖壁之上！两人同时屏住呼吸，拼命地将身体贴在壁上，竖起耳朵。那刺客的脚步声原是很轻很轻，只是他恰好在凹坑之上，脚底摩擦碎石的声音通过弧形的凹坑顶放大，还是能清晰地分辨出来。他在两尺高处的头顶站了一会儿，似在观望，过了一会儿，脚步声转向山崖的另一面，似是慢慢去了。

等到脚步声彻底消失，一直绷得紧紧的两人才同时松了口气，各自靠在山壁上。两人都憋了半天的气，但都不敢大声喘息，尽力压低了声音，轻轻地将气呼出来。

黑暗中的幽香更加浓重，那少女坐在角落中，雪白的脸庞、如云朵般的长裙，似乎将这黑漆漆的山洞都照亮了。柒不由得又往旁边挪了挪，仿佛挨着她一个衣角都是罪过。但他刚一挪，那少女立刻坐起，往他身边靠了靠。

柒再往后一靠，"嗲"的一声，后脑勺撞到了突出的山石上。

少女忙一伸手指，示意他别出声。几乎是立刻，又传来了脚步声。

这一次，脚步声有些奇怪，似乎那刺客边走还边拖着一件重物，仍是向着山洞顶上的山崖而来。柒满怀恐惧地注视着头顶，手上一凉，那少女的手已握住他的手。两人的手不由自主地紧紧握在一起。

一声低低的惨呼从头顶传来，脚步一顿，接着一声重响，一人被重重地摔在山崖之顶，发出凄惨的呼痛声。

握住柒的小手终于抖动起来。听那声音，正是什长！

什长不知是哪里受伤，声音虚弱而颤抖，断断续续地惨号着，忽然又"啊"的一声大叫，惨号声顿时终止。

洞中的两人都禁不住浑身发冷地闭上了眼。

"与汝同行的女子，"刺客冷冷地道，"在何处？"

"我……我……不知……啊！"

什长叫得撕心裂肺，山崖顶上一阵刮蹭之声，显是他痛得肢体抽搐挣扎。

"说出来，便死；不说，生不如死。"

"混乱之中……已经逃散……谁……啊！"

"哗"的一声响，什长的半个身子突出悬崖之外。他疼痛已极，根本顾不上自己身在半空，拼死扭动着，一下翻了过来，半边身体吊在了悬崖边。

便在这电光石火的一瞬，崖下洞中的少年少女，与吊在悬崖上的什长面面相觑！

什长因疼痛而扭曲的面孔，一下子凝固了，眼睛睁得大大地盯着二人。只一瞬，他整个身体又腾云驾雾般地被扯了上去。

少女本能地要伸手去抓已经消失了的什长，柒一把抓住她的手，反过来捂住了她的嘴。

什长的惨号声，从崖顶不断传下。柒紧紧捂着少女的嘴，一只手环抱着她的腰，不让她乱动。"怦怦怦"的心跳，几乎要将两个紧贴在一起的身体震碎。

"她……死了！"什长用尽全力叫出来，"……镐京的廷卫……杀了她！"

忽听一声锐响，"哗"的一声，大堆的碎石从头顶跌落，一根廷卫使用的长矛透过厚厚的崖顶直刺下来，颤巍巍地停在柒与少女头顶不到一尺处。

在那一瞬间，一切声音都停止了。

再也没有脚步声，也没有惨号，连风声都淡去无踪。两人仰头看着那矛尖，不知过了多久，终于，一滴黑色的液体从矛尖落下来，滴在少女那苍白的脸上。

两人同时分开，避开那滴滴答答的液体。少女伸手在脸上一抹，接着微弱的光看去，一手都是血。

两个人同时想到了原因，但都一动不动地靠着山壁。什长的血一滴滴滑落，只过了一会儿，长矛变成黑色，但那血也凝固，再也不滴了。

柒勉强动了一下发僵的身体，从洞壁上挣起来。一些细小的碎石随之滑落，但崖顶上确确实实已经没有动静了。

他小心地避开矛尖，走出洞口，向上看去，顿时浑身一震——什长半边身体趴在崖边，双手大大地张开，仿佛想将整个山洞包起来一般。他的眼睛半睁着，临死前的一丝微笑凝固在嘴角。那根长矛贯透了他的身躯，将他钉在石上。

少女仿佛回过神来一般，猛地从洞里出来。柒想也不想，一把抓住她的肩头，不让她回头去看崖顶。

"别回头，别看！"

"放开我！"

少女拼命挣扎，柒拉不住她，只能上前一步，一把将她的头用力揽在自己的怀里。

"不要看。"他沉声道。

少女浑身发抖，终于低声嘶哑地哽咽起来。

"不要出声，不要哭，不要让他白白死了。"

少女用尽全身力量止住哭泣，咬牙切齿地喘息着。

"我要……杀了他！"

"他为何要杀你……你，是谁？"

少女抬起头，盯着柒的眼睛。两人都同时意识到少女正被柒紧紧地抱在怀中，同时一震，相互退开两步。

"我没有名字。"

"杀你的人可不这么认为。"

少女苦笑一下，又立刻板起脸。

"那你呢，你那个连碗都端不稳的同伴呢？"

柒猛地想起，转身就跑，跑了两步，又回过头来。

"你……你下山吧。杀你的人一定会往山上追……山下有个胖子,你找到他,就能活下去。"

"你要去找你同伴?"

柒苦笑一下,没有说话,转身便走。走出去数十丈远,始终没有听到任何声音,他不放心地转过身来,见少女站在林中的暗处,静静地看着他。

他想要回去,保护她回到山下,这股冲动冲击着他。但他却无法停下脚步。

岑诺已经到了山上,说不定已经死了。一重又一重的死亡危机,即将或者已经降临在岑诺头上。柒没有选择,他只是岑诺的一部分。

等到他的身影消失在林中,少女慢慢回过头来,走到山崖前。

什长含笑而死的脸,就僵直地悬在她面前。少女注视着那张脸,鼓足全身的勇气,踮起脚,伸手将什长微睁着的眼皮合上。

她眼眸中的恐惧一点一点被暴怒驱散,牙齿"咯咯咯"地响着。

"我要杀了他,我要杀了他!"

从死里走过一遭,云雾已经退散了。

林子里变得越来越黑——这才是正常的天象,夜里的林子,不就该这么黑吗?浮光散去,一条迷蒙的白色道路显现在黑色的林间。那应该就是上山的路。

柒先是沿着那条小路慢慢地走,逐渐加快脚步,待得穿出林子,便见前面嵯峨的山峰耸立在幽蓝的天幕之下,云雾好似一条厚重的带子,盘绕在山腰。在那漆黑的山峰间,有数点光芒勾勒出一条上山的道路。

南方的山与周原的山大不相同。周原的山脉高大辽阔,山势平缓,与丘陵、大坂和原野连为一体，森林层递上升，渐渐过渡到灌木、草丛。而在渡过汉水后，他们进入南方的荆蛮山脉，山川绝岭立刻就变得大不一样。山脉变得狭窄，走势险要，深谷、河川密布，每一座山脉都像刀锋一般突兀而陡峭，从上到下都密布高大的树林，而且越到高处，林子越是深密，山势陡峭到几乎无法立足，依旧长满密林，令山路更加崎岖、狭窄，难以穿行。

流放以来，这座山峰是流徒们经过的最险恶的一座。夜已经很深了，星星点点的火把比天上的星光还要暗淡，在黑暗的大山中明灭不定。柒借着星光前进，眼睛一直盯着山峰的方向，将每一支火把出现的方位记在心中。

最前方的那簇最亮的火把，想来便是扈定率领的大部分廷卫。在所有火把中，那簇火把是唯一快速向下移动的，想来扈定已经发现了断后廷卫的异常，正在赶回。柒心中冷笑，扈定想要借助这座山来手不沾血地灭掉大部分流徒，不知是受了何人指使，但是他显然没料到竟真有人出手劫杀，连廷卫也不放过。

现在返回大概已经晚了吧？在柒气喘吁吁地追上云雾之时，落在后面的两支火把已经毫无征兆地消失了。刺客逆着扈定而上，双方大概在半个时辰内就会碰面。

在那之前，岑诺还会活着吗？柒真是不敢奢望，只管埋头赶路。他自己或许都没有察觉到，在接连遭遇死亡之后，他的心境已稍稍起了变化。

刺客与云雾是一体的。柒强烈地意识到了这一点。刺客只在雾中行动，而这团沿着山势向上的云雾像有灵性一般，一路陪伴着刺客上山——它追上火把，吞没火把，待得云雾离开，火把便消失得无影无踪。

柒小心地跟在云雾之后百余丈的距离，他没有火把，星光是照亮道路的唯一光源。他小心地在路周围搜索，不久就被他找到了两名死者——其中一人是邢国大夫，另一人乃畿内侯的门下。两人至死也捆在一起。几个时辰以来，柒的胆子比之前大了不少，他站在尚在抽搐的二人身边仔细瞧，借着星光看清了他们胸口被砍开的泛白的伤口。

不久之后，又是两人。刺客的目标极为明确，只要不是那少女，其他人一律格杀，毫不犹豫，被砍死的流徒几乎没有挣扎的痕迹便已倒毙。这些人里面都没有岑诺，看来和岑诺在一起的那人走得还蛮快，柒心中又升起一点儿希望——如果在刺客赶上岑诺之前扈定就下到云雾中，刺客一边倒的砍杀便会被遏制。

山路越来越陡峭，云雾上升的速度大大降低，柒离得已不远。前面又是一片稀疏的树林，不再是山下的杉树，而是一片粗大的松林。这片松林位于山岭的坳口间，风从山上刮下，又冷又烈，松林在山风中摇晃，比起刚才的杉树林吵闹百倍。柒小小的身影借着古老松林突出于地表盘根错节的根系，几乎不被发现地快速前进。

忽然，柒在一棵巨大的松树前停住了脚步。

有些不对劲。

他紧贴在粗糙的松树皮上，警惕地环顾四周。

是风——凛烈的风声忽然间莫名其妙地小了下去，松林的摇晃也减轻了。那团云雾本无法抗拒猛烈的风，始终无法笼罩这片山坳，可是风就这么停息片刻，一下子，周围便满是雾气，刚刚还能看见大半个被星光照亮的松林，现在却只能依稀分辨出周围几丈远处的树影。

云雾笼罩！刺客……就在这附近！柒立马趴下，将小小的身子使劲塞到松根底下，心头狂跳起来。这么说，在这附近有流徒——说不定就有岑诺？怎么办？自己是该不要命地跳出来示警，还是只能趴着，等待那一声断喉的惨叫传来?

"啊——呃——"一声惨叫忽然划破黑暗,又猝然终止。柒浑身一紧——这是刺客杀人的典型方式,一剑结果,速度快得被斩杀者叫都叫不完一声便气绝身亡。声音是从不远的前方传来的,虽然只是短短的一瞬,却也听得出不是岑诺的声音。

柒绷紧的全身不由得略微一松,忽然,又一个尖厉的声音叫起来:"啊!啊——"充满惶恐和绝望,不是岑诺是谁?!

"诺!"柒一下跳起来,便在此时,远处"铛"的一声,是他适才听过的剑断箭身的声音,跟着又是"铛"的一声,这一声可就比剑断箭身的动静大得多了,明显听得出使剑之人闷哼一声。与此同时,岑诺的尖叫又急又促,从一个地方快速地移向远方。

柒不顾一切地追着那声音而去,冲过重重云雾,却没见到刺客的身影,也没见到岑诺。只听雾中一人道:"阁下是什么人?我等放逐边外之徒,本就过着生不如死的日子,阁下还要来斩尽杀绝,不怕报应吗?"声音中充满悲愤。

雾气中火光一晃,竟然大亮起来。火光略微驱散了雾气,站在那里的却不是廷卫,而是六名流徒。

当头那人身材高大,满脸大胡子,正是流徒中最高大威猛的南宫厄。他是畿内侯南宫家的家臣,身强力大,据说是因为徒手撕杀了主君家的猎獒,才被流放。

他手持两根火把,大马金刀地往前一站,自有种强大的威压之势。另外几名流徒站在他身后,齐声道:"无耻之徒,滚出来!"

一个不算太高的身影,出现在林子的另一头。他浑身都沐浴在黑暗中,只有一双发亮的眼睛和一柄匕首微微反射着寒光。

"吾要找一个女孩。"

"阁下真是说笑了，"南宫厄怒极而笑，"这山上只有咱们这些孤魂野鬼，哪里来的女孩！"

刺客的目光慢慢扫过树林，南宫厄身后的流徒筛糠般地抖起来。

"交不出女孩，就死。"

"今夜上山的，都是已死之人。"南宫厄冷冷道，"好歹请赐下姓名，让南宫某知道死在何人手下。"

"辛六乙。"刺客傲然道。

"南宫厄记下了。"

"汝不错。"辛六乙用手中匕首一指南宫厄，"汝死之后，吾将赐予汝新的生命。"

南宫厄仰天打了个哈哈："什么屁话！南宫厄早就活腻了，死之前带上仇敌一起死，就够本了！来吧！"

辛六乙将匕首举到脸前，伸出舌头舔了舔那闪烁着的刀锋，脸上露出一个诡异的微笑。忽然，他将匕首一收，顿时整个人都消失在黑暗之中。

"老大！"几个流徒一齐尖叫起来。

"不要吵！靠近我！"

风猎猎地吹着。流徒们本就穿得单薄，又褴褛不堪，山风冰冷浸骨，几个流徒早就不由自主地挤靠在一起，闻言又一起向南宫厄身后挤过来。

适才众人全都注意着辛六乙的一举一动，此刻他无声消失，周围又重新响起了断断续续的哭喊呻吟之声。

南宫厄顾盼左右，喝道："你们去瞧瞧，谁被砍了？"

那几人对视一眼，谁都不敢离开他的身旁。不远处又是一声惨叫传来，却见一个小小的黑影冲出来，从他们面前经过，发疯似的向刚才那惨叫发出之地冲去。

"什么东西？！"

"是人是鬼？！"

南宫厄冷冷地道："是那小子——岑国太子的小跟班。"

"那小子，疯了？"

"跑什么跑？"

南宫厄拔腿便向柒的方向走去："疯了？倒确是疯了！那小子的主家已经国破家亡，全国的人都散了，这小子还没忘了主仆之义，那不是疯了是什么？！我们这些流放的人，不是死人，就是疯子，或许当个疯子还好些！傻站着干啥？左右看看！"

那几人不敢违逆，谨慎地四散开来。南宫厄大步走到松树底下，正见那个小小的身影正抱起一个人来，大声惊叫道："诺！诺！诺！"

南宫厄蹲下来，用火把一照，只见柒抱着一个浑身是血的少年，惊惶得小脸都变了形。那少年紧闭双眼，一动不动，全身都是血，也不知血从哪里喷出来的。南宫厄上下看了几眼，奇道："咦？这小子是伤到了何处？"

柒从身边摸出一条被卸下的胳膊，哭道："他……他……"

南宫厄皱紧眉头，慢吞吞地从昏迷不醒的岑诺背后又拖出一只好好的手臂来，"这不是……好好的？"

柒惊讶地看看岑诺，又看看手中的胳膊，这才发现这只胳膊明显比岑诺瘦瘦的胳膊粗许多，胳膊上还挽着被斩断的绳索，却原来是和岑诺捆在一起的那人的胳膊，被辛六乙一剑从根上斩断，以至于还连在岑诺的身上。

南宫厄从他手中接过那条胳膊，看了一眼，眼中闪过一丝惧色："好快的剑！"

"老……老大！平正家的在这儿！"一个流徒在十丈开外叫起来，"两条胳膊都被人卸——呃……呃呃呃呃……"他的声音忽然变得十分古怪，像是呕吐一般，响了几声便沉寂下去。

剩下三名分散在四周的流徒吓得失声惊叫，同时向南宫厄的方向奔来。其中一人只跑了几步，身后白光一闪，上半身向前飞出，下半身两条腿还在奔跑，只是失去了控制，跑了几步便扭拐着倒在地下。那人的上半身飞出去足有一丈多远，砰的一声摔在地下。

那人尚不知自己已断为两截，惊慌地往前爬着，口中还叫着："老大，我脚吓软了，拉我一把，拉我……"陡然全身一硬，口、眼、鼻、耳，脸上的孔洞统统淌出血来，保持着上身仰起的姿势僵死在地下。

另外两人吓得魂飞魄散，其中一人真的吓软了脚，砰的一声摔倒在地。另一人勉强跑到南宫厄身边，脸上已经吓得死人一般惨白，连话都说不出来了。

南宫厄双手各擒一根三尺长的火把，巍然站立，朗声道："站好了！都不要离开我身旁！那卑劣之徒，不过是仗着些贼本事，背后偷袭而已，不敢与人面对，怕什么！来——"将手中火把递出，"给我拿着！"

那两人吓得鼻涕口水屎尿齐流，臭不可闻，浑身抖得筛糠一般，竟是无人敢接手。南宫厄催促道："给我拿着，我自有道理！"说了两遍，还是无人敢接。

南宫厄心中悲叹一声，正在这时，一人接过了他手中的火把。他低头一瞧，却是柒。这少年满脸镇静，道："不嫌弃的话，请让我来。"

"小子，怕不？"

柒双手接过两支火把，尽力高高举起："怕也是死！不怕！"

南宫厄摸摸他的头："好！你给我瞧好了！"他双掌互击，往前踏了一大步。柒见他背上用粗麻绳另背着未点燃的六根火把，便知他是投矛的高手。

陆叔曾教过柒天下的技艺。投掷短矛是战阵中威力最大的远程武器，乃是前商时传下来的技艺，但如今朝廷上下都以射艺为尊，喜用弓，短矛已很少有人会使。火把乃松木削制而成，长短和一把剑差不多，自然远不是使剑者的对手，但南宫厄若能用来做短矛投掷，以他强劲的臂力，只要有一根击中，便能对刺客杀伤甚重。

南宫厄双手虚放在火把上，一步一步，在松林中慢慢移动。柒知道，只要保持移动，刺客一击得手的概率便要小得多。这南宫厄显然历经沙场，应对敌人的经验果然比那四名廷卫丰富得多。他回头瞧一眼，只见岑诺依旧昏倒于地，那两名流徒却瑟瑟发抖地挤在一起，还点着一根火把——那不是活靶子吗？柒心中一动，抬头一瞧，果见南宫厄虽然在远离那二人，眼光却一直在留意他们俩身后。

南宫厄果然是拿这二人为饵！柒不由得打了个透心凉的寒战。要是适才那二人接过了火把跟着南宫厄走，南宫厄必会给自己和岑诺留下一支火把，成为他们的活饵。

在这场雾中，杀人者与被杀者都已近疯狂。只有最后杀死敌人，才有活下来的机会，没有其他选择。在这些还在喘气的人中，没有自己人，只有自己。没有不相关的人，只有敌人。没有朋友，只有……诱饵。

柒幼小的心中一阵阵抽搐。血肉杀场的这些铁则，他从未学过，但只看上一眼，便能领悟甚深。

"把火把扔了。"南宫厄忽然冷冷地道。

柒没有丝毫犹豫，将火把杵在松树下的土坑里，他们二人顿时陷入一片黑暗中。

南宫厄没有停下脚步。柒紧紧跟在他身后。远处那支鬼火般的火把，成为整个林中唯一的目标。

他们远远地绕了一个大圈，转回离那二人不远处的一棵松树下，停了下来。这里距离那二人有将近十丈远，处在山风的上风口，且除了眼前这棵松树，周围数丈内一根草都没有。

南宫厄背靠松树，沉默地盯着那二人。站在上风处，很难听清楚那二人说的话，但显然那二人正在争执。柒默默地看着他们，心中盘算：那二人虽然胆小，却不是笨蛋，定是知道拿着火把站在那里，纯属找死。但是火把一灭，那就真的是伸手不见五指了。这二人商量多时，争论不休，竟然无一人敢下这决定。

那二人哆哆嗦嗦，一面商议一面不由自主地挪动步子，离岑诺已经很远，快要走到一片林中空地的中间。两人说话的声音渐大，忽然，两人开始争夺起那唯一的火把来。

南宫厄站直了身子。柒紧张地盯着那二人，只见二人争夺激烈，那支火把在挥舞中火苗越来越小。看着那摇曳的火苗，柒忽然想到，在这片黑暗的林子里，那火苗几乎算是唯一的光亮，而辛六乙刚才迅雷不及掩耳地干掉了另两人，当下却一直隐忍，这说明他在等。等什么？柒不知道，但他强烈地预感到……

火苗一熄灭，辛六乙就要动手了。

火苗熄灭的那一刹那，那二人齐声尖叫，其中一人的尖叫忽然变调，变得出奇地凄厉，另一人的尖叫随之变得极其恐惧。

出手了！好快的动作！柒心中刚一动念，南宫厄已向前大跨一步，手中火把箭一般射出！但辛六乙早已料到南宫厄的动作，火把刚一脱手，刺客反手便以匕首格挡。不料一股强劲的疾风忽然刮起,那火把快如流星般地射来,"啪"的一声,正中辛六乙胸口,辛六乙闷哼着翻倒在地。

"中了!"柒尖叫起来,陡然间眼前一黑。南宫厄回转身来,合身将他扑倒在地。只听"噗"的一声轻响,南宫厄的身体剧烈地抽搐一下,闷哼一声。

柒心知南宫厄定已受伤,小身子刚一动,南宫厄按住他肩头,示意他不要动。

一时之间,辛六乙似乎也失去了踪影,黑暗中只有一个人在嘶声惨叫,是那两名流徒中的一名,另一人早已断气。

不知是否因为没有被击中要害,这人缓过劲儿来,哭哭啼啼地只是喊:"天杀的……天杀的贼子……你这畜生……天杀的贼子……天杀的贼子……啊!啊!"

那人的叫骂忽转为惨叫,哭喊道:"别别……别杀我!啊啊!啊!"跟着便是血涌入喉头的咕咕声和肢体在地面上扑腾挣扎的声音。

即便已经看惯了生死,柒还是忍不住死死捂住耳朵,不敢听到这入骨的恐怖之声。

只不过片刻之间,便再也没有了动静。树林之中,一下子安静下来,没有风声,没有哭号,万籁俱寂。

趴在冰冷的地上,柒只听得见自己"怦怦"的心跳声。他不由得想起适才那少女……她安全了吗?她找到胖子了吗?……等等……岑诺呢?!

他焦急地竖起耳朵,没有,哪怕一丁点熟悉的岑诺的鼻息都没听到。正在这时,从刚刚那个死得无比凄惨的人那里,又传来了声音,"咯咯咯,咯咯咯……",听上去,有点儿像喉头血涌的声音,又像是某种令人不寒而栗的笑声。紧接着,"扑通"、"扑通",那人的肢体又抖动起来。

"南南南……南宫厄……"那人轻声喊起来,"南南南……南宫厄……"

声音诡异沙哑,不似人声,柒浑身寒毛倒竖起来。南宫厄的身体一动,柒忙反过手来紧紧抓住他。

"不要动。"柒惊恐地低声道。

"南宫厄……南宫厄……"那人说话的声音越来越清晰,仿佛从未受过伤一般,"你在哪儿,南宫厄?"

南宫厄不答,却撑起上半身,警惕地向四周望去。正是黎明前最幽暗的时刻,所有的火把都已熄灭,伸手不见五指,只听得见那人手脚不受控制般在地上抽搐着。

"南宫厄,南宫厄!"那人说话的间隙,还能听见他牙齿相击的咯咯声,"我……我眼睛瞧不见了……你在哪儿……你在哪儿?"

柒费力地将嘴靠近南宫厄的耳朵:"别上当,那辛六乙最爱用人来当诱饵。"

南宫厄点点头,但当那人的声音一再地响起,他又禁不住微微颤抖。

"南宫厄,你忘……你忘了……咱们一路走……过来……你救了我多少次……"那人在黑暗中幽幽地道,"你给我吃的……我没有鞋,你给了我……狗腿子们打我……你……我现在……瞧不见了……一条……一条腿也没有了……你……你还不来……帮帮我?"

南宫厄一动,柒拼命拉住他:"这是计,是计!"

南宫厄的大手在他头顶摸了一下,随即推开他的手,站了起来。

"我的腿……这是我的腿……"那人在黑暗中僵硬地动着,"你……来帮我一下……帮帮我……"

南宫厄慢慢地向那人走去，柒万般无奈，脑子却甚是清晰，知道绝不能跟南宫厄一起去，但眼下还有什么办法？

黑暗中火光一闪，那人身旁的一支火把兀自燃起，但火光却是惨白色，照在那人被血污得看不清面目的脸上。柒只瞧了一眼便将眼睛转开——那无论如何，也不是一个活人的脸啊！

南宫厄走到那人面前，十分从容地蹲下来，看着那张僵硬、已死，但犹然露着可笑表情的脸。那人自是根本不知道南宫厄已到面前，嘴巴还在机械地一张一合。南宫厄猛地双手上下夹住他的头，轻轻一拧，"咯"的一声，将那颗脑袋拧了下来。

那人身死已久，脖颈中一丝血都未流出，南宫厄毫不意外，猛地站起身来——几乎就在同时，一股劲风从柒的面前掠过，直扑南宫厄的后背！

"小心！"

南宫厄高大的身体稍稍一偏，辛六乙这策划已久的雷霆一击便错过了目标，但他前冲势头未消，眼看要冲过南宫厄的身旁，眼前忽然出现一颗带着诡异笑容的头颅！

"咔嚓"一声，那颗可笑的头颅在南宫厄的巨手与辛六乙的脑门之间爆裂开来。辛六乙身体前冲，从那一团脑浆和血雾中冲了过去，落到地上时，踉跄得差点儿就地扑倒。

"好！"柒已经没有力气跳起来，嘶声喊道。然而辛六乙并没有真的摔倒，而是踉踉跄跄地继续往前冲去，眼看就要再度消失在那惨白火光之外。

那团火忽然飘了起来，紧追着辛六乙而去。辛六乙一边奔跑，一边伸出双手，探着前方，显是刚刚那一重击已经令他无法视物。那团火毫不迟疑地追上他，直直地落到了他的头上。

那团火苗飘荡在空中，本已十分微弱，然而刚一落到辛六乙头上，忽然间，从四面八方刮起了旋风，围绕着辛六乙疯狂地呼啸，仿佛落到浇了油的薪柴上一般，"轰"的一声爆燃起来。辛六乙的头发、衣服立刻被熊熊大火包围住。

辛六乙发出不似人声的惨号，疯狂地前冲，双手在脸上、身上乱拍。但不管他跑到何处，旋风都紧紧跟随。火越烧越大，烈火将他从头到脚都吞没了。这团发着怪声的大火穿过树林，旋转着，挥舞着，直到重重地撞上一棵大树，终于不再动弹。辛六乙就那么斜靠在树上，任凭大火将他烧成灰烬。

柒精疲力竭地躺在地上。他想笑，又想哭，可是已经没有一丝力气，连勉强保持清醒、维持自己虚弱的呼吸都那么吃力。今天晚上的一切，是否真的结束了？

南宫厄双手一拱，朗声道："不知哪位兄台暗中援手？可否现身，让南宫厄当面致谢？"

林中一片寂静，除了还在辛六乙尸身上燃烧的火偶尔发出的"噼啪"声，什么声音也没有。

良久，柒才猛然惊醒，叫道："诺！"

没有回答。

"诺！"

他依稀记得岑诺当时躺倒的位置，转身便向那里跑去，跨过躺在地下的两名横死流徒，便看见岑诺缩在不远处的一处凹坎之下。

"诺！"

岑诺含糊地答应了一声。柒狂喜地冲过去，扑到他面前，大叫："诺！

你没事吧？！"

"我饿……"岑诺惨白的脸仿佛鬼魅一般，什么表情也没有，只喃喃地道。柒下意识地一摸怀中，傍晚时那少女丢给他的饼居然还在，只是已被压成了扁扁的一块。他刚一掏出来，岑诺伸手便夺过，颤抖着往嘴里塞。

"慢点儿，慢点儿，别噎着了……"柒拍着他的背道。一拍之下，才骤然发现岑诺背上的骨头一根根突出——在镐京时，岑诺还是一个小胖墩，现在却瘦得皮包骨头，一块粗饼捧在手中，好似无上的珍宝一般。

柒不由得鼻子一酸。他以为自己会哭，却没有掉下泪来。他惊讶地发现自己心中一片平静。现实虽然残酷，他心中却已无丝毫委屈、伤感之念，眼前浮现的只是一张张今晚被他牢记在心的死者面孔——他和岑诺还活着，和这些在异国他乡荒山野岭中死不瞑目之人比起来，哪里还有丝毫可抱怨之处？

林子里静悄悄的，只有岑诺在低低地抽泣。柒回头看去，只见南宫厄盘膝坐在两名死去的流徒身旁，喃喃低语，不知在说什么。

松林沉浸在一种诡异的沉默之中。柒心中忽然一动，正要开口，便见松林的深处亮了起来。

是火把的光亮。来的人很快便显现出面目——在经过了一夜的大肆杀戮之后，囚京之首扈定终于掉头赶回了。

和扈定在一起的有四名廷卫。他们每人持一根火把，大踏步赶来。一见满地的尸骸，一名廷卫喝道："唷！发生何事？！喂！你们几个贼子，在做什么？"

柒忙放开岑诺，转身跪下。流徒被斩，廷卫身亡，自己身为流徒，如果解释不清，被当场斩杀绝不稀奇。他大声道："岑国柒，昧死以闻，我等遭无名之人追杀，落在后面的诸廷卫大人、诸流徒都已身死，只剩我等三人……流徒南宫厄手刃杀手！"

那名廷卫大惊，道："什么？后面的人……都死了？！什么人如此大胆！"

另一名廷卫喝道："你们三个流徒，徒手空拳，为何没死？断后的姬乘乃剑术高手，怎么偏偏他死了？一派胡言！"

前一名廷卫大步上前，喝道："其他人呢？尸身何在？杀手的尸身何在？！"

南宫厄低头不语，左手默默提起刺客的首级。那人吓了一跳，后退两步道："这……这是何人？"

"这便是被南宫厄斩杀的杀手！"柒大声道。

那两名廷卫同时看了柒一眼。这个小孩子瘦小得像个猴精一样，浑身是血，已看不出眉眼，跪在满地尸骸中，居然中气十足，半点儿惧意也没有，真是匪夷所思，两名廷卫身上都是一寒。

"你是——"一名廷卫略微一顿，道，"你是岑国的那个小子！"

"是我，"柒毫无惧色地道，"还有我家主君。"

两名廷卫对望一眼，同时呵呵笑起来，道："这小子看起来蛮聪明的，却也是个傻瓜。傻小子，岑国早就灭了，你的主君现在不过是个随时可能掉脑袋的流徒，亏你还敢认他为主君！"

"别跟这些东西废话，"另一人道，"其他的人在哪里？"

"难道你们还没听清楚吗？"一直默默站在后面的扈定忽然开口道，"后面的人，已经统统死光了。"

他的语气平静冷淡，好像什么事也没有发生一般。

"大人，这……下面还有四名兄弟，十名流徒，加上这里……死了这么多人,咱们怎么交代?"

"这个小孩儿,不是已经说得明明白白了吗?"扈定看也不看柒一眼,冷冷地道,"落在后面的人,统统都已被贼子斩杀。"

两名廷卫微一踌躇,其中一人道:"这……"另一人马上道:"这有何疑问?这小孩儿已经说得明明白白,不正是这贼子所为吗?"

"确是如此。"

扈定道:"既然如此,那我等便如此上报吧。"

"诚如大人所言。"

"把贼子的头提过来。"

"是。"

两名廷卫并身走到南宫厄面前。南宫厄纵然天生英雄,此刻也不得不低头,跪在地下,双手将那刺客的首级高高举起。

两名廷卫同时"锵啷啷"拔出剑,按在南宫厄肩头,其中一人大声道:"贼子!身为流徒,竟敢残杀朝廷官员!按大周律,我等廷卫——"旁边传来一声孩童的惊叫,那人稍一顿,继续道,"押送流徒,有临机专断之权!现在就将尔斩首以谢天下!"

话音未落,这人的长剑便高高扬起,另一人长剑按在南宫厄肩头,令他不得稍动。柒早已跳起来,却只能眼睁睁看着那廷卫长剑一斩而下。

"当啷"的一声巨响,两名廷卫齐声尖叫!

却见那剑按南宫厄之肩的人双脚离地,腾云驾雾般飞起来,在半空中身体忽然分裂为两半。另一人踉跄后退,南宫厄长身而起,白光闪处,那人首身分离,脚还在拼命后退,脑袋却直直地向上飞去。

岑诺一声凄惨的尖叫。柒却是今夜第二次见了,人头飞舞已不放在心上,他只瞪大了眼睛,想要看清楚究竟为何——

南宫厄手握一柄长剑，倒是瞧得清清楚楚，可是他竟然是倒着将剑刃握在手中！刚才电光石火的那一瞬，他一把将按在肩上的剑徒手夺下，横着一格，便将另一人挥下的剑格开，斩下了那人同伴的左肩。那人吓得魂飞魄散后退要跑，被他就势用手中的剑柄一端击中，竟然也将他的头颅切飞。

剑刃深深嵌入了他的肉掌，一时间已不可能拔出，他索性长身站起，全身爆发出一层细雨般的水汽。站在扈定身旁的两名廷卫为之夺气，同时拔剑，竟然都卡在剑鞘里拔不出来。

"废物。"扈定冷冷地道，"看他那个架势，难道还能挥剑不成？杀了他！"

两名廷卫拔出长剑，齐身扑向南宫厄。南宫厄大喝一声，两人齐齐站住。南宫厄冷笑一声，缓缓转身，两名廷卫眼睁睁地看着他退去，竟不敢迈腿。

"混账！杀了他！"

廷卫因为源出一族，彼此之间基本都是扯得上关系的亲戚，但是外出执行公务，从来都是行的军法，"有令不行，立斩马前"绝不是句空话。两名廷卫对望一眼，齐齐扑上。

南宫厄猛然加快步伐，两廷卫追出数丈，双方相距已不到两丈。眼前黑影晃动，南宫厄庞大的身躯高高跃在空中，一个转身，黑暗中电光一闪，一名廷卫闷哼一声，已被南宫厄脱手甩出的剑钉在地下。

几乎与此同时，另一名廷卫的长剑递出，南宫厄的身子落下，正在他长剑的笼罩之下。那人大喜狂叫，却不料南宫厄猛然弯腰抱膝，庞大的身躯在空中不可思议地抱成一团，坠下时堪堪躲过那一剑。那廷卫收不住足，剑从南宫厄臀下三寸刺过，整个人却结结实实撞在了南宫厄身上！

南宫厄脚一撑，立时便稳稳地站在地上，那廷卫几乎是和身扑入他怀中，只来得及惨叫一声，便被南宫厄巨掌捏住了脑袋。

柒不由自主地转过头去，闭上眼睛，等着听见头骨被捏爆的恐怖声音。

但是没有。他又惊讶地转过来，只见南宫厄一双大手将那廷卫脖子掐住，搂在自己的胸前，冷冷地站在那里。

"喔，果然是好身手。"扈定镇定地弯下腰，将手中的火把插在土中，然后好整以暇地理着自己的袍服和冠带，最后才缓缓地拔出佩剑，"你欲如何？"

"杀人，皆是我一人所为。"南宫厄沙哑着嗓子道，"这一路上来，只要是带气儿的，老子统统杀了个干净。不为别的，老子不想活了，也不想别的人活。"

"唔，很有气魄。"扈定点点头道。

"老子一人做事一人当，还没丧心病狂到杀小孩子的地步，所以这两个小东西就留给你们。"南宫厄道，"你这个手下，老子也还给你，从此以后……"

扈定手持长剑，走得虽然慢，却一步不停地走到南宫厄和那廷卫面前，"从此以后，当如何？"

"你说呢？"南宫厄道。

那廷卫被南宫厄勒得喘不过气来，挣扎着道："大……大人……大人……"

扈定板着的脸忽然微微一笑："一切都好商量。"说着挺起长剑，一剑插入那廷卫胸口，跟着用力向前一送，"噗"的一声，从南宫厄背后穿了出来。

那名廷卫嘴巴可怕地张开，两眼突出眼眶，看了一眼自己胸前，又看一眼扈定，身体瞬间僵硬，气绝身亡，因为和南宫厄二人连在了一起，竟然僵毙不倒。

柒看得一颗心几乎跳出胸腔，忽然身旁一个声音嘶声长叫："啊啊啊！死了！死了！啊啊啊啊啊！"回头一看，岑诺居然手里还拿着半块饼，正双眼通红地狂叫。

"诺！快跑！"柒心念电闪，已然明白一切，跳起来大喊，"快跑！快跑！"

岑诺一张脸涨得通红，嘶声狂叫，如疯如邪，根本听不进他的话。柒冲到他身边，狠狠抽了他一耳光，用力推他，叫道："跑！诺！跑！"

"历经数月，数十条人命，只为这一个半疯半傻的小子，"扈定的声音中透着说不出的嘲讽，"真是……叫人该哭好，还是笑好？"

柒转过身，张开双臂将岑诺挡在自己身后，厉声道："大胆的贼子！你敢！"

扈定脸上滚过一丝不可遏制的怒意，一脚踢在那僵死的廷卫身上，将长剑拔出。南宫厄与那廷卫一起翻身倒地，两人到死都紧紧贴在一起，没有分开。

"贼子？"扈定冷笑道，"死到临头了，还敢嘴硬？你知不知道，为了这一日，我……"

"我知道。"柒道。

"你知道？"扈定倒真的吃了一惊，"你知道？"

"你是……曾侯派来的。"

扈定怔怔地看着他，好一会儿才微微敛容，道："你可猜错了。这是周公殿下之意。"

"不！你马上就要杀了我们，说谎还有何用？"柒沙哑着嗓子道，"周公殿下就是因为嫌手上沾了血，才要我家主君背负责任！他不想惹这些脏事，知道我家主君要自尽，还派人来阻止……他要我们两个小孩儿的命做什么！只有曾侯……是他派人刺杀了孤发国的假太子！是他借周公的名义捉拿淮北大臣，逼死我家主君！是他……派你来斩草除根……"

扈定从怀中掏出一张麻布，慢慢擦拭剑上的血迹，脸色变得极其难看。"怪不得……大人千叮咛万嘱咐，说岑诺那小子死活没关系，得把岑诺身边的那小子干掉……斩草要除根，果然有道理。"

柒背对着岑诺，使劲踢他，让他快跑。可是岑诺好似木头一般，只听见他"呼哧呼哧"的喘息声越来越急促。柒看着扈定，道："好！既然岑诺死活没关系，请你放过他。他已经傻了，什么都不知道了，绝对不会……"

"你知道，何以一路过来，千山万水，我都一直不动，苦苦忍到现在，还折了自己许多兄弟，才动手吗？"扈定根本不听他说的话，自顾自地道。

"这里地近荆楚，流徒、囚京大批死亡，足以将事情推到荆楚头上。"柒脱口便道，"与荆楚交恶，曾侯在番士寮的地位才更巩固。"

扈定忍不住哈哈大笑："怪不得！曾侯畏你这小屁孩儿如虎！你的脑子真是比你背后那小子强太多了。要是你是岑诺，想来曾侯不会等这么久，直接在京中监狱就想办法将你处死了。你身为仆从之子，就是聪明顶了天，也不过……嘿嘿……比你主子早死那么一瞬而已。"

一阵风无声地刮过松林，扈定插在地下的火把摇晃着，明灭不定。扈定将剑擦拭得干干净净，端详着剑刃在黑暗中的微微闪光，叹息道："一把好剑，总是要沾脏血。好了！天就要亮了。大白天的，不宜做这些肮脏之事，咱们快点儿结束吧。"

柒小小的身子忽然颤抖起来:"天真的要亮了吗?"

"是啊,"扈定抬头看看漆黑如锅底的天,"快要亮了。"

"最好能再快一点儿。"

"那有什么用?"扈定冷笑道,"杀死你们二人,只需要一瞬。哪怕天空下一刻就要大放光明,也来得及。"

"我不是为自己担心,"柒道,"我们反正都已是必死之人……不过你嘛……"

扈定瞥他一眼,哈哈大笑:"小东西!你也算得太精了!难道你以为这么吓我一下,便能熬到天明吗?哈哈,哈哈,哈哈哈!"

他身后"嚓"的一声响,扈定像被抽了一鞭似的回转身,顿时如入冰窟,全身都僵硬了。

那被他亲手杀死的廷卫张着大嘴,无声地悬在他面前。他惨白的面目在黑暗中清晰而凄惨,头歪着,身体古怪地转向另一边,胸前已然染成了一片乌黑。

他的双手双脚僵直地伸展着,整个身体却在一个完全不着地的高度上剧烈地抽搐、颤动,全身血肉骨骼发出"噼里啪啦"的声音,好像要随时爆裂开来。

扈定发出一声凄厉的号叫,猛地一剑砍在那廷卫头上。剑身深深砍入脑门,卡在那人颅骨之中,扈定一拔,竟然拔不出来。他大喝一声,一脚踹在那廷卫肚腹上,用力回夺,剑"噗"一声拔出。扈定紧张之下用力过猛,长剑竟然脱手甩出,自己一屁股坐翻在地。

那廷卫的身体渐渐升起,僵硬的肢体疯狂地颤动,发出筋肉断裂的可怕声音。扈定一张脸吓得比死人还白,想要挣起逃跑,怎奈全身酸软,挣了几下竟然起不来。

那廷卫升到半人高的空中，忽然打横过来。他身后的黑暗中出现一对红宝石般的眼睛，扈定和柒齐声惊叫，只听"扑哧"一声裂帛般的脆响，那廷卫的尸身从腰间硬生生地断开，一肚子的肺腑血肠喷泻满地，喷得扈定满身都是黑色污血。

柒身旁"咕咚"一声，岑诺直挺挺地倒在地下。

愣了那么一下，扈定嘶声狂叫起来。

廷卫的尸身后面，是一尊黑塔般高大的人，双手各擒着一半的尸身，双眼发着红光，却不是南宫厄是谁！在扈定的狂叫声中，那两半尸身同时向两旁飞出。南宫厄从漫天血肉中大踏一步上前，扈定奋力向后一个倒滚，正好身在一段斜坡上，"咕噜咕噜"往后滚了几丈才停。

南宫厄站在血淋淋的人肉堆中，半晌不动。微弱的星光之下，只见他被血糊得看不清面目的脸上，只有一双眼睛还在反射火光——扈定定睛细看，却见他的眼睛也怪异得紧，一动也不动，似乎根本就瞧不见瞳仁的反应。

他屏住呼吸，从地上抠起一小块硬土，屈指一弹，"啪"的一声，南宫厄僵硬的身体总算有了反应，歪着头，将耳朵朝向声音发出的地方。

他瞎了？

扈定禁不住心中狂喜。瞎了！原来是瞎了……

他心中顿时大定，手在背后一探，抓住一柄锃亮的尺八双头短矛，极缓极缓地跪起来。林中晨风微拂，林岚如波涛般起伏，南宫厄哪里听得到他的声音？

扈定屈指弹出，不远处又"啪"的一声，南宫厄艰难地转过身去，扈定趁机向旁一纵，已落在柒和岑诺身旁。柒一惊，立刻便反应过来，和身扑上，死死抱住他的腿，大叫："在这里，在这里！杀了他！快杀了他！"

　　扈定不料这小子反应如此神速，本能地一踢，柒哪里抱得住？被他一脚踢到一丈开外，顿时没了动静。

　　南宫厄艰难地转过来。扈定心中计算已定，喝道："大胆的死徒，残杀朝廷廷卫，流放之刑已然结束，朝廷必夷尔九族！"

　　南宫厄浑身上下被血染透，手上腿上还缠着那廷卫的肠子内脏，一言不发，一步一步逼近扈定。他似乎已经失去了神智，却仍是对准了扈定，一步也不偏差地向他迈近。

　　血肉的腥气、内脏中排泄物的恶臭在林中弥漫开来。扈定满头大汗涔涔而下，强自站着。昏迷不醒的岑诺倒在他身前，他伸出脚尖插入岑诺身下的泥中，暗暗将全身劲力都灌注在足尖。

　　忽听身旁不远处，柒高声叫道："小心！他手里藏了东西……小心！"却是在提醒南宫厄。

　　扈定心中恶毒地暗骂一声，左手摘下腰带上一颗玉带扣，中指一屈一弹，射向柒。他既已下杀心，这一颗小小的玉带扣足能开石裂树，只听"扑通"一声，便再无声息。

　　一时之间，林中静寂无声，只听得见南宫厄沉重的脚步从一地的血肉中践踏而过的声音。扈定屏息凝气，弯腰聚力，等待着南宫厄走进他的一丈之内。

　　不知什么时候开始，林子中多了一道清冷的辉光，照亮了地面，一排排整齐的松树树干反射着油晃晃的光芒。

　　是太阳出来了吗？扈定心中暗想，眼光盯在南宫厄那被血污遮得看不清的脸上，不敢稍动。不对……这光不太像是日光。林子里，怎么会有这样奇异的光？扈定额头上的汗珠滚滚而下，目光却始终不敢从南宫厄的脸上挪开。南宫厄黯淡无神的眼睛似乎已经翻白,却还歪着脑袋,仔细听着林中的一切动静。

扈定屏住呼吸,脚尖微微上翘,将岑诺软软的身子顶起一点儿,岑诺微弱的呼吸声稍稍大了一点儿。南宫厄步子越来越慢,脑袋可怕地歪斜着,在岑诺微弱的呼吸、林中微弱的风中,寻找着扈定的气息。扈定凝视着他慢慢靠近,全身绷紧,等待着,等待着……

近了!南宫厄一脚踏在了一根弯曲的松根上。这是扈定早就盘算好的位置,松根曲折,根本站立不稳,就在南宫厄巨大的身躯稍稍顿一下的瞬间,扈定出手了!

他飞起一脚,将岑诺软软的身子挑起来,向南宫厄迎面撞去,自己同时向左激奔而出——在这一瞬间,他的眼角似乎扫到适才柒躺下的地方,两个身影在微光中蠕动。他一时根本无暇去想哪来的两个人,电光石火的一刹那间,他已落在南宫厄身右一丈处。

和他预计的一模一样,南宫厄想也不想,双手抓住了岑诺的头和腿,大喝一声,便要撕开——他忽然停住,一怔,双手停住。

他发现了,他识破了!

但是已经太晚了!

扈定暴喝一声,高高纵起,向着南宫厄凌空扑来。他已经做好准备,若是南宫厄用手中的岑诺来抵挡,他的这一矛也会穿透岑诺单薄的身体,直插南宫厄心口!

南宫厄双手翻转,将岑诺由横变竖,然后用力抱在怀中,转过庞大的身躯,将背心全部交给了凌空而来的杀气。

"死!"

不知道为什么,在那电光石火的一瞬,这个字眼从扈定的嗓子眼里冲出来，却怎么也冲不出他那张大得颇显狰狞的嘴。不仅如此，他像是迎面撞上了一道看不见的墙，南宫厄的背脊离他的矛尖只有一尺之遥，他用尽了全力，却再也无法前进半尺。

他觉得有些头晕。他觉得有些迷茫。他不明白，何以自己不上不下，尴尬地悬在离地三尺左右的空中。他猛然惊觉，从他跳到空中的一刹那起，他的身体就完全失去了控制，被一股无形的力量悬吊在空中。

"无耻之徒，我乃大周……"

和前一个字一样，他没能说出这句话。每一个字他都用力吐出了喉咙，却被越来越大的风死死地堵在嘴边。这是哪里来的风？冰冷的风强行灌进他的肺部，扈定觉得心头像火一样燃烧起来。就在这时，"嗖"的一声，手中的长矛脱离了他的手掌，向身后疾射而去。

扈定本能地想要转身去抓。他竟然真的在空中转过了身。短矛在他身前不远处飘荡着，似乎伸手可及，但扈定拼命伸出手去，始终差那么一丁点。

眼前黑影闪动，扈定抬起眼，只见一棵数人合抱的巨树正迎面向自己撞来。这怎么可能！

忽然之间，满脑子糨糊的扈定终于反应过来，自己正在疯狂地撞向这棵大树！还没等他吼叫出来，短矛抢先一步插上了树身，剩下半尺长的枪头露在外面，"嗡嗡"地振动着。

扈定脸上肌肉抽搐，刚刚露出一个苦笑的表情，就重重地扑了上去。"扑哧"一声，雪亮的枪头从他背后透出来。

"大周……大周……囚……"

直到这时，堵在扈定嗓子眼的下半句话才冲口而出。他的身体向下滑动，口中发出凄惨不似人声的号叫。他浑身如同筛糠一般抖动着，手脚拼命抱住树干以撑住自己的身体,黑色的血从他胸前喷出,"噗噜噜"地射在树干上,顺着树干向下流淌。扈定的身子不断地下滑,发出的哀叫声也渐次低落,忽然间他双脚一滑,身躯重重地向下一顿,体内发出骨骼爆裂之声,仰着头僵直地挂在了树身上。

几乎同时,南宫厄喉头发出"咕"的一声,仿佛吹破了一个气泡,双膝曲跪了下来,手上抱着的岑诺滚落在地。他巨大的身躯保持着跪姿,披散的长发盖住了面目,仿佛睡着了一般,再无动静。

"诺!诺!"

柒连滚带爬地扑到岑诺身前,一把抱起他。柒低头看一眼岑诺,就忍不住转过脸去。

岑诺脸色灰白,脸颊深陷,两眼可怕地圆睁着。只看他一眼,柒便知道,他不行了。

柒茫然地坐着,脑海深处在拼命避免去想……想岑诺,想他若死亡……不行。他不能想。意识的边缘一接触到这个无比可怕的念头,他就被烫得浑身一抖。

他坚持抱着岑诺。那本已瘦得皮包骨头的身体,不知为何变得如此冰冷沉重,即便以柒一腔热血也温暖不起来。

忽然,亮起了一团光。

火光?

林中凄冷的清辉被这团火一驱而散。柒迟钝地转过头,只见那少女手握一支火把,赤着双脚,站在坚硬的松林砾石地上,满头乱草般的长发披挂在胸前,几乎要拖到腰间的白色襦裙上。

柒艰难地咽了口口水,哑声道:"多……多谢你了。"

那少女默默地看他一眼,道:"不必。"

"你救了……我一命……我……"

"这不关你的事。"那少女亦是声音沙哑地道,"我说过,我要杀了那人……你帮了我,可惜我并不能帮你什么,就像——"她的目光滑向他身前,"我也帮不到你的兄弟一样。"

柒一怔,猛然间心头撕裂般剧痛,低下头来,岑诺歪在柒的手臂里,一双眼睁着,胸口微微而快速地起伏。在暗淡的火光之下,他的脸色白得吓人。柒将他的头放在自己的膝盖上。

"柒……柒……"岑诺一只枯槁的手轻轻抓住柒的手,呓语道,"我饿……我饿……"

柒四下张望,见那块啃了大半的饼落在一边的岩石缝中,伸手拿过来,拍拍灰,递到岑诺手中。

岑诺瞪着大大的眼睛,茫然地望着渐渐微白的天空,手不接那饼,只紧紧抓着柒的手:"柒……我好饿……好饿……从来没有……这么饿过……"

柒拼命屏住呼吸,仰起头,试图不让眼泪落下来,两腮上却不禁热流滚滚。他拼命地往肚子里吞着口水,不想在岑诺临去之前哭出来,嗓子却已经哽得喘不过气。

少女蹲下来,伸手摸了一下岑诺的额头,像被烫到一般缩回了手,道:"他要死了!"

"胡说!"

少女注视着岑诺的脸:"他冷得像冰,你没感觉到吗?活人怎么会这么冷?"

柒用尽全力将岑诺紧抱在怀中,颤声道:"他不冷,他是暖的!我要他暖起来,我要他活下去!"

岑诺浑身瘫软，头向后仰，无神的目光凝视着树冠顶端似晨似昏的微光，口微张着，却已经再说不出话来。

"人死的时候，要是执念未消，魂魄就入不了周天之气的轮回。"少女低声道，"你要他活，他反而不得其死……你最好……"

"不。"柒哽着嗓子打断她。

"你最好让他好好地走。"少女坚持道，"凡山阴面都是阴泄之处，死在山阴面的人，若不得好死，魂魄便若聚若散，永远得不到安息的一刻。今天晚上死了的人，统统如此，如果……"

柒一双血红的眼睛瞪着她，她不由自主地伸手摸摸鼻尖，知趣地住了口。

柒仰头望天，艰难地张嘴呼吸。岑诺抓住他手的力量越来越小，越来越轻。忽然，岑诺的手一松，柒本能地反手抓住他的手。柒全身剧烈颤抖，却说不出话来。

"天，快亮了。"少女的声音有些沙哑，"如果天亮了……"

"不！"柒大喊一声，嘶哑地打断她，"他不能死！死的应该是我，是我，是柒！岑诺，不能死！他死了……岑国就亡了！岑国就亡了！不！"

"世上只有日升月恒，其余一切，皆无永恒。"少女静静地道，"国与人皆亡，岂不是常有之事？"

柒一手捏着岑诺的手，另一只手伸进岑诺的怀中。岑诺的身体冰凉，他哆嗦着，终于摸到那块比冰还冷的东西，一把掏出来，死死地捏在手中。

"不……有它在……就永远是诸侯……永远是诸侯！"

那少女叹息一声站起来，摸摸胸口。薄薄的衣衫下，"穿髓流光"冷如寒冰。她隔着衣衫握住它，闭上眼。

一开始，松林中只听得见柒撕心裂肺的嘶吼。松林上空灰蒙蒙的，是那种将亮未亮的天色。有经验的人都知道,天不会似这般一直亮起来,而是会再黑一次,然后阳光再以万钧之势照亮大地。天果然再暗下来,林子里再度陷入一片昏暗。

不知不觉间,起风了。风低低地刮过松林地面,卷起浮尘,浪涛一般骚动。风力渐次变强,松针、碎石"嚓嚓"地滚过地面。

柒弯下腰,用自己的身体为岑诺挡风。风更大了,松林猎猎作响。风吹得柒和岑诺小小的身躯不停摇晃,柒拼命抱住岑诺,用单薄的衣袍裹住岑诺的身子。

忽然,岑诺在他耳边轻轻地道:"柒,你这臭小子……"

柒惊喜地抬头,看着他,只见他微微一笑,张开嘴无声地吐出一口气,缓缓地闭上了眼睛。

柒看看岑诺,又抬头看看风中飘飘欲飞的少女,又低头看向岑诺。岑诺彻底松开了手,身体变得无比沉重,僵直地向后仰去。

柒被风吹得喘不过气,再也抓不住岑诺,被他带着趴倒在地。岑诺躺着,他趴着,两个人好似同时死去一般,一动不动。

少女轻轻挥手,让风散去。她仰着头,目光穿过树林,望着那渐渐亮起来的天幕。

"这下子,都带走了吧?"她吐出一口长气,喃喃道。

柒什么都不知道。他趴在岑诺渐次冷却的身躯上,全身撕裂般疼痛,心中却一片茫然。陆叔死了。岑伯死了。岑诺也死了。他的世界坍陷得一无所有,可是他自己却还活着。

在这样的世界,该如何活下去呢?

柒不知道。可能根本就没有答案。

末　章

大周汉水神龙山
穆王二年冬十一月七日

　　天终于大亮了。今日阳光格外灿烂，气势恢宏。一大清早整座山便如燃烧起来一般。刀剑般犀利的阳光肆无忌惮地撕去昨夜笼罩在树林、山谷、悬崖、山脊之上的云雾，山岭发出潮水般的呻吟，烟云蒸腾，一瞬间便消失得无影无踪。

　　松林之下传来了人声，听上去像是有许多人正在上山。先是一支旗帜，接着，数十支长枪出现在松林坡之下。有人大声呵斥，人们跑来跑去，不时传出惊叫，空旷的深山被惊醒了。

　　柒茫然地抬起头，满是血丝的眼睛被穿透林冠的阳光射得几乎睁不开。前面一大群人晃悠着登上松林，人人披盔戴甲，却也掩饰不住苍白的脸色和惊惶不安的表情。

　　松林中摆满尸体，这倒也罢了。这群人一路上山，就没见到半个活人，已是吓得个个脚下发软。忽有人见到尸堆中，一个白衣少女和一个浑身是血的少年并肩坐着，还怀抱着另一个僵硬的少年，顿时一片惊呼乱叫，直到其中一人大声喝道："闹什么闹？！青天白日，哪来的妖怪！"周围人顿时屏息不语。

那人快步走上前来，身上的甲片"哗哗"作响。旁边一名持戟武人紧跟其后，大声道："此乃卿士寮中士石斛大人！你们是什么人？还不跪下！"

白衣少女站起来，石斛一见，不由得先松了一口气。

"姑娘……你……"

"小女子风拂若，"少女沉稳地道，"有劳大人挂怀了。"

"没事就好，"石斛忙道，"昨夜真是太大意了，还好姑娘大难不死。"

"陪我一起的什长大人已遇难，"风拂若低声道，"还请大人代为收殓。"

"哦！"一路上来所见所闻，不消说，石斛也知道昨夜是何等凶险。"那是自然。风姑娘能无碍，什长便不算白白而死。这位是……"

"活下来的流徒。"风拂若让开一步，淡淡地道。

柒麻木地坐着，一动不动。石斛经验老到，一眼便看清他怀中所抱的少年已然逝去，忙伸手挡住身后的侍卫，蹲下来，柔声道："小子，你……所抱何人？"

柒艰难地看一眼岑诺，闭嘴不语。

"回答大人！"

石斛皱眉道："我这里不用你跟着，快看看还有没有活着的人。"

"是！"

"等等……让他们将尸身归整一下，不要暴尸荒野。"

"收集廷卫大人们的尸身?"

"所有的尸身!"

"是!"持戟武人不敢再问,转身便去吩咐。人群立时便散开来,但眼前情形太过骇人,众人五人一组,才敢战战兢兢地到松林中寻找,不一时便响起此起彼伏的惊呼声。

石斛单膝跪在柒面前,见阳光射在他脸上,虽然满脸污血,却掩盖不住他清秀的面孔。阳光之下,他的一双眸子淡得几乎看不见,却是明亮清澈,目光转动,神情渐渐坚定。

"少年,你怀中所抱,究竟是何人?"石斛再一次问道。

"是……"少年慢慢开口,声音苦涩无比,"我的家人……名字叫作……柒……"

"唔。那么你是——"

"我叫作岑诺,"少年第一次转头看他,眼中神色已然平静下来,"是岑国国君之子,岑诺。"

这一日是穆王二年十一月七日。这一日,在大周的疆域内发生了以下数件事情——

穆王正式下诏,将要驾返宗周镐京。这是他离京将近两年后首次返京,也几乎算是他登基以来首次回京掌握国家最高权力。

于昭王十年败退北冥海,蛰伏十余年的北戎六部之一的耶邪台马部忽然离开雪原,在寒冬季节向八年前被迫放弃的故土呼马尔河畔迁移,迫近大周的北方疆域。

漳水以北,曾经的前商方国徐国忽然向朝廷奏报,其属下的两个小方国与北戎私通,请求予以制裁。朝廷政令未出,徐国又报,已经制裁二小国，并送上两国国君首级。天下大哗。

齐国与东夷在东海之滨绵延近百年的大战，终于于十月告一段落。清河子伯廖率山东十二国联军征讨近三年，于十月二十日、二十七日连续两场大战，彻底摧毁了东夷最大的重华鸟部，斩首六千余级，几乎算是齐国开国以来最大的斩获。战后清河子直接被朝廷拔擢为清河伯，成为齐国司马、朝廷夏官少卿，以赫赫军功步入大周朝堂。

以上这些事，都将在今后数十年内深刻影响大周乃至天下的局势。一切都依照周天之气的流转进行着。可惜尘世熙熙，天道渺渺，无人能看清这一切。

卷一 完